从流浪地球到三体

—— 刘慈欣星系

吴 言 著

中国出版集团
中译出版社

图书在版编目(CIP)数据

从流浪地球到三体：刘慈欣星系 / 吴言著. —北京：中译出版社，2020.12（2022.7重印）
ISBN 978-7-5001-6489-0

Ⅰ.①从… Ⅱ.①吴… Ⅲ.①幻想小说－小说评论－中国－当代－文集 Ⅳ.①I207.42-53

中国版本图书馆CIP数据核字（2020）第245194号

出版发行 / 中译出版社
地　　址 / 北京市西城区新街口外大街28号普天德胜科技园主楼4层
电　　话 / (010) 68005858，68358224（编辑部）
邮　　编 / 100088
传　　真 / (010) 68357870
电子邮箱 / book@ctph.com.cn
网　　址 / http://www.ctph.com.cn

总 策 划 / 刘永淳
策划编辑 / 范　伟
责任编辑 / 范　伟　张孟桥
封面设计 / 潘　峰

排　　版 / 北京竹页文化传媒有限公司
印　　刷 / 北京玺诚印务有限公司
经　　销 / 新华书店

规　　格 / 880mm×1230mm　1/32
印　　张 / 10.625
字　　数 / 200千字
版　　次 / 2020年12月第一版
印　　次 / 2022年7月第三次

ISBN 978-7-5001-6489-0　定价：56.00元

版权所有　侵权必究

中译出版社

目录

- I · 序一
- V · 序二

第一辑 星云初现
- 003 · 刘慈欣与中国电影科幻元年
- 016 · 流浪地球时代——丰富的中短篇小说世界
- 103 · 未来往事——刘慈欣星系演化史
- 122 · 星系云图——刘慈欣科幻文学的特色

第二辑 星系之恒星
- 143 · 创造中国的科幻世界——《三体》评析
- 164 · 黑暗是万物之源——《三体Ⅱ：黑暗森林》评析
- 187 · 永恒的追问——《三体Ⅲ：死神永生》评析

第三辑 星系之行星
- 213 · 中国想象的造物——长篇小说《球状闪电》评析
- 233 · 地球童年的全息寓言——长篇小说《超新星纪元》评析
- 246 · 科幻童话版的人类简史——长篇小说《白垩纪往事》评析
- 257 · 基因技术伦理困境图鉴——长篇小说《魔鬼积木》评析

第四辑 星系漫游
- 269 · 重归宇宙——刘慈欣星系全景
- 294 · 星系雕刻者——刘慈欣访谈（2015）
- 310 · 星际神思者——刘慈欣访谈（2020）

- 320 · 后记
- 323 · 附录：刘慈欣作品目录

序 一

吴言撰写了《从流浪地球到三体——刘慈欣星系》一书,对刘慈欣的整个作品体系做出评析,对刘慈欣的创作历程进行梳理,我觉得是非常有意义的。

刘慈欣的小说"三体三部曲"引发社会广泛关注之后,他的作品和他本人都成为了大众关注的对象,许多人撰写了有关他的作品的评论,有著作也有论文。这其中有物理学、哲学、文学专业的大学教授和在读博士,也有来自企业管理、媒介方面的从业者。人们从多种不同角度解读他的作品,给作品创造了超越原本文字意义的另一个广泛场域。这个场域的样式和规模,我相信就是作者自己也无法相信。

我感觉这个状态是对的。优秀的文学作品不应仅停留在字面的意义之上,恰恰相反,应该超越文本进入文化空间。是科幻的独特性让它能在科学、技术、哲学、历史、伦理、道德、社会、

文化、人类学等方面获得新的解读。作家应该欢迎更多的人从不同角度的探索。这是对作品背后的文化发掘，也是对人生价值的隐喻揭示和存在感悟。

吴言是计算机工程师，常年在金融企业从事信息科技工作，但更钟情的还是文学事业，按照她自己的说法，是理工科背景让她机缘巧合地在 2015 年，恰恰是《三体》获得雨果奖前为山西作协撰写了《刘慈欣综论》。由此，她开始细读刘慈欣作品且受益良多。几年下来，陆续写了一些有关刘慈欣的文章，她在 2019 年决定写这部专著。

要想研究刘慈欣的作品，必须塌下心来认真阅读。这点我最有感受。刘慈欣的作品博大精深，涵盖了人类历史的众多经验，他自己本人就是创意大师，从"智子"到"水滴"，从二维化到颇为独特的另类黑暗森林，世界科幻界——无论是作者还是读者——都因为他的创意而感到富足和惊异。同时，他又能通过独到的组织方式，将科技、人文、社会等多方面的知识融为一体，让一部小说充满了认知的感动和激情。我觉得广泛的阅读和思考，让刘慈欣能将这些知识和史料融会贯通，随手拈来，恰当地放在作品中的诸多犄角旮旯，你稍不注意就有可能错过。做个不恰当的比喻，这些内容有点像《红楼梦》中的诗词，跳过去不看，也能把故事搞明白，但如果细看细琢磨，独特而深藏的寓意就彰显出来。所以我说研究刘慈欣作品的第一步，必须认真阅读。本书用了许多篇幅，辅助读者去系统化阅读刘慈欣的作品。作者把自己的心得，用详细的笔触记录下来，跟你分享，也是对你的提醒，你注意到这点、那点了没有？苦口婆心，很是用力。

从内容上看，长篇小说是作者关注的重点，这个切入是正确的。因为长篇小说也是刘慈欣创作的发力点。本书的许多内容都是围绕刘慈欣的长篇小说撰写的。对这些小说该怎么解读怎么评析，作者有自己的看法。影视也是刘慈欣作品影响力的拓展点。作者抓住这点对改编成电影的短篇小说也进行了深入挖掘和展现，并对刘慈欣短篇小说进行了全面的研读评析。当然，在所有这些工作之前，作者已经注意到要整体把握刘慈欣的全貌，历史性全局性地高瞻远瞩，能透视作者工作的意图。我建议读者可以先阅读这些全局性的文章，然后再进入细节赏析。

我特别喜欢书中收录的作者对刘慈欣所做的访谈。这些访谈清晰明确地让刘慈欣的个性充分袒露。刘慈欣是直率的人，回答问题从不装蒜。你问他科幻到底是什么，他会说："科幻小说是文学的一种，当然遵循文学的共性，但也有这种文学体裁的个性，它的侧重点与传统的现实主义文学是有所不同的，用传统文学评论的语境去评论科幻文学，必然会出现偏差。科幻文学中的科幻内容不是一种表现人性或其他什么传统文学因素的工具，而就是科幻小说表现的核心。"这就是刘慈欣的话语习惯。直截了当，宣称什么辩护什么从不掩饰。而且，逻辑丝丝入扣，理论跟

现实关系紧密。"我创作的注意力主要集中在科幻构思上，人物只是讲故事的工具，当然我自己也明白这样不符合文学创作的规律，但这种做法也很难改正。"这是典型的刘慈欣式的"傲慢"，但同时也是刘慈欣式的谦虚，是刘慈欣式的坚持和刘慈欣式的歉意。我喜欢这样的访谈，因为但凡优秀的访谈者，要做到的是启发作者去表达，而不是预设圈套瓮中捉鳖。

上面谈的都是我在阅读本书时候的一些个人感悟。我感觉这本书对不同人作用不同。有的人买了刘慈欣的书如饥似渴地阅读过，对这样的读者阅读本书有惺惺相惜之感。我也知道有许多人看了一部分刘慈欣作品后看不下去，对于这样的读者，我也期待他们阅读本书，从本书作者的体验中你也许能获得跨越障碍的方法。

二十一世纪以来，中国科幻小说有了长足的发展，而刘慈欣及他的《三体》对中国科幻文学与文化的贡献，将会被载入史册。希望这本书的出版，能够带动刘慈欣作品的阅读和研究，也希望更多来自各个方向的作者、读者把自己的想法写出来，让《三体》走出狭窄的科幻世界，进入更广大的创意空间。

是为序。

吴 岩

2020年6月14日于南方科技大学

（科幻作家，南方科技大学教授，科学与人类想象力研究中心主任）

序 二

大学二年级的时候,我临时起意,要把金庸小说按写作顺序全部再读一遍。因为这决定,我度过了很多不眠之夜,梦里也常常会不小心闯进某场江湖密会,或者躲在角落里一言不发,或者抽刀拔剑了却爱恨情仇。等把作品读完,人忽忽若失,不知道接下来该做些什么才好。后来到图书馆去查关于金庸的资料,发现居然藏有一小架金庸研究著作,顿时心花怒放,便一本一本慢慢搬回去读,在不同的文字情境中继续过金庸瘾。

这种心情,很像是看完了一场期待已久的球赛直播,第二天要找各种评论来读,逮住机会还要跟同好交流对比赛的看法,讨论具体的战术、球员的表现,甚至会具体到某个球处理方式的得失,以此来回味自己经历的激动和狂喜。当然,我们也都心里有数,如此让人心醉神迷的书和球赛少之又少,并正因为难能才显出可贵。具体到书,对我来说,金庸之后,大概只有刘慈欣的小说

曾让我如此沉浸其中——那一年，我读完了能找到的刘慈欣所有文字，包括《三体》的同人小说，到处去找跟刘慈欣相关的文章来看，兴致勃勃地跟人讨论有关刘慈欣的话题。

已经读过诸多刘慈欣和跟刘慈欣相关的文字，也大体能够清楚他的思想资源和思考方式，但我明白，其中很多结论只是推测，算不得定论，因为至今也没有一本较为全面地关注刘慈欣知识形成和写作发展状况的专门著作，更是很少看到刘慈欣在文学书写之外的日常形象。在这个意义上，大概可以说，吴言的《从流浪地球到三体——刘慈欣星系》是一本必要而及时的书。

书分四辑。第一辑"星云初现"，从电影入手，集中对中短篇小说进行了评析，梳理刘慈欣的创作历程和思想轨迹，勾勒其科幻宇宙的大致样貌。第二辑"星系之恒星"评析刘慈欣最为重要的"三体三部曲"，细致介绍每部作品的具体情况，跟读者一起重温阅读小说时那惊心动魄的过程。第三辑"星系之行星"分析《三体》之外的其他刘慈欣长篇作品。第四辑"星系远眺"，是综论和有两个访谈，尝试定位刘慈欣作品在整体文学中的位置，或许是因为谈话和见面的场合比较私人，我们能够从中看到刘慈欣较为放松的谈论和较为日常的一面。

大概因为吴言长期从事人们称谓的纯文学评论的写作，因此在这本书里，既尝试描画出刘慈欣壮观的宇宙星系，又试图将其科幻作品安放进纯文学的评价系统之中。从这里，我们能看到一个热爱刘慈欣作品的写作者努力沟通的强烈意愿，仿佛要尽快拆掉科幻和纯文学之间森严的壁垒，以便能够在更深入的层面讨论刘慈欣的小说。无论如何，这都是值得敬佩的尝试。

这样的沟通，大概对刘慈欣来说不太重要，对看不上科幻（或者看不上刘慈欣作品）的人来说也不太重要——各自写出杰作不就是了？进一步而言，所谓的纯文学和科幻，原本就不是什么截然对立的两边，那些看起来振振有词的区分，从根本上来说，不就是两个概念的争执吗？放下名词，直接看取最为重要的问题，是不是更有效？

话又说回来，"无知和弱小不是生存的障碍，傲慢才是"。在高速发展的社会情境中，纯文学和科幻差不多都是无知而弱小的存在，不必再用傲慢建起对立的高墙了是吧？甚至可以说，无论纯文学还是科幻，其中的杰作，一起参与了人类对自身和社会的认知，最终扩大了人们的精神视野，促使人们把目光投向更广阔深远的时空，根本用不着先行区分。

如此，就不妨把这本书放在一个相对朴素的位置上，类似于同好之间的交流，有时莫名振奋，有时激烈争执，有时沉默不语，而背景是潜藏于内心深处的窃喜。只要有这窃喜在，我们就有了开心的机会，写作本身就已经是美好的报偿。现在，这本书即将出版，已经从同好间扩展出去，有了更多的交流机会，开心的范围也会扩大一点的吧？如果可以设想得更远一点，作者企图沟通

的双方,是不是都能从中感受得到一点儿什么?

就把这看作同好间的交流吧,并以此答谢吴言的信任。

黄德海

2020 年 5 月 12 日

(《思南文学选刊》副主编,《上海文化》编辑,中国现代文学馆特聘研究员)

第一辑

星云初现

刘慈欣与中国电影科幻元年

2019年己亥新春伊始,根据刘慈欣同名小说改编的科幻电影《流浪地球》引爆电影市场,一举创造了46亿元的票房。人们呼唤已久的中国电影科幻元年,终于在2019年从科幻成为现实。同年11月底,在第32届中国电影金鸡奖评选中,《流浪地球》又一举获得最佳故事片奖。由刘慈欣的作品实现中国电影科幻元年的开启亦是众望所归。

在厦门举行的中国电影金鸡奖颁奖典礼上,刘慈欣同《流浪地球》剧组一起踏上红毯,作为作家领受了电影改编带来的殊荣。上次出现这一盛况要追溯到二十世纪八十年代,那时的文学和电影双双繁荣,文学作品是电影最大的创作来源,很多小说被改编成电影后大获成功。这样的良性循环,造就了中国第五代电

影导演的崛起，使得中国电影走出国门，获得了国际性的影响力。二十世纪八十到九十年代是文学和电影的黄金时期，两个领域都产生了数量众多的经典之作。进入新世纪，文学和电影相继受到市场的冲击。中国电影受益于国家产业政策的支持，逐渐走出低谷，中国电影商业市场逐步培育成长起来，电影重启繁荣之路，但八十年代文学和电影携手并进的盛况难以再现。随着电影市场的壮大，票房逐渐能支撑起一些大制作高成本的电影，属于这一类型的科幻电影呼之欲出。改编自中国科幻文学作品的科幻电影，在人们的期待之中，却也在人们的想象之外。《流浪地球》的面世，终于让二者完美相遇。

《流浪地球》横空出世

在 2018 年国庆档电影的片头广告中，赫然印出了"刘慈欣同名小说改编电影《流浪地球》大年初一上映"的字样。观众在毫无预期的情况下，就同中国的科幻电影迎面相遇了。心中期待和疑惑并存，会是什么样的科幻电影呢？

而在 2019 年春节档电影上映时，人们发现根据刘慈欣小说改编的电影不只是《流浪地球》，宁浩的"疯狂系列"中新增的

《疯狂的外星人》竟然改编自刘慈欣的另一篇小说《乡村教师》。这种结伴出行的营销策略，确实取得了数倍的宣传效应，一时之间刘慈欣的名字传遍广袤的神州大地，为"中国电影科幻元年"造足了声势。

《流浪地球》在刘慈欣的中短篇作品中是很有代表性的，特别能表现出他那种宏大的想象力，也能体现出他的科幻美学。利用科技推动地球在宇宙中流浪这一意象，比单纯地驾驶飞船逃离地球更具美感，更富诗意。这个核心创意极具画面感，为电影的改编提供了基础。

文学和电影是两种不同的艺术形式。《流浪地球》小说是典型的科幻小说叙事模式，以历史的大框架作为叙事主体，跨越多个时代，随着地球流浪的历程，主人公从童年到成年，再到老年。小说中地球掠过木星这一段写得最为震撼，刘慈欣发挥他善于描绘画面的特长，将地球擦木星而过的情景，描绘到逼真的地步，让壮观的木星图景呈现在读者眼前。电影需要情节的连贯性和明晰的主题，不可能采用小说中松散的叙事方式，所以保留了小说的核心创意，又另起炉灶，围绕拯救地球发动机构建了主体情节。小说中的刹车时代飞船派和地球派的争执，逃逸时代的大灾难如地下城岩浆渗入，小行星撞击地球，以及飞船派叛乱，太阳氦闪发生等情节都未采用，给电影后续拍摄续集留下了空间。小说中地球擦过木星情节被改编为更有戏剧性和冲击力的同木

星相撞，更符合电影所要求的冲突和高潮。结果证明电影的改编是成功的。

《乡村教师》也是刘慈欣的代表作品之一，在这篇小说里他开创了"现实＋科幻"的写作模式，现实部分极端沉重，科幻部分极端空灵，创造了中国科幻史上"最离奇的意境"。导演宁浩当初买下这篇小说的电影改编版权，一定也是被这种"离奇"所吸引，其中蕴含着非常强的戏剧效果。原作中刘慈欣凭借瑰丽的科幻构想和扎实的现实书写，将这两部分无缝衔接在一起。叙事节奏紧凑，原作就有电影剧本的雏形。如果贴合原作改编为电影，不失为一种有益的尝试。但导演宁浩尝试几年，应该是在呈现星际战争的科幻部分遇到了困难，于是只撷取了原作中高等文明的创意，将之形象化为"外星人"，仍然沿着自己能够掌控的"疯狂"系列拍了下来，使得《疯狂的外星人》最终成为一部喜剧片。片中全无乡村教师的影子，让人觉得浪费了《乡村教师》这样一部优秀的小说题材。不过影片仍然取得了 20 亿元的票房，也可以说取得了成功。

实际在电影上映前是《疯狂的外星人》更被业界看好，据说还出现了票房保底行为。在《流浪地球》拍出以前，国人中不乏一种消极论调，认为科幻大片是好莱坞的专利，我们没有那样的能力，想当然地认为中国科幻电影没人看。《流浪地球》上映前，导演及制作团队不敢抱很高的期望，他们的目标是票房达到 12

亿元收回成本即可。结果出乎所有人的意料，迎难而上的《流浪地球》票房一举达到46亿元，两倍于知难而退《疯狂的外星人》。《流浪地球》引领了中国科幻电影，《疯狂的外星人》更多的是迎合了市场。

面对这种现象，刘慈欣的解释是："我们对大众的文化需求存在误解，处于一种'双盲'状态，大众不知道自己要什么，文艺工作者也不知道大众需要什么。就像是顾客来到饭店里，他不可能点一道菜单上没有的菜。"他以自己写作中的亲身体验为例，每次编辑说这样的题材没有市场，他就常常疑惑，没有写出来怎么能知道有没有市场？他的《三体Ⅲ：死神永生》（后文简称《死神永生》）就是这样的例证。

分析个中原因，刘慈欣说是我们的市场正在悄然发生变化，大众对那些有诚意的作品的辨别度提高了。2018年电影市场就有了这样的例子，《我不是药神》这样一部低成本的电影，竟然获得了大众的共鸣，收获了30亿元的超高票房。《流浪地球》也是一部有诚意的作品，这种诚意观众感受到了。这种诚意也可理解为情怀，在开创性的领域，情怀往往是第一推动力。

刘慈欣本人并没有参与两部电影的改编，他充分肯定了《流浪地球》的高起点，虽然也有不成熟之处，但能制作出这样的中国科幻电影已属不易。对于《疯狂的外星人》，刘慈欣的态度也是宽容的，他允许电影导演哪怕把自己的小说改得只剩下名字。

他这样的合作和开放态度，无疑对科幻电影是种促进。在两部电影的宣发阶段，作为有着固定读者群的科幻作家，刘慈欣非常合作地为电影宣传站台。可以说《流浪地球》的成功，刘慈欣的科幻迷们起了很大作用，这是科幻文学本身自带的效应。也使原先被称为"孤岛"的科幻文学，成为一种真正的大众文学。

中国科幻电影元年开启之艰

"中国电影科幻元年"早在 2015 年就被提了出来，那时《三体》刚获雨果奖，《三体》电影已完成前期拍摄。但科幻电影的难点在后期的特效制作上，当时国内的特效制作水平还在起步阶段，难以满足科幻电影的特效要求。

如果以生产方式做类比，文学更像是以个体劳动为主的农业，电影更像是流水线生产的工业。科幻电影是电影中的重工业，它可以衡量一个国家的电影制作水平。电影是大众艺术，各大电影节强调的是电影的艺术性，电影票房代表的是它的大众性。从世界电影票房排行榜看，截至 2019 年底，前十位中有六部是科幻电影，前一百中科幻/奇幻占去七成，另外二成是动画片，剩余一成是动作片。进入新世纪以来，随着计算机技术的发展，电影特效技术如虎添翼，更为科幻／奇幻电影制造视觉奇观提供了巨大助力，为幻想类电影拓展了更大的发展空间。90%的好莱坞电影是幻想类的，当然也代表着电影特效制作的最高技术水平。

近十年来，漫威出品的科幻电影成集群之势，创造了一系列的票房神话。尽管有人出言"漫威电影不是电影"（这是诟病这类电影的大众性），但也无法阻挡漫威电影《复仇者联盟4》在2019年一举超过雄踞世界电影票房排行十年之久的《阿凡达》，成为史上票房第一。漫威电影是好莱坞价值和风格的代表，大制作，高特效，美式英雄……这类电影是好莱坞的支柱产业，是美国文化的典型代表，输出的是一种文化霸权。

电影在中国的文艺事业中一直有着特殊地位，二十世纪电影的影响力和传播力非其他艺术形式能及，所以是国家层面关注的行业。从二十世纪九十年代开始，电影先是受到电视的冲击，接着面临着市场的冲击。本世纪初，中国的电影市场是好莱坞大片和港台电影的天下，一度沦为它们的票仓，难以走上自己的产业之路。经过一系列的产业政策调整和扶持，二十一世纪第一个十年过后，中国的电影市场逐步培养起来，曾经的艺术导演们也在商业大片上尝试探索。近几年，中国电影票房中已是国产电影的天下，港台片数量渐少，好莱坞大片让位于国产大片，如2019年的《复联4》在中国票房只排在第三，不敌国产片《哪吒》和《流

浪地球》。在2019年以前，国产片中轻喜剧和现实题材占去绝大多数，动画片也有了一席之地，唯独不见科幻电影的影子。这表明，我国的电影产业工业化程度并不够，同国际顶尖电影制作技术水平至少相差十年以上。

科幻电影的发展离不开作为基础的科幻文学。进入新世纪后，中国的科幻文学在外界关注之外兀自成长，已初具声势。国外科幻文学的发展走过了一个很成熟的路径，即从杂志化开始，培养科幻作家和读者群，再到图书化，打造出科幻畅销书，最终是影视化，形成一条完整的产业链。在我国，自二十世纪九十年代开始，走向市场化的《科幻世界》杂志担负起了科幻平台的作用，使得我国的科幻文学在低谷时期没有断代，还积累酝酿了科幻文学的第三次高潮。刘慈欣正是《科幻世界》在新世纪发掘和培养出的科幻作家。在建立了一定的读者基础后，《科幻世界》有意实现从杂志向图书的转化，开始策划出版长篇小说，刘慈欣的"三体"系列属于此列。"三体"系列在2010年全部完成，社会上已慢慢掀起了"三体"热，在获雨果奖后，更是持续热销，成为不折不扣的畅销书。可以说，中国科幻文学畅销书这一突破是由刘慈欣完成的。随着电影市场的发展，科幻文学同电影相遇是一种必然，刘慈欣包括《三体》在内的作品，在2010年后相继售出电影改编版权。人们很自然地将中国科幻电影的突破寄予刘慈欣身上。

人们期待已久的《三体》电影几经周折，最终未能问世。技术需要有一个积累的过程，在科幻电影起步阶段，直接拍《三体》这样的巨制并不现实。电影要求主线明确，情节连贯，而《三体》小说故事线索丰富，情节多变，如何取舍是个难题，何况我国缺乏有经验的科幻电影编剧。再加电影特效技术不成熟，《三体》电影难产也在情理之中。

相形之下，刘慈欣的中短篇小说有着很强的可改编性。他的中篇小说叙事节奏明快，画面感强，人物对话精彩，很多时候就像是电影剧本。他的很多作品，既有现实的故事性，又有科幻想象力，情节还相对单一，更适合改编成电影。《流浪地球》正属于此列。《流浪地球》电影的拍摄历时四年才完成，时间和资金成本绝大部分投入到后期的特效制作中。近七千人的制作团队经过艰苦的工作，提升了中国电影的特效技术水平。带来观众震撼的视觉冲击力的同时，还有着耳熟能详的中国文化符号，以及中国文化的家园情结等，让中国人看到了中国色彩的科幻电影。观众用46亿元票房给出了肯定，中国科幻电影闪亮登场。

中国科幻电影根植于科幻文学原创

电影《流浪地球》的成功，带给刘慈欣的喜悦丝毫不亚于《三

体》获得雨果奖。2014年的一次采访中，被问及最大的愿望是什么，他说是"当电影制片人"，可见他对电影的痴迷程度。他钟情的电影，当然只能是科幻电影。借助互联网的便利，他几乎观遍了所有的科幻电影，对科幻电影如数家珍，对科幻电影有着自己的审美。

在刘慈欣心目中，排在首位的科幻影片一直是根据他的偶像阿瑟·克拉克同名小说改编的《2001太空漫游》。这部小说当初彻底改变了刘慈欣的文学观念，在他心目中树立了科幻文学的丰碑。这部小说的最初创意就是电影剧本，是为电影拍摄而创作的，克拉克在此基础上将其完善成小说。导演库布里克完美地用电影语言呈现出了小说的意境，所以我们看到的小说和电影是高度吻合的，而不像其他改编自小说的科幻电影，同原著相差上亿光年。库布里克凭借《2001太空漫游》，成功地将作为类型片的科幻电影转型为艺术电影，为科幻电影开启了全新的道路和高度，也奠定了自己大导演的地位。这部拍摄于1969年的科幻片，并没有今日那么炫目的特效，当时的一些先进技术在今日看已经落后了，但影片呈现出的太空之美和诗意在今日仍然令人震撼。

相反，现在的科幻大片一部接着一部，不断改写着票房纪录，但仍然没有撼动《2001太空漫游》在刘慈欣心目中的位置。十年前上映的卡梅隆导演的《阿凡达》，让刘慈欣略感失望，虽然它直到2019年前一直雄踞票房第一。2014年热映的诺兰导演的《星际穿越》，他的评价并没有网上那么高，当然影片的技术含量是无可比拟的，影片的科学顾问索普后来因建造引力波探测器 LIGO 获得了诺贝尔物理学奖，还写了同名书籍，对电影制作中的物理理论和特效实现进行了科普。刘慈欣更赞赏诺兰导演的《盗梦空间》，认为这样的科幻电影不依赖特效，制作成本不高，很适合中国拍摄。但这样的电影对剧本的创意要求很高，以中国目前的科幻编剧水平一时还达不到。而且，中国观众对国产科幻电影的期待，应该还停留在"奇观"效果的阶段，所以大制作、高成本、炫特效的《流浪地球》取得了成功，类似《盗梦空间》这样大开脑洞的电影未必有市场。

2018 年刘慈欣获得克拉克想象力服务社会奖，他在获奖致辞中说："科幻的想象力由克拉克的广阔和深远，变成赛博朋克的狭窄和内向。"这是科幻文学出现的趋势，在科幻电影中也会有所表现。进入网络时代后，赛博朋克更是同虚拟世界紧密媾和。所以，我们在五十年前可以看到《2001 太空漫游》，在今天只能看到斯皮尔伯格导演的《头号玩家》这样的虚拟现实电影。人类那仰望星空的目光，确实收回来了，从对宇宙的幻想转为虚拟的幻象。

"三体系列"完成后的这十年，随着作品电影改编版权的相继售出，刘慈欣有更多的机会介入到电影方面。科幻文学更适合可视化的影像来表达，电影是大众化的艺术，同科幻文学的最终

目的是一致的。作为科幻作家，刘慈欣对自己作品向影视的转化是支持的。对于在强势的电影工业话语体系下，作家的相对弱势也深有体会。比如在《三体》的电影改编版权问题上，因为在刚完成不久就已出售，这部作品的价值显然被严重低估。因为在法律条款方面缺乏经验，对后续的电影制作失去话语权，这也是《三体》电影迟迟不能问世的一个原因。

刘慈欣仍然很庆幸自己能有一部作品的电影拍摄成功，他认为中国科幻电影比科幻文学的前景更为乐观。在《流浪地球》电影大获成功的带动下，刘慈欣的作品改编在各个领域开花结果。动漫电影剧集《我的三体之章北海传》在视频网站热映，在豆瓣获得高达 9.7 的评分。最近又推出改编自刘慈欣短篇小说的精美的漫画系列图书，第一期包括《流浪地球》《乡村教师》《梦之海》和《圆圆的肥皂泡》，云集国内外顶尖的漫画家配图制作，画面甚至比电影更加唯美和震撼。刘慈欣说过："我从来没有用文字把自己想象的画面真正表现出来，一次也没有。"这只能说明影像相对于文字更具视觉优势。刘慈欣本身已成为文学界的大 IP，在各个产业链条上延伸着科幻文学的影响力。在刘慈欣的带动下，其他科幻作家的作品也相继受到电影的青睐，掀起了一股科幻文学改编电影的热潮。

2020 年，因为新冠疫情影响，春节档电影全部下线，电影院线迟迟不能复工，电影业遭受重创。电影《流浪地球》的问世是幸运的，顺应了天时和趋势。电影中的灾难以另一种面目莅临地球，于是人们想到了剧中的一句台词：最初，没有人在意这场灾难。这不过是一场山火，一次旱灾，一个物种的灭绝，一座城市的消失。直到这场灾难同每个人息息相关。被频繁提及的，还有《三体》中的那一句：无知和弱小不是生存的障碍，傲慢才是。随着疫情在全球形成大流行之势，这两句文学语言呼应了现实的困境，科幻的预言和社会实验功能得到了显现。

中国电影科幻元年已经开启，前路仍有险阻，但不会停下脚步。希望随着科幻电影市场的拓展，随着其他科幻衍生品的热销，科幻文学能被反哺，让科幻文学焕发出更持久、更旺盛的生命力。

流浪地球时代

——丰富的中短篇小说世界

在主流文学界,判断一个作家长篇作品质量的一个标准,是看这个作家有没有质量上乘的中短篇小说。这一点用在刘慈欣身上也适用。刘慈欣的中短篇小说篇目不多,迄今为止只有三十七篇,但大部分质量很高,很多堪称经典。科幻小说以科幻创意为核心,创意只能一次性使用,所以虽然篇目不多,但题材足够丰富多样——可以写历史、现实、未来,也可以写乡村、世界、星际,这是科幻的优势,也同刘慈欣自身的探索分不开。

刘慈欣 1999 年正式发表作品,但他最早的写作可追溯到初中时期,此后的二十年虽然没有作品发表,但他一直在坚持写作。

有时不免被生活打断，但出于对科幻的热爱，总会在某个时间点再接续上。刘慈欣最早的短篇小说《坍缩》和《微观尽头》写于1985年，大艺术系列的《诗云》和《梦之海》写于1997年。刘慈欣的中短篇小说创作跨度从1985年到2005年，相较长篇小说更能反映出他的创作演变过程。2005年后他开始长篇小说"三体"系列的创作，中短篇小说发表量明显减少。

1999年《科幻世界》杂志发起了硬科幻作品征文。刘慈欣终于有了投稿机会，他把自己的五篇作品，包括《鲸歌》《坍缩》《微观尽头》《带上她的眼睛》《流浪地球》，以集束炸弹的方式投给了《科幻世界》，立即引起了编辑部的注意。《科幻世界》在1999年第6期同时登了刘慈欣的两篇小说《鲸歌》和《微观尽头》，接着在第7期上登了《坍缩》。刘慈欣开始登上科幻舞台。随后在1999年第10期《科幻世界》发表的《带上她的眼睛》，为刘慈欣首次赢得银河奖，开启了他连续获奖的序幕。

2000年是新世纪开启之年，也是刘慈欣创作的转折之年，以往不感兴趣的现实开始进入他的写作视野，他进入了自己定位的第二创作阶段，"人与自然"阶段。这一年他发表了《流浪地球》，为他第二次赢得银河奖，二十年后又成为中国电影科幻元年的开启之作。这一年他还写出了自己的代表作品《乡村教师》和《全频带阻塞干扰》，在科幻和现实结合方面做了大胆的、开创性的、更具想象力的尝试。科幻的魔法棒一经同现实结合，就焕发出神

奇的、前所未有的生命力。

从2001年起,《科幻世界》杂志改革了银河奖的评奖规则,以往分为特等、一等、二等、三等的方式被"银河奖"和"读者提名奖"取代。《科幻世界》每期开辟银河奖参赛作品专栏,刘慈欣匀速地投放着自己的作品,每年三至五篇不等。所以从2001年到2004年,刘慈欣每年均有两篇以上的作品获得银河奖和读者提名奖,2002、2003年更是有三篇获奖,这样的辉煌至少目前来说是空前绝后的。刘慈欣在《科幻世界》发表的中短篇小说总计二十三篇,其中获得银河奖作品为十三篇,超过发表数量一半,未获奖作品中也不乏优秀之作,可见他中短篇小说的质量是非常上乘的。

作为"硬科幻"作家,刘慈欣的科幻小说以科幻创意胜出,但是在故事性、文学方法、语言文字、叙事节奏方面,也做了多方位的尝试。他乐此不疲地进行着各种题材的文学实验,构造起自己独特的科幻世界。他的小说可以在世界范围内任意驰骋,还可以在寰宇之中肆意翱翔;既有纯粹的科学幻想,也有对现实社会的关注;既有对文明的形而上思考,也有科技应用的具体场景;既能关注中国的乡村,也能聚焦世界局部战争热点;既有基因技术的极端应用,也有体育竞技代替战争的善良愿望;写作范围上可达联合国,下可至贫民窟……总之,在他的三十多篇中短篇小说中,题材的丰富程度是传统文学无法比拟的。

在小说技法上,刘慈欣也做了全方位的探索。其中有《流浪地球》的"宏细节"断代叙事,也有《中国太阳》的线性叙事,还有《全频带阻塞干扰》这样的多角度分镜头切换;还有《乡村教师》中的双线衔接并进叙事;《地球大炮》和《赡养人类》中是穿插和倒叙手法;《光荣与梦想》则有意识流的影子,更具现代主义色彩。

刘慈欣的中短篇小说是有系列规划的,这也是科幻小说的特色之一。他最早规划的是大艺术系列,包括《诗云》和《梦之海》。在《科幻世界》开始发表作品后,杂志的特点也更适合系列的规划。在2001年,他做了很多系列的规划,如"地球"系列、"太阳"系列、"普通人"系列、"人民战争"系列,很多篇的核心创意都有了。除"人民战争"没有开始,其他系列完成了一部分。出于对科幻创意的珍惜,以及后期他的创作重心向长篇转移,这些系列未再继续。为了研读方便,笔者根据刘慈欣最初的创意和自己的认识,对他的中短篇小说进行了分类。

一、末日系列三部曲——《流浪地球》《微纪元》《吞食者》

刘慈欣规划的"末日三部曲"完成了《流浪地球》和《微

纪元》。这个系列最初是"太阳"系列，以太阳灾变为题材，规划有六篇。每篇的创意甚至题目都想好了，最后一篇是《在冥王星上我们坐下来哭泣》，仿自拜伦的诗句，但最后没有完成。冥王星的创意后来应该移植到《死神永生》中了，太阳系即将毁灭时在冥王星上建立了人类文明博物馆。"末日"是科幻中的特定题材，只是因中国传统文化的世俗性，让末日成为一种文化禁忌。《吞食者》中也有地球毁灭的情节，笔者将其归为此系列。

《流浪地球》：在太空演绎中国式乡愁

这篇小说是最能代表刘慈欣宏大想象力的作品，也是最具画面感的一篇，所以被改编成电影后会大获成功。电影《流浪地球》的故事情节同小说大相径庭，它只是撷取了小说中的核心创意。

距太阳系最近的恒星系是四光年外的半人马座比邻星，这是一个在科幻小说中最常出现的星系，人类对它充满了想象。比邻星是一个有着三颗恒星的星系，正是"三体系列"的想象之源。同《三体》中三体人驶向地球的路径正好相反，《流浪地球》中是地球驶向比邻星。太阳系的太阳发生氦闪，走向老化而衰亡，地球必须寻找自己的新太阳。被解读为"中国方案"的带着地球去流浪，展现出刘慈欣不拘一格、天马行空的想象力。地球在他的脑海里就像是普通人看到的地球仪，太阳系的星球在黑暗宇宙中闪着不同的光芒，在各自的轨道上循环往复。有如获得了伽利略的撬动地球的支点，刘慈欣让地球获得了脱离太阳系的动力，奔向了比邻星。

地球流浪的过程被划分为刹车时代、逃逸时代、流浪时代和新太阳时代。小说只写了刹车时代和逃逸时代，作为重心的逃逸时代故事情节最多，流浪时代作为了小说的结尾。新太阳时代并未出现，留下的很大的想象空间。

小说以一个男童的视角切入，他出生在刹车时代结束时，地球停止转动，太阳停止升落，季节中没有了春秋冬，孩子们害怕看到太阳。在这一节里描绘了比珠峰还要高的地球发动机，这个足够宏伟的创意，在电影《流浪地球》得到了充分展现。通过孩子们划分为地球派和飞船派，影射出了人类社会对待太阳氦闪的分歧，飞船派主张制造飞船逃离太阳系，地球派主张带着地球去流浪。小学老师展现了一个封闭的小生态系统，在理论上能完成自我循环，实际上却无法永续生存。这就为地球派提供了理论依据。刹车时代结束，地球起航，进入逃逸时代。

逃逸时代地球仍然要围绕太阳旋转十五圈，以获得加速度飞离太阳系。地球在远日点和近日点间摆动，人类也在安全和恐惧之间摇摆。人类社会已发生了巨大改变，人们进入地下生活。在巨大的灾难面前，艺术、哲学、宗教都消失了，只留下了科学和技术。人类的感情生活也发生了变化，婚姻继续维持，但爱情却消失了。

像典型的科幻小说一样,《流浪地球》也写了很多大灾难场景。因为地球发动机的运行和地球轨道的改变,地核铁镍核心被扰动,岩浆渗入地下城。按照《紧急法》,儿童和青少年是首要保护对象,母亲因此死去。"我"随着地球流浪的步伐成长起来,在奥运会比赛时参加了冰橇横穿太平洋的项目,因此结识了日本妻子,还被选定为可以生育后代的那部分家庭。在回亚洲的旅途中,地球穿越小行星带,人类用反物质炸弹清除小行星,陨石仍然不断撞向地球,激起的尘埃让地球变得暗无天日,三年后尘埃才散去。父亲也在阻击小行星中牺牲。

地球在围绕太阳的最后一圈中与木星交会,借助木星的引力达到逃逸速度。作者在此详尽地描绘了木星穿过地球上空时的情景,画面感极强,给人身临其境之感,这也是为什么电影《流浪地球》会采用这个创意的原因。只不过在电影里是地球在木星引力下将要撞向木星,最后用点燃木星的方法,产生冲击波将地球弹射出去。

这时小说又增加了一个反转的情节。离开木星后,地球表面已经像火星一样荒凉。人们观察太阳,发现它同几年前没有区别,并没有发生氦闪的迹象。于是发生了叛乱,地球派遭到了疯狂的报复,他们中最后的五千人被处决,人们企图改变地球发动机方向,重新返回太阳系。就在这时,氦闪发生了。太阳走过五十亿年的生命历程后死了。幸运的是地球已脱离太阳系,失去家园的地球开启了在太空孤独的流浪之旅。

刘慈欣说自己是百分百的飞船派，只是因为让地球去流浪更具科幻美感，所以选择了带着地球去流浪。一位评论家曾指出小说中有一种"回乡情结"，刘慈欣当初并不认同。多年过后，才意识到确实如此。这里就涉及了中国文学的一个重要母题"乡愁"，乡愁的产生，是因为离乡而成为异乡人，是流浪的收获。带着地球去流浪，是人类不想抛别故乡，但地球却失去了自己的家园，人类整体性的乡愁取代了个体的乡愁。所以刘慈欣说："自己的科幻之路也就是一条寻找家园的路，回乡情结之所以隐藏在连自己都看不到的深处，是因为我不知道家园在哪里，所以要到很远的地方去找。在《流浪地球》中能看到的，就是这样一个行者带着孤独和惶恐启程的情景。"[1]

科幻文学是有超前性的。这篇小说写于2000年，在它问世之初，中国文化是不接受世界末日之类的题材的。二十年过后，中国社会取得了巨大的发展，中国文化更加包容开放，昔日的科幻预言有了被接纳的空间，所以也就有了电影《流浪地球》的成功。

刘慈欣的很多中篇小说都有着长篇小说的架构，《流浪地球》也是如此。这篇小说中，刘慈欣"第一次把宏观的大历史作为细

---

[1] 刘慈欣:《寻找家园之旅》,《科幻世界·30周年特别纪念增刊》2009年8月。

节来描写,即本人后来总结的'宏细节',使得对历史的大框架叙述成为小说的主体,这是幻想文学独有的叙事模式,在描写现实的主流文学中是不可能出现的。"①《流浪地球》确实提供了一种独特的科幻文本,在宏大的框架下,可以填充众多的细节,有着良好的扩充性。

小说中父亲说的一段话被移植到了电影中,颇具启示意义:

我们必须抱有希望,这并不是因为希望真的存在,而是因为我们要做高贵的人。在前太阳时代,做一个高贵的人必须拥有金钱、权力或才能,而在今天只要拥有希望,希望是这个时代的黄金和宝石,不管活多长,我们都要拥有它!

天行健,日月不息,在地球获得第一推动的那一刻,希望就已诞生,成为生命源源不断的动力。

《微纪元》:地球文明发展的极化方向

这篇小说同《流浪地球》一样,设定的前提都是太阳灾变,《流浪地球》是太阳发生氦闪,《微纪元》是太阳发生能量闪烁,地球被高温熔化而毁灭。《流浪地球》中是让地球飞出太阳系,《微纪元》则提供了另一种乌托邦化的方案,就是利用基因和纳米技术,将人类变为细菌般大小,地球文明微缩化。人类文明不

---

① 刘慈欣:《重归伊甸园——科幻创作十年回顾》,《南方文坛》2010年第6期。

仅在大灾难中延续下来，而且因为低消耗，资源取之不尽，文明得到发展和升华，人类社会成为无忧无虑的快乐社会。微纪元以前的人类只幸存下来一个个体，他乘恒星际飞船探索外太空后返回地球，认为微纪元社会比以前的人类社会更值得保留，最终毁灭了微纪元前人类的胚胎细胞。

在《微纪元》中，相对于改造过后的"微人"，人类成为"宏人"。微人和宏人之间发生了争夺世界控制权的大战，结局却不是宏人的必然获胜。像小说中说的，"他们在整个文明史上一直用（消毒剂）这东西同细菌作战，最后也并没有取得胜利"。2020年经过新冠肺炎疫情后看到这样的话，没有理由产生质疑。病毒这样的地球上最古老的微生物，甚至不能形成细胞，但所昭示出来的强大生命力，却令整个人类文明相形见绌。人类并没有强大到无以复加，足以主宰地球和万物。恐龙曾经在两千万年间是地球的主人，最终留下的却只有化石，而和恐龙同时期的蚂蚁却生存了下来。大不等于强大和伟大，在自然面前，人类不该丢失谦卑的心态。

《微纪元》是一篇正统意义上的科幻小说，散发着熟悉的二十世纪八十年代的气息。为人类社会描绘一个乌托邦的美好社会，是那个时代科幻的主题。刘慈欣为此写过一篇《文明的反向扩张》，文明不是越大越好，那么就是越小越好，将文明向微观方向发展。这篇小说是刘慈欣早期的作品，他的特色还不是特别明

显，风格还没有成型。刘慈欣的想象力以宏大著称，在微观世界总有腾挪不开的憋屈之感。虽然在小说中他也描绘了很多细节，文笔也称得上细腻，但这些似乎别的作家也能写出。小说中表现的低能耗社会理念，同当前的生态环保意识非常契合，再加它传统的风格，被主流的《人民文学》选载时位列首篇。

《吞食者》：气吞亿万里如虎

这篇小说中地球的毁灭是因为外星文明。小说中刘慈欣展现出了宇宙级的气魄：吞食者漫步于太空，行星不过是他的餐后水果，吞食后咀嚼一番，尽情掠夺资源，然后行星被吐出，成为一枚光秃秃的果核。

当然，如果不想把这些写成寓言式的童话，就必须有科幻的支撑。吞食帝国是一艘世代飞船，它是环状的，直径五万公里。靠近行星后，其巨大的质量引起引力扰动，海水掀起巨浪，大地撕裂，火山喷发……然后吞食飞船套在行星赤道上，同行星一起围绕恒星运行，经过一个世纪的咀嚼，将行星的水和空气、各种矿藏掠夺一空，然后吐出行星，继续自己的宇宙航程。

吞食者来临的消息，首先是已被吞食的波江座 ε 星晶体带来的，然后吞食帝国派来了使者大牙。巨兽一样的大牙"嘎吱嘎吱"地吞食了一个人，觉得人类肉质鲜美，决定地球被毁灭后，人类种族可以保留下来，作为吞食帝国饲养的家禽供他们食用。

地球人类不甘于被吞食和毁灭的命运，他们首先想用地球文明有五万年的古老历史感化大牙，将大牙带到了非洲的考古现场。但大牙在意的却是被挖掘出的土堆中的蚂蚁。大牙讲了一个有六千万年历史的王国的故事，也讲了蚂蚁王国顷刻间被人类摧毁的现实。人类对于蚂蚁来说不也是吞食者？所以大牙说："在宇宙中，道德没有意义。"

人类寻找着对抗吞食者的方法，同《流浪地球》一样，这是另一场地球保卫战，也是刘慈欣小说中唯一的一篇直接对抗外星文明的小说。人类从波江座那里获得了吞食者的资料，知道吞食者飞船超过一定的加速度就会被撕裂；人类也同吞食者进行了谈判，争取到了将月球作为避难所。同《流浪地球》中的地球发动机相似，这次是在月球上建造月球发动机，以期将月球推离绕地轨道；人类的现有技术不足以支撑建造月球发动机，于是又疯狂地决定在月球上播种核弹，借助五百万枚核弹爆炸的动力使月球脱离地球。

吞食者已经进入太阳系，向地球逼近。月球在核弹引爆下开始加速，但月球并不只是被推离地球，它径直撞向吞食者！人类向吞食者宣战了！这是人类的第一次星战！月球和吞食者像两名中世纪的骑士一样撞向对方。"吞食者喷出的上万公里长的蓝色光河的头部镶嵌着月球核弹银色的闪光，构成了太阳系有史以来最壮观的景象。"就在双方相距五万公里的时候，吞食者开始

进行变速机动航行，以躲避月球，而它的加速度比人类原先了解的要快四倍！月球无力追赶，与吞食者擦肩而过！这就是人类历史上第一次也是最后一次星战的结果。

用月球拯救地球的努力失败了，绝望的人们又发现了一线希望。吞食者因为超速航行出现了裂缝，如果不能将自转速度降在毁灭值以下，将在十八小时内解体。正当人们准备欢呼的时候，吞食者又启动了发动机向地球逼来。它冒着解体的危险继续着吞食地球的航行，裂缝越来越多，但吞食地球进行到一半时，地球的引力抑制住了裂缝的增长，并慢慢弥合了以前的裂缝。地球最终还是被吞食了！

一百多年后，地球被吞食者像果核一样吐出来，已经全无生命迹象。等到地球冷却后，指挥舰队返回地球。人类已全部移居至吞食帝国，成为那里的家禽。由于当初地球的反抗，吞食帝国自损八百，未能将地球榨干殆尽，还保留了少许空气和水。吞食帝国的使者大牙也来到了地球，告知舰队它们其实是地球上几千万年前消失的恐龙，现今为了生存不得不吞食自己的母星。"文明就是吞食，不停地吃啊吃，不停地扩张和膨胀，其他的一切都是次要的。"这是吞食者的生存原则。而地球指挥舰队的元帅却要反问："难道生存竞争是宇宙间生命和文明进化的唯一法则？难道不能建立起一个自给自足的、内省的、多种生命共生的文明吗？"

使者大牙保留了一盒地球被吞食前的泥土，把它归还母星地球。大牙邀请舰队的人同他一起返回吞食帝国，在登上飞船的时候，元帅在这一小片泥土中发现了蚂蚁。为了让地球上的生态系统能够繁衍生息，舰队的人决定留在已不适合人类生存的地球，作为蚂蚁的食物让地球生命继续进化下去。

《吞食者》中写到了同外星文明的战争，也为在地球消失的恐龙找到了一个很好的归宿。恐龙、蚂蚁都有一定的社会性，作为有可能产生文明的生物物种，在刘慈欣的作品谱系中一再被探讨。末日题材的科幻小说，拯救、牺牲、英雄主义是不可或缺的元素。这篇小说初步探讨了宇宙的生存法则，已有了《三体》的影子，更进一步的探讨则要留给"三体系列"。

二、大艺术系列——《诗云》《梦之海》《欢乐颂》

这是最完整最成功的一个系列。这三篇分别写文学艺术、雕塑艺术和音乐艺术。评论家宋明炜说："'诗云''梦之海'体现出刘慈欣科幻世界中最高端的艺术形象，它兼有着人类不可企及的宇宙的崇高感与凭借艺术方式本身传达出来的人文主义信念。这一形象在科学和人文两方面，都是超现实的想象力产物，它既令

我们对头顶的星空产生无限敬畏，也对我们自身——人类文明保持理想主义的信念。"①

　　这个系列原来规划中还有绘画艺术和戏剧艺术。当初因为读者反响平平，刘慈欣没有再继续写下去，并认为这种纯科幻作品没有太多的受众。实际上现在很多读者表示很喜欢这个系列，希望刘慈欣能继续写下去。刘慈欣的大艺术系列非常贴近他最推崇的科幻作家阿瑟·克拉克的风格。克拉克的作品所具有的空灵之美，是表达太空虚无之境的典范，是科幻和文学的完美结合。这一系列归为刘慈欣"纯科幻"阶段的作品，体现了他最高的科幻理想。

《诗云》：刘慈欣星系中的最高艺术形象

　　无论从科幻的角度，还是文学的角度，《诗云》都堪称一篇很经典的小说。无论是科幻创意本身，还是小说表达出的思辨性，《诗云》都达到了完美的艺术高度。

　　小说开篇设计的科幻图景，是我们用想象力还原起来也非常吃力的：地球是空心的，海洋和陆地贴在地壳内壁，陆地像墙皮，美洲大陆飘在空中，小太阳是一个白洞，从地心向外照耀着……

　　在这样一个世界里，一行三人进行着目的地南极的"吟诗航

---

① 宋明炜：《弹星者与面壁者——刘慈欣的科幻世界》，《上海文化》2011 年第 5 期。

行"。科幻小说并不以创造人物为重,但《诗云》中创造的几个科幻形象令人印象深刻,完全可以进入文学殿堂的人物长廊。

这些人物首先是李白,"超越李白的李白"。在成为"李白"之前,他是神,是宇宙中掌握了超级技术的技术神。他的形象也只是简洁的球形和平面几何体。他们种族已经纯能化,掌握了时空跃迁技术,瞬间就能从银河系这一端跃迁至另一端。在宇宙中,只有进入六维以上空间的种族才称得上是文明种族,而神的一族已能够进入十一维空间。进化到这样的技术级别的社会在意识上应该是融为一体了,但李白一族保留了个体的存在,所以他们对艺术有超常的理解力,李白就是一位宇宙艺术的收集者和研究者。

然后就是恐龙大牙。它出现在前一篇小说《吞食者》中,是吞食帝国的使者。吞食帝国吞食了地球,将人类作为家禽饲养在吞食帝国的巨型环状飞船上。吞食帝国在即将离开太阳系时又折返回来,因为神来到了太阳系。为了从高级的神族文明那里获得超技术,大牙将地球人类中的诗人伊依当作礼物送给了神。

诗人伊依之所以能够存在,是因为他在饲养场的家禽人中教授人类的古典文学,据说诗歌的熏陶有助于改善人类的肉质。在神级文明眼里,人类"这种生物的思想之猥琐、行为之低劣、其历史之混乱和肮脏,都很让他们恶心"。人类是未开化的种族,如同杂草和苔藓。所以神命令大牙将伊依丢进垃圾焚化口,伊依拼

命挣扎，几张纸片从衣服口袋里掉落，引起了神的注意。那是汉字组成的矩阵，是诗。诗引发了神的好奇，他让大牙为他传输了古代汉语知识，神很快就能读懂汉语古诗。古诗传达的意境令神向往："用如此少的符号，在如此小巧的矩阵中蕴含着如此丰富的感觉层次和含义分支，而且这种表达还要在严酷得有些变态的诗律和音韵的约束下进行，这，我确实是第一次见到。"

伊依再次被当成虫虫扔向焚化口时，喊着让神将写着古诗的纸片留作纪念，因为那是宇宙中不可超越的艺术。这句话激起了神的好胜心，也为伊依保住了性命。神觉得他们的技术所向披靡，无所不能，一定能写出超越李白杜甫的诗歌。伊依坚持认为"这与技术无关，这是人类心灵世界的精华，不可超越！"而神则认为"技术本身才是真正的神"。在争辩中神把自己化身为了李白，决意要吟诵出超越李白的诗歌。

神、大牙、伊依的对话相当精彩，赋予了三个科幻形象鲜明的个性。神幻化为李白的创意，也有着李白天人般天马行空的恣意。在想象力层面上，刘慈欣堪称李白级的。文学是想象力的事业，不管是诗歌还是科幻，不管是古典还是现代，想象力的衡量尺度是一致的。李白纵横天地、神游八极，刘慈欣驰骋寰宇、翱翔九天，都达到了想象力的极致。

为了寻找诗的灵感，《诗云》中的李白像真实的李白一样，纵情山水，月下饮酒，山巅吟诗。但李白仍然有着困惑和不安，为自己不能写出超越李白的诗而迷离和痛苦。李白和伊依关于技术的争论还在继续，伊依用美丽的少女和解剖后的血淋淋的器官部件做比喻，前者是自然的美，后者是技术的反诗意。但李白不愿认输，他找到了另一条路，要创造出所有汉字组合而成的诗，就是所有的诗，当然也包括超越李白的诗——这就是"终极吟诗"。

"终极吟诗"的创意，应该在很大程度上来自于刘慈欣"电子诗人"的实践经历。那是刘慈欣编制的一个能自动写诗的软件，按照规律对汉字进行随意组合，每秒能产生200行诗。李白神族用他们掌握的量子计算机技术，"终极吟诗"会产生多少首诗呢？10的57次方！这是太阳系所有原子的总量。吟诗并不是最难的，关键是存储。恐龙大牙首先意识到了危险：如果要存储这些诗，吞食帝国乃至整个太阳系都将会被毁灭。但神意已决，终极吟诗终于启动了。

太阳被熄灭了，坍缩为一颗新星，新星熄灭后又生成一颗新星，一次次熄灭再生成，第十一次太阳才真正殒命，太阳中的物质最大比例地聚变为制造存储器所需的重元素。天空中不断有星体亮起又熄灭，那是行星被拆解时的爆炸过程。吞食帝国经过必败无疑的抵抗，也被毁灭了。神发慈悲，允许人类返回已经空心化的地球，人类重新成为人类——"人终将为人"。

在空心地球上，伊依、大牙和李白向南极进发，做吟诗航行。

他们来到南极，钻出地壳去看诗云，诗云像银河系一样壮观！正当大牙和伊依被技术所震慑，不由得开始崇拜技术的时候，李白哭了。他承认了自己失败，因为他虽然写出了所有的诗，但却无法从中检索出那些超越李白的诗。

小说本身的题目也显示出了古今汉语丰富的多层含义。我们文化中通常理解的"诗云"，是《论语》里常常出现的，意即"《诗经》上说"，"云"在此是动词。而从现代汉语的字面理解，可以是"诗形成的云"，"云"回归为它的现代意义，一种大气层的自然现象。而现今，随着信息技术的发展，"云"作为技术名词而流行，也许一朵小的"诗云"已经存在于某个虚拟空间。刘慈欣借助于古汉语展开了现代科幻想象，用技术造就了宏阔的诗的云团。而小说内容，既有着向古汉语"诗云"的致敬，又展现出现代科幻强悍的力量。

在刘慈欣的科幻中，他很善于用一些很日常的材料，使他的科幻不仅空灵，还能跟现实有效结合。《诗云》里，用科学的词汇解读古诗，"白日依山尽"是"恒星在行星的山后面落下了"，别开生面；关于山西特产平遥牛肉的民间制作秘方，让人忍俊不禁；小说的结尾，诗人伊依和一位村姑幸福地生活在一起，让整个小说倍有亲和力。

"智慧生命的精华和本质，是技术所无法触及的"，《诗云》表达了这样的主题，为人类保留了希望和尊严。小说中关于诗的思辨很精彩，来自宇宙的神同样认为，只有时间才能裁定诗的意义。从宇宙的视角审视，中国古典诗词亘古流传，就像那一片熠熠闪光的"诗云"。

《梦之海》：雕刻宇宙级的梦想

在《流浪地球》火热上映之后，刘慈欣说过很希望《梦之海》这篇小说能拍成电影。这么说是因为这篇小说的画面感也非常强，非常适合电影呈现。想象一下，有银河系那么宽阔的冰环是何等的壮观！只是从地球视角望去如同银河系一样宽阔，实际上这个冰环只是围绕着地球，这就是"梦之海"。

《梦之海》是大艺术系列的冰雪造型篇。人类在哈尔滨举办冰雪艺术节，结果吸引来了来自宇宙的低温冰雪艺术家。艺术家来自低温文明，实际上低温是宇宙的常温状态，也许百亿年的时间里宇宙孕育一种低温文明也是可能的，至少是可以合理想象的。但宇宙的冰雪艺术家能不能称为"他"是存疑的，因为艺术家也并不具备人的外形，因自身的冷冻场而显化成一个巨大的冰球，冰球高速运动时可以产生像彗星一样的冰雪彗尾，静止时周围可以在阳光下冷凝成雪花。不过冰雪艺术家可以同人类对话，可以交流思想，从这一点上说是"拟人"的，所以暂且称为"他"。人类用的冰雕工具是小刀小铲，他的工具则是几种力场。在低温艺术家眼里，人类的冰雕艺术都太写实、太琐碎，没有几

件能称得上是真正的艺术，但激发了他的灵感，他要制造出宇宙级的冰雕艺术。他取冰的地方不是东北的松花江上，而是来到了太平洋。

宇宙低温艺术家掌握的低温技术，可以将太平洋的海水瞬间冻结为长宽均几十公里，高五公里的长方形冰块，然后用反引力将冰块升入太空，变成地球的卫星。而海洋在被取走冰块后引发了史上最大的海啸，高度二百多米的巨浪席卷了海岸。一天的时间里低温艺术家就从太平洋取走了上百块巨冰。

为了阻止海洋枯竭，地球冰雪艺术家同宇宙低温艺术家进行了一场对话。在低温艺术家那里，根本没有生存的概念，社会和政治也不再是文明存在的必要条件，科学也变得透明无物，宇宙不再有任何奥秘，艺术才是一切生命存在的理由。地球冰雪艺术家并没能说服和阻止低温艺术家，地球上各大洋被洗劫一空，最后形成二十多万块巨大的冰块。低温艺术家用这些冰块组成一道环绕地球、横跨银河的冰环，形成了"梦之海"。"梦之海"异常宏大瑰丽，地球冰雪艺术家体会到了艺术终极之美的幸福，也体会到了自己永远无法抵达和超越的悲哀。低温艺术家完成自己的宇宙级冰雕艺术后消失在太空中，奔向自己的下一个目标，将回收海洋的任务留给了人类。

艺术部分写完后，进入了技术部分。海洋枯竭后的地球面临着毁灭的命运，人类还不具备回收"梦之海"的能力，艺术家们已经开始设计人类文明纪念碑。曾经的冰雪艺术家也是一位应用光学研究员，他发明了一种导光管，可以将太阳能聚集到冰层深处，将冰块内芯融化，从而产生水蒸气，再从导出管中喷射而出，产生阻力，迫使冰块减速，减到一定速度后就能坠落入地球的大气层，实现回收冰块的目的。

回收冰块的技术成熟后，人类开始大规模回收"梦之海"。冰块变成冰流星纷纷降落地球，已经干枯的地球终于迎来了降雨，海洋慢慢恢复。地球的生态恢复需要更长时间，地球在炎热和冰寒之间切换。地球上的冰雪艺术节终于恢复了，生存固然艰难，但危机过后，仍然需要艺术。

回收海洋损失的水将从木星的卫星和土星光环上取回。人们从"梦之海"得到的最大财富，是人类看到了自己的力量，敢于做以前从不敢做的梦。艺术和生存，哪个更为重要，这篇小说碰触到了。刘慈欣的科幻，总是能关联到更高的、更宏大的主题。"梦之海"不仅仅关乎艺术，更关乎理想。只要有梦，人类就有希望。

《欢乐颂》：欢乐是宇宙的第一推动力

这次，刘慈欣宏大的想象力同社会主题连接在一起。这个主题就是在现实中依然困扰着人类社会的联合国作用和命运的问题。在人类历史上空前绝后的、最为惨烈的二战结束后，人类以

高昂的代价初次意识到了人类命运共同体，于是理想主义情怀初次凝结成共识，联合国这一带有乌托邦色彩的组织得以产生。在运行了七十多年后，在当今这个去全球化时代，国家主义盛行，民粹主义抬头，联合国及其他国际组织的地位越来越受到超级大国的挑战。这篇小说用科幻的方式预演了联合国的命运。

在《欢乐颂》中，联合国难以为继，以音乐会的形式作为最后一届联大的闭幕式，更像是联合国的葬礼。而被邀请的音乐家是通俗钢琴家理查德·克莱德曼。他在二十世纪八十年代风靡中国，为刚刚改革开放打开国门的中国上了一堂钢琴普及课，成为那个时代的音乐启蒙和共同记忆。刘慈欣的视野当然是开阔的，对这一流行现象有更准确的定位。在小说中，克莱德曼就对自己的资格表示了怀疑，但联合国秘书长说服了他，他希望联合国应该像流行音乐一样走向大众，而不是曲高和寡的古典音乐。

理查德·克莱德曼出现在小说里，我想还有一个理由，那就是他那首著名的代表作品《星空》。那首经克莱德曼改编配器的乐曲，用音乐美妙地表现出了星空的特质。开篇流星滑落般的旋律，自深邃辽阔的星空深处而来，自有一股摄人心魄的力量。这也正是这篇小说想要达到的意境。

这篇小说是刘慈欣中短篇小说中仅有的写到联合国及世界各国高层的一篇，毕竟中短篇小说更适合从微处着眼。虽然有这样宏大的主题，但毕竟是科幻小说，主题要让位于科幻想象。《欢乐颂》是大艺术系列中的音乐篇，科幻和音乐怎么结合？用文字怎么表现音乐？刘慈欣在这篇小说里完美地给出了答案。

在表现音乐之前，首先出现的是画面。在最后一届联大的闭幕式音乐会未开始之前，各国领导人注意到了天空的异象。先是只有在南半球能看到的星空出现在北半球的纽约的天空上，接着地球的图像出现在空中，并且由远而近越来越逼真，让地面上的人产生了坠向地球的感觉。这一过程中，领导人们都表现出了自己民族的特性。中国领导人稳重，美国领导人活跃，像极了美国现任总统。在天空的图像停止的一刻，美国总统联系到了"奋进号"空间站上的宇航员，确认在地球旁边出现了一面镜子。

接着作者用翔实的笔墨描写了宇航员对镜子的探索。地球在镜子前，就像一个棋盘正中放着一枚棋子。这就是刘慈欣式的想象力！它是宇宙中最平滑最光洁的平面，但却没有厚度，也就没有质量，所以只能是一种力场。这只能是更高等文明神一般的示现方式。奇特的是，镜子会说话。

镜子说自己是一名音乐家。对一切明察秋毫，对地球文明了如指掌。镜子所在的高级文明，已经在时空中走过足够长的路，到达了个体和群体同时消失，形式和内容同时消失的境地。作为一名恒星演奏家，镜子将要弹奏太阳。四年前镜子引爆了四光年外的比邻星，作为自己音乐会的节拍，今天这个节拍正好到达了地球。天空中出现了跃动的银色波纹，随后天空在白昼和夜晚间

快速切换，这就是镜子演奏家的节拍，而指挥棒是四十万亿公里的光柱。镜子飞走，开始弹奏，太阳音乐会开始了。

那文字怎么呈现音乐呢？"太阳音乐"这一节写得非常美。在恒星演奏家的太阳音乐中，各国元首在旋律中品味着规律：在混沌和无序中，双音符出现了，然后开始叠加，四音符，八音符，有如小分子聚合成大分子，量变到质变，生命开始萌芽，然后开始进化，从海洋登上陆地。大灭绝来临，一切从头开始，两种力量开始对抗和搏斗；然后是对自然力量的崇拜和敬畏，数学和抽象思维开始出现，接着是几何图形，时空的秘密开始被发现；单调的节奏中，大机器开始运转，文明的工业革命来临；随后加入了空灵的旋律，大机器有了智能；思想者出现了，开始仰望星空，镜头开始上升，思想者、岛屿像尘埃般退去了，地球、太阳系、银河系也渐渐远去，成为一粒微尘，镜头已经到达已知的时空之外，像正在膨胀的宇宙。那么终点又会是什么？在人们的期待中，一切又折返回来，音乐家将刚才的旋律倒着演奏，预示着宇宙的反演，膨胀之后不断坍缩，宇宙回到奇点……

太阳音乐会结束了。人们请求音乐家演奏一首人类的乐曲，开始的提议是贝多芬的《命运》时，有人提出异议："人类不可能扼住命运的咽喉，人类的价值在于：我们明知命运不可抗拒，死亡必定是最后的胜利者，却仍能在有限的时间里专心致志地创造着美丽的生活。"最终选定为《欢乐颂》。这首贝多芬创作于十九世纪的乐曲,真是太贴合联合国天下大同、四海一家的主题了,这首《欢乐颂》从地球传向太阳系,又传向比邻星,传向银河系,传向大麦哲伦星云,在传向本星系团,传向本超星系团,一百五十亿年后,传到宇宙的边缘……

各国元首在回荡在整个宇宙的《欢乐颂》中,认识到自身利益的微不足道,开始妥协和让步,联合国扭转了被取缔的命运,天下终于大同,就像《欢乐颂》的歌词所写:被时间无情分开的一切,你的魔力又把它们重新联结。结尾处是刘慈欣改写的《欢乐颂》歌词:

在永恒的大自然里,
欢乐是强劲的发条,
在宏大的宇宙之钟里,
是欢乐,在推动着指针旋跳。
它催含苞的鲜花怒放,
它使艳阳普照穹苍。
甚至望远镜都看不到的地方,
它也在使天体转动不息。

这首诗里,除了那句太过实感的"望远镜看不到的地方",

其他都非常优美,将欢乐和宇宙联结在一起,很好地体现了刘慈欣作品的诗意。

三、我们的田野系列——《乡村教师》《中国太阳》

这个系列实际原初只完成了《乡村教师》一篇,但这两篇都规划在了"普通人"系列里,又都是涉及中国农村,于是并列在此。刘慈欣说这个系列是受美国科幻作家克利福德·西马克影响,西马克开农村题材同科幻结合之先河。科幻本身是工业文明的产物,更适合发生在城市。中国作为农业大国,每个作家都无法忽视农村和农民,科幻作家也是如此,于是刘慈欣写出了这两篇关注农村的小说。农村和科幻混搭起来,毫无违和之感,给人以单纯在土地上所没有的震撼。

《乡村教师》:太空视角下的"师说"

绝无仅有地,在这篇小说的前面,刘慈欣写了一段附言:这篇小说的重点是营造意境,你将看到中国科幻史上最离奇最不可思议的意境。这段话两次提到"意境","意境"多数时候是主流文学专属的语境,是主流文学的追求,还是衡量主流文学品质的一个标准。放在一篇科幻作品中，确实让人不可思议。但重要的是刘慈欣营造了怎样的意境？营造得是否成功？"意境"同科幻能否自然衔接？

开篇是地球端的黑夜，罹患绝症的乡村教师决定赶在死神来临前讲完自己的最后一课。他望向窗外夜色中的村庄，回顾起人世的生活和自己的一生。远处的黑暗中燃起一团火光，他知道是他的学生们点起的。小说中这样写到："娃们和火光，娃们和火光，总是娃们和火光，总是夜中的娃们和火光，这是这个世界深深刻在他脑子中的画面，但始终不明其意。"

这火光是黑夜中炉灶中燃烧的柴火，火光映在围在灶边等待晚饭的孩子们脸上，是世间最温暖的画面；这火光是夜晚教室里的烛光，是补课时为了省钱点起的蜡烛，火光中孩子们脸上是对知识的渴望；这火光是黑夜中孩子们点起的香火，是为了留住老师而对神灵的乞求。"黑暗和火光"构成了小说的意境，是乡村教师的象征。

这篇小说写于2000年，二十年前的中国农村是这样的，在主流文学中表现得很普遍。刘慈欣极富创意地将这一题材引入科幻作品中，其他作品没有哪篇像《乡村教师》这样深刻地描写过中国农村的现实。今天看小说中的乡村书写有些符号化，有些堆叠，但仍能看到刘慈欣优秀的写实能力。还能看到他架构短篇小说的能力，这篇小说刘慈欣很明显地掌握了一种视角，以乡村教

师讲授最后一课前的夜晚为切入点，从周围的景象漫漶开来，将更多的乡村素材有机串联起来，组成了一幅广阔的乡村图景。篇幅不多，但足够丰富，承转自然，细腻内敛，达到了作者"营造意境"的初衷，足以同主流文学媲美。

如此现实的画面，又怎么同科幻相关联呢？镜头从微距转为广角，视角从地球转向五万光年外的银河系中心。在那里，正在上演碳基联邦和硅基帝国间的星际战争。星际战争动辄延续两万年，舰队规模动辄上千万艘，战场上动辄几百万颗恒星被消毁，组成的血潮动辄上万光年。时空蛀洞、恒星蛙跳、反物质云……壮阔到超乎想象。纵观刘慈欣的科幻小说，只有这里写到了浩瀚的星际战争，使我们捕捉到它的一丝幻影。

碳基生命和硅基生命是科幻小说中常出现的生命形式。碳基多指有机物构成的生命体，硅基更多是无机物构成的非生物。现今随着人工智能技术的发展，基于半导体二氧化硅的人造生命成为一种不可忽视的生命形式，硅基生命也有了发展和想象的科学基础。碳基文明和硅基文明是不同的，具有生命特征的碳基文明是温情的，更加珍视其他文明，而电路和代码构成的硅基文明是冰冷的，战争和征服是它们的本能和生存的终极目的。正因为有了碳基文明对生命的珍视，小说的情节才有了继续发展的推动力。碳基联邦经过浴血奋战击退了硅基帝国，将它们赶到银河系第一旋臂，为了阻止它们进行恒星蛙跳，碳基联邦要对第一旋臂内的恒星进行清理,建立起一条五百光年的隔离带,而太阳系正是处于第一旋臂内。就这样,一场遥远的星际战争就同地球相遇了。

根据碳基生命和硅基生命的不同特点,小说中赋予他们的社会形态也是不一样的。碳基是更为先进的"联邦",硅基是更为专制的"帝国"。碳基联邦是这篇小说中重要的主体,碳基生命的形态未做详细描述,只选取了三个代表人物:最高执行官、参议院议员和舰队统帅。他们之间的交流不是通过语言,是通过智能场。最高执行官负责决策,参议员体现了更多的民主,舰队统帅则更武断,类似于人类社会的形态。在进行恒星甄别的过程中,这三个人物不时发生争执,增加了故事的悬疑和情节的张力。

接下来,小说交替在地球端和太空端展开,节奏紧张,惊心动魄。在地球上,乡村教师忍着剧痛在病床上讲最后一课,他要给孩子们讲最有价值的知识,包括鲁迅和牛顿三定律。作者写得耐心,每一条定律都同现实生活相比兴,使乡村教师的形象更为深刻感人。

在太空端,摧毁恒星的奇点炸弹已在不停发射。奇点炸弹是独特的科幻创意,它虽有上千万甚至上百亿的质量,但却没有大小。它产生自宇宙大爆炸,是唯一能摧毁恒星的微型黑洞。刘慈欣极尽细节描写之能事,为我们描绘了恒星爆炸的可视化图景。

地球这端，乡村教师进入了生命的回光返照。他思路清晰地为孩子们讲解了牛顿第二定律。然后写到了一个非常好的比喻，老师想象自己的大脑被劈开，脑中的知识化作一把发光的小珠子散落一地，孩子们像抢糖果一样把珠子捡起来。他知道孩子们没听懂，但要求孩子们都背下来。在孩子们牛顿第二定律的童声伴奏中，乡村教师生命的烛苗熄灭了。

在太空端，恒星检测终于轮到了太阳系。碳基联邦的指挥官们赞叹着这个星系的优美。检测从最内侧的行星开始，水星、金星没有生命，第三号行星地球有生命迹象。检测波束在亚洲大陆形成一个五千米的圆形，山村小学正好在圆心上。检测开始的三个问题，孩子们都不会回答。摧毁命令下达，奇点炸弹加速扑向太阳系，地球命悬一线。

这时，还是最高执行官的直觉起了作用，他命令在奇点炸弹到达太阳系前再做几个测试。前两个问题，孩子们还是回答不出，第三个问题，是牛顿第一定律，孩子们悦耳的声音终于响起了！接着是牛顿第二定律、第三定律，地球的文明测试通过了！奇点炸弹被紧急转向，但奇点炸弹已经越过水星，离太阳很近了。最终奇点炸弹像子弹一样擦过太阳，太阳系和保地球文明保住了！

小说并没有就此结束。碳基联邦继续对地球文明进行检测，发现了它是更高的5B级，可以利用核能，已经走向太空，登陆了自己母星球的卫星。他们对此难以理解,地球生命体没有记忆遗传,生命体之间的交流"靠一种很薄的器官,这种器官在这个行星以氮氧为主的大气中振动时可以产生声波,同时把要传输的信息调制到声波之中,接收方也用一种播磨器官从声波中接收信息。"而这种信息传输的速率只有每秒 1 至 10 比特,依靠这样的手段达到 5B 文明令人难以置信。他们发现地球文明中存在一种个体,负责在两代生命体之间传播知识,这样的个体有一个已经消失的太古名称——教师。

从太空中地外文明的角度看,人类中负责传承知识的教师,使命更加光荣与伟大。而为此献出生命的乡村教师,更彰显了人类的理想主义精神。这是人类的希望所在,小说的结尾也落笔于希望:"他们将活下去,在这古老而贫瘠的土地上,以收获虽然微薄,但却是存在的希望。"

在刘慈欣的作品系列里,这篇小说确实是仅有的、独特的。它的独特在于极端的现实和极端的科幻的无缝拼接——贫瘠的黄土地,壮阔的星际战争;它的仅有在于从外层宇宙角度度量审视地球文明——其他的作品都是从地球角度想象外星文明。它具有的纯文学品质,把科幻和纯文学完美结合在一起。这篇小说像色彩对比强烈的拼贴画,有着很强的阅读冲击力,无论初读还是再读,都会被一次次震撼。

《中国太阳》：从黄土地走向宇宙边缘

刘慈欣用中国题材书写的科幻小说，总是散发着一种奇特的光芒。《中国太阳》也是如此，只是它的节奏较为舒缓，没有激烈的冲突，从脚下的而黄土地一步步走向了无际的太空，让小说有了一种渺远的气质。

重新唤醒人们探索太空的热情，一直是刘慈欣的心愿。在他看来，在冷战时期人类激发出来的探索太空的热情，随着冷战结束而消失，是人类的短视带来的损失。现今的人类社会是以经济为中心运行的，战争转移到经济领域成为贸易战，太空探索因为没有经济效益而停顿。

这一次刘慈欣唤醒人类太空梦想的使命，落在了一个农民工的身上。他来自干旱贫瘠的黄土地，名字却叫水娃，铭记着对水的渴望。小说开篇是水娃要离家，书写得非常具有文学特质，临行的水娃没有回头再看爹一眼，但他分明看到了爹的脸，他就走在爹的脸上，爹的脸就像脚下的黄土地一样布满沟沟坎坎的皱纹。水娃人生的第一个目标就是喝上不苦的水，于是他来到煤矿当了煤矿工人。工友在事故中丧生后他又来到省城擦皮鞋，看到了更多的灯，喝到了更甜的水。他遇到一个推销太阳能纳米镜膜的博士陆海，陆海对他说："现代社会充满着机遇，满天都飞着金鸟。"从电视上看到中国太阳项目启动后，陆海发现了自己的金鸟，于是带着水娃一起来到北京。水娃在北京成为一名高空清洁工，也就是"蜘蛛人"。水娃不惧危险，热爱自己的工作，享受着从高处俯瞰北京城的乐趣。他想要实现自己人生的第四个目标，成为一名北京人。这样遥不可及的神话正在变成可触碰的梦想。

有一天，水娃在清理航天大厦时遇到了楼内的陆海，他的纳米镜膜已经被中国太阳工程采用，获得了巨大成功。陆海给水娃做了中国太阳科技原理的启蒙，并让水娃看到了三万六千米上空拍摄的地球，水娃被震撼了。中国太阳升上了天空，两个月后发现镜面反射功能下降，需要清洁镜面，水娃自然成为陆海的理想人选。水娃实现了自己人生的第五个目标，飞到太空擦中国太阳。

这时作者为水娃安排了第二次奇遇，他在太空遇到了史蒂芬·霍金博士，在陪博士散步的过程中，霍金对水娃进行了第二次启蒙，使水娃窥探到了宇宙的秘密，发现了宇宙之美。水娃的人生抵达第三个壮丽的时刻，第一次是看到了整个北京城，第二次是看到了整个地球，第三次是看到了深邃的宇宙。

所以，当中国太阳的使命完成，镜膜要脱离地球引力飞向太空之际，水娃做了一个大胆的举动。他要驾驶着中国太阳变成的太阳帆船，向太空深处飞去，哪怕不能返航。水娃实现了自己人生的第六个目标，也就是终极目标，飞向星海，将人类的目光重新引向宇宙深处。

虽不及《乡村教师》带给人的震撼力度，但《中国太阳》更

具美感，更具理想主义色彩。整篇小说情节逻辑严密，没有丝毫漏洞，水娃的心路历程步步清晰，终于完成了从黄土地向太空深处的航行。在技术细节上也逻辑自洽，这些科幻创意都有足够的技术支撑，它们能在科幻中实现已经足矣。

四、战争题材科幻——《全频带阻塞干扰》《混沌蝴蝶》《光荣与梦想》

战争科幻是重要的科幻类型，在现实中人类竭力避免的战争，可以在科幻中得到尽情演绎。这三篇作品发生地均在中国境外，写到了最有可能发生的战争，或已经发生的战争，关注到了局部战争热点。我们对战争无能为力，但刘慈欣用他的科幻想象影响了战争走向，其中弥漫着我们熟悉的英雄主义情结。刘慈欣曾说过，"科幻文学是英雄主义和理想主义的最后一个栖息之地"。英雄主义是人类的精神财富，它在现实中已渐行渐远，但可以选择在科幻中重新着陆。

《全频带阻塞干扰》：同现实距离最近的科幻战争

这篇小说读完总是让人觉得荡气回肠。可以说，在主流文学领域，很少能看到这样的信息量丰富、有很大解读空间的小说。

小说所写的战争当然是科幻的，但在刘慈欣笔下会有种现实感。小说中写的世界大战是人类共同的担心，说明有其发生的可能性，交战双方是北约和俄罗斯。20世纪的两场世界大战，是热兵器时代的现代战争，二战更是应用了当时最尖端的科学技术，促进了科技成果向军事转化，催生了核武器，但同今日的战争已不可同日而语。随着无线电技术、卫星技术、导弹技术的发展，电子战已成为战争的重要组成部分。《全频带阻塞干扰》前瞻性地描绘了这样的情景。

小说的题目容易搞混，把《全频带阻塞干扰》误以为是《全频带干扰阻塞》。从字面来说，后者更为顺口，但前者才是电子战的确切含义。电子战的主要手段就是电磁干扰，干扰又分为特定频带的瞄准式干扰和全频带的阻塞式干扰。

这篇小说让人惊叹的是作者对战争题材的熟稔掌握，要对战争史熟悉到每一次战役、每一处地形；要对世界格局和国际局势做出合理的预判，使一场幻想的战争具有逼真的现实性；要对各国武器系统做到精细研究，具体到飞机型号，操纵系统有无脚踏，瞄准系统的各种参数，各国坦克类型和结构等。此外，还要对战争中各色人物性格做到精准把握，上至最高指挥官，下至普通士兵，使其贴合每一个异域场景。

这篇小说的文本特色是鲜明的。小说更像是电影分镜头剧

本，全篇没有叙述性语言，故事背景和情节发展都是靠对话推动；以时间为序，时间链条上是环环紧扣的各个场景；以地点划分场景，涵盖了战争中自上而下的全景；不同的场景中是不同的人物，小说有主要人物，但称不上主人公，情节并不是围绕主人公展开的，而是统一指向最终的故事高潮；对每一个场景进行细致入微的描写，用大量历史性的细节丰富小说的内涵。

小说的开篇是斯摩棱斯克前线，让人想到《战争与和平》，这是历史上欧洲同俄罗斯战争的第一道防线，也被称为西线。北约部队攻势猛烈，西线告急。这一场景以女少校卡琳娜的视角切入，血肉横飞的战争现场，细节的描绘凸显出残酷。卡琳娜是一名无线电子学博士，是电子战专家，由卡琳娜引出她的恋人米沙。镜头从地球切向太空，此时米沙是离战争最远的人，因为他在近日轨道的太空组合体"万年风雪"号上。米沙孤身一人在空荡荡的太空城里，近距离观察着太阳，太阳的壮观图景震撼灵魂。由米沙又引出他的父亲，俄军的最高指挥官列夫森科元帅。

场景转换至俄军总参谋部，此时元帅正在为战局焦虑。这一场景对整个战局做了廓清，战局还包括东线，在高加索、乌拉尔一带。东线的几个集团军倒向右翼，让俄军腹背受敌。元帅做出决策，西线溃退至莫斯科会导致全线失败，当前必须从东线抽调兵力支援西线，才能扭转战局。开篇的前三个场景，衔接得很自然，为故事主线——东线俄军向西线集结，做了铺垫。

西线战局的矛盾焦点集中到了双方的电子战上：俄军的指挥系统瘫痪，但北约军队的却运转正常。在卡琳娜同俄军军官们辩论中得知，俄军电子作战部队要实施全频带阻塞式干扰，但因为同时干扰了俄军自己的作战系统，被强行停止；北约军队采用窄频带的瞄准式干扰，却能对俄军进行精准干扰。卡琳娜解释说这是因为俄军计算机指挥系统用的操作系统和芯片均是西方生产的，这些软硬件必然会留有后门，被北约军队操控是必然的！

——这段关于电子战争和信息安全的论述，在二十年后的今天终于落实到了国家战略层面，可见科幻小说的前瞻性和预见性。真实的战争还未发生，贸易战率先打响后，我们已经深刻认识到了国产芯片、计算机操作系统和自有知识产权对国家的重要性。

元帅中止了军官们的辩论，用实例说服各级军官，俄军将实施全频带大功率阻塞式干扰，制造一个双方共享的黑暗战场。只有这样，才能让西线的抵抗坚持到东线援军到位。

这个场景中，以元帅回忆的形式侧面叙述了儿子米沙的成长和恋爱。作为元帅的儿子，米沙不热爱战争和武器，更热爱恒星，最终成为一名天体物理学家。"米沙身上似乎生来就有一种非同寻常的超脱气质，这气质有时甚至让夫森科元帅感到有些敬畏。"不过，他欣慰地看到儿子身上那只有军人才具备的镇静，儿子对战争的了解程度也超出了父亲的想象。在米沙的建议下，

卡琳娜发明了全频带阻塞干扰机"洪水"。这些看似旁支溢出，实际对情节走向是必不可少的。

全频带阻塞式干扰的电磁波在空中弥漫。作者用电影画面般的场景，描绘出干扰的效果：北约发射的战斧式导弹一枚枚偏离目标；预警飞机雷达系统失灵，被俄方歼击机击毁；一架走散的武装攻击直升机，误攻击了己方的法国部队；北约最高指挥官的假牙嗡嗡作响，这里完美地穿插了假牙的来历：指挥官从美军在菲律宾的军事基地撤离时，被本地土著情人打掉了门牙。北约开始反击，利用空中力量全力摧毁俄军的电子干扰装置。打击奏效，形势严峻，俄军东线援军没有足够的时间进入集结位置。

小说的叙事在此舒缓了一下，再次借元帅对儿子的回忆，回放了战争发动的原因：俄共上台，极右联盟发动了内战，北约趁势入侵俄国，世界大战爆发。米沙在战前已进到空间站，所以他远离战争并不是因为特权；米沙虽然反战，也并不是不会去牺牲。此时米沙为了躲避北约太空飞行器的袭击，驾着"万年风雪号"掠过水星，人类第一次用肉眼近距离地观察了这颗行星，再次为宇宙之美所激动。

切回斯摩棱斯克前线，卡琳娜所用的电磁干扰装置被发现，北约军队包围了她，他们想要俘获一台完整的"洪水"。美军"海豹"突击队的上尉看到这位美丽的女少校松了一口气，随即屏住了呼吸。双方对峙，语言交锋，展现着双方军队各自的传统和精神。上尉的各式语言没有打动卡琳娜，她在微笑中引爆了手中的气体炸弹……

俄军方面，东线援军还没有到位，莫斯科防线吃紧，将士们在用牺牲士兵筑起掩体，这是军人的最好归宿。元帅接到儿子发回的信息，米沙表示自己能够提供俄军所需要的电磁干扰，那就是将"万年风雪"撞向太阳，引发太阳喷射强烈的电磁辐射，地球受到的电磁干扰强度甚至超过"洪水"。"万年风雪"号冲向太阳，米沙终于走近了他向往的恒星之美。描绘恒星和行星一直是刘慈欣所专长，我们身临其境地目睹了太阳升腾燃烧的景象。英雄主义放置在太空背景下，焕发出了太阳般耀眼的光芒。

小说有一条非常清晰的逻辑链条，仔细研读就会发现每一个场景都是有其用意的，都指向了最终要实现的目标，可看出作者思维的缜密。主流文学通常围绕人物构建一系列情节，科幻小说则是围绕核心创意展开情节，这里的核心创意就是"万年风雪号"撞向太阳。这是科幻小说独有的文本优势，相形之下，具有更开阔的视野，更紧凑的叙事节奏，更精彩的情节。小说写的是八天间发生的战情，却将每个人物的历史自然无痕地嵌入情节中，借此勾连出真实的历史，使得小说兼具现实感和历史感。战争的各个节点又分布宽广，使整篇小说呈现出一种全方位、立体式的场景。

《全频带阻塞干扰》有两个版本，俄罗斯版和中国版。中国

版创作在先，俄罗斯版做了改进，两种版本比较，俄罗斯版更加简洁，节奏更加紧凑。中国版中的女主人公是《球状闪电》中的林云，刘慈欣说这两部作品均截取自以前一部未出版的长篇小说。几番锤炼，一篇经典科幻小说就此诞生。

《混沌蝴蝶》：蝴蝶的翅膀扇动之后

这篇小说也是电影分镜头剧本形式，类似于《全频带阻塞干扰》，但写得更早，也比较短。可看出现场感极强的战争题材更适合这种形式。剧本的特点是一个简单的场景就蕴含着丰富的事件，《混沌蝴蝶》正是这样。一篇一万两千字的短篇小说，能涵盖世界上的多个热点：科索沃战争、北约轰炸南联盟、卢旺达、冲绳、马尔维纳斯群岛……军事热点随意点染，还能到达非洲、琉球、南极，只有科幻小说能这样恣意驰骋。

这篇小说写于 1999 年 7 月，其时，巴尔干半岛烽火连天，科索沃战争刚刚偃息，北约针对南联盟的轰炸停歇一月有余，中国驻南联盟大使馆遭到了轰炸。我们普通百姓除了义愤填膺，还能做些什么呢？对刘慈欣来说，那就写篇科幻吧。至少在科幻里，我们还有还手之力。

如果对"蝴蝶效应"的认知没有仅仅停留在表面，对它的产生过程有所了解，那么就会理解刘慈欣为什么会有《混沌蝴蝶》这样的科幻创意了。这个现今被广泛接受的理念，被广泛使用的词汇，原意是指："一只南美洲亚马逊河流域热带雨林中的蝴蝶，偶尔扇动几下翅膀，可以在两周以后引起美国得克萨斯州的一场龙卷风。"由此直接产生了一门前沿学科——混沌学。"蝴蝶效应"的提出并不是建立在纯理论的基础上的，他的提出者，气象学家洛伦兹设计了一套电脑软件，模拟气候变化，最终产生的结果类似于一只蝴蝶图像，因此而得名。《混沌蝴蝶》中正是用电脑软件模拟产生"蝴蝶效应"的那个敏感点，对这个敏感点的气候进行微小的干预，就能直接影响南联盟上空的天气，以此让北约的轰炸无法实行。

实施这一切的是一位南斯拉夫气象学家，他编制了气象模拟软件，并请求同行在俄罗斯的巨型计算机上运行。他自己变成蝴蝶，去到全球各地扇动翅膀。第一次是飞到非洲毛里塔尼亚的沙漠上，干预了那个敏感点。前南斯拉夫首都贝尔格莱德阴云密布，他做过换肾手术的女儿和母亲得以享受没有空袭的间隙。第二次他飞到太平洋的琉璃群岛，搅动了那里的海水，北约的轰炸无法继续实行。第三次他来到南极大陆，但美国关闭了为俄罗斯提供的巨型计算机，软件无法运行，他无法找到敏感点。他的妻子取药途中遭遇导弹袭击，女儿死去，北约空袭继续，同现实中的战争走一样，奇迹没有发生。

小说中的最后一个场景，就是西方电影中常见到的：中校为负责气象系统的女友求情，而将军记得他是已婚，妻子并不叫凯

瑟琳……简短的对话，交代了背后多层内涵，留下宽阔的想象空间。这篇小说带有刘慈欣早期技术化描写的色彩，有两个小节直接是北约的作战指令，不知道刘慈欣从哪里获得这样的资料。也许对于谙熟战争史的他来说并不是难事。

作者在"后记"中说，实现这一切是不可能的，不是人类的能力局限，是因为不符合物理学和数学规律。"但科幻小说的魅力之一是：它可以对自然规律进行一些改变，然后展示在这种改变之后宇宙是如何带着硬伤运行的。"——是啊！幻想总是可以的，幻想正是人之为灵长的特征之一。何况，刘慈欣的科幻演绎总是细节丰满，栩栩如生。

《光荣与梦想》：英雄主义的最后栖息地

与其说这是一篇科幻小说，倒不如说是建立在科幻上的传统小说。叙事手法相当完美，比大多数的传统小说做得好，可看出刘慈欣在写作手法上的探索。对于如何结构短篇小说，叙事节奏的把握，悬念的设置，他已经很有心得。这篇小说，让我怀疑刘慈欣的一个观点，他说科幻小说从核心创意就能判定优劣，文学性再好也不能弥补。这篇小说的核心创意科幻色彩并不强，更像是一种社会实验，但是文学性却非常好，从主流文学角度衡量也非常出色。也因为此，它虽没获得银河奖，但并不逊色于获奖作品。

小说发生在一个虚构的西亚共和国上，这正是现实世界中局部战争热点的缩影。西方国家长年的封锁，已使这个国家濒临崩溃，饿殍遍野。小说的创意同科技只有一些弱联接：联合国推出了"和平视窗"计划，"视窗"就是 WINDOWS，这一计划最初是微软创始人比尔·盖茨先生提出的，他意图开发一种电脑中的数字战争游戏，以替代现实世界中的战争，是为"和平视窗"。该计划当然是行不通的，只是这一理念传播开来，让人类寻找着战争的替代品，很自然地回到奥运会的初衷，用体育竞技代替战争。于是在北京举行的第 29 届奥运会参赛国只有西亚和美国，比赛结果用来决定西亚共和国的命运。这是一场注定失败的竞技比赛，但仍然有着"光荣与梦想"，仍然是英雄主义的上演之地。

小说的情节设置密集，指向明确。被寄予希望的西亚选手纷纷失利，同奥运会赛程一致，西亚国最终获胜的希望，汇聚到闭幕式前的马拉松比赛上。这是小说的高潮部分，这一节用了很多心理描写，有意识流的影子，还有电影的蒙太奇手法，写得结构紧凑，气氛紧张，情节穿插，衔接紧密。

代表西亚参加马拉松比赛的是哑女辛妮。她细瘦弱小，眼神却令人敬畏。辛妮的成绩只能排名世界前二十几，而她的对手却排名世界第一。这场实力悬殊的比赛，辛妮只能依靠精神的力量才有获胜的可能。赛前，体育部长给了辛妮一片白色药片，告诉她这片药会为她提供核动力（最后知道只是维生素 C）。发令枪

响,辛妮按照部长的指导,紧紧盯住对手跟跑,药片在她的体内燃烧,支撑她跑了三十公里。整个马拉松比赛的过程穿插着辛妮的人生经历。她在心中为自己寻找着奔跑的目标,是支撑着她的幻象。第一个出现的是生命垂危的母亲,辛妮要跑着去救援基地取药救母。药物太贵,她只能再奔跑回来见母亲最后一面。在母亲的遗体旁,体育教练奥卡抓住了他的手。她的长跑天赋引起了教练的注意,奥卡自费资助辛妮进行训练。贫血和缺氧来了,药片失去魔力,辛妮心中的圣火就要熄灭了。美方将军举着曾点燃圣火的火炬出现在幻象里,辛妮大喊一声,点燃了自己。奥卡为了继续资助辛妮,不惜承认辛妮是他的私生女。辛妮朝着心目中的父亲跑去,可是奥卡去世了,他一直偷偷卖血。他留给了辛妮一份遗产,只是一张白纸条。对手再次超越辛妮,辛妮的体力已耗尽。奥卡出现了,告诉她还有能燃烧的东西,就是他留给她那张纸条。辛妮又大喊一声,点燃了自己的光荣与梦想……

　　作者并没有因此去创造一个奇迹,小说的结局仍是悲剧性的。"马拉松"这一节写得很经典,经得起反复阅读。当下与过去,现实与幻象并行交错,过渡自然。比赛双方心理刻画到位,细节完美,形容对手的奔跑,"动作精确划一,像一道进入死循环的程序,像一架奔驰的机器",刘慈欣擅长使用对应于技术的比喻,十分灵动。这种纯熟的写作技法,体现了刘慈欣作为一名作家的卓越才华,出色的文字把控能力和情节架构能力。实际上，无论从事传统文学还是类型文学，这都是区分优劣的通行标准。

从叙事节奏和情节设置看，这篇小说吸收了电影的元素，但在细节刻画上，仍保持着文字的细腻。所以使这篇小说呈现出了鲜明的特色，既有戏剧性，也具文学性。"光荣与梦想"是二十年前兴起的标题，见于各类纪录片和纪实书籍，特别能唤起人们的理想主义情怀。刘慈欣科幻的形式，完美地演绎和诠释了这一主题。

五、地球科学系列——《带上她的眼睛》《地火》《地球大炮》《月夜》

这一系列应该是向凡尔纳的《地心游记》致敬之作，那是刘慈欣的科幻启蒙著作。常人印象中密实的地球内部，也是科幻作家想象力拓展的空间，我们得以跟随作者进行地心之旅，了解我们的母星有着怎样炽烈的核心，或许那也是每个人的能量源泉。这一系列涵盖了地球内核衍生出来的多种想象。最初完成的是前两篇，后两篇是笔者根据刘慈欣当初的规划加进去的。《地球大炮》原先的名字是《地球天梯》。前三篇在 2003 年前均已完成，

只有《月夜》在 2008 年才发表。

《带上她的眼睛》：地心也是想象力之源

刘慈欣说这篇作品"是对市场的一种被迫的妥协"，是在写作初始阶段，为作品发表所做的尝试。这篇小说里刻意增加了文学性，增加了很多抒情描写。事实证明他的妥协是有效的，这篇作品既顺利发表，也在 1999 年为他第一次斩获了中国科幻银河奖。这篇小说 2017 年又被收入教育部统编的初中二年级语文教材。能收入语文教材，说明一定是美文，语言流畅自然，文笔细腻优美，科幻创意纯正，符合中学生标准，篇幅不能太长。这篇小说正是如此，也充分体现了刘慈欣的文学能力。所以它不是刘慈欣代表性的科幻作品，但却是流传最广的。

小说的科幻创意严谨而合理。小说发生的时间是高科技非常发达的未来，人们得到一切物质享受太过容易，却是时间上的穷人，对自然的感觉更为麻木。传感眼镜的发明，能让宇航员拥有另外一双眼睛，将佩戴者的视觉、味觉、触觉从地面传到外太空。小说设置了一个悬念，男主人公和读者一样以为眼睛是传输到外太空的，所以对女主人公对自然界近乎病态情感不能理解。女主人公会为草原上每一朵小花命名，微风、小溪、鸟鸣能让她惊喜，绿草的清香、不能看到的日出都能让她落泪。男主人公借助她的眼睛，重新发现了这个世界。

在带上她的眼睛旅行结束后好几个月，男主人公才意识到她是在地心深处。她乘的是地心飞船而不是太空飞船，地心飞船深入地心后没能再返回，由她领航的"落日六号"出现了故障，被地核的液态铁镍吞没，永远留在了地心深处。她那么留恋地面上的一切的才揭开谜底，优美的故事背后是悲壮甚至残酷。

男主人公在最后安慰自己：不管走到天涯海角，我离她都不会再远了。那是因为，地球是球体，每个地方距离地心都是六千多公里。

《地火》：完美的技术发明型科幻

这篇小说是同刘慈欣个人经历关联度最高的，作为煤矿职工子弟，他也仅在这篇小说中写到了煤矿题材。小说的主人公的名字叫"刘欣"，也能看出某种关联。能感受到小说中很多细节来自于作者的切身体验，比如写到了毛主席去世的情景，是很多六十年代生人的共同记忆。对煤矿生产系统非常熟悉，专业的名词术语运用自如，能看出作者善于观察和学习。二十世纪八十年代的科幻小说有一类是写发明创造的，同现实非常贴近，这篇小说就属于这个类型。这类科幻现在几近消失，刘慈欣为此很遗憾。这是有着丰富阅历的科幻作家才能写出的，新生代的科幻作家可能不具备。

地火是地下煤层燃烧的一种地质灾害，因各种原因引发的地

火遍布世界各地，如何扑灭地火是世界性的难题。同时，利用地火产生汽化煤，也是一种可行的煤炭工艺，目前已经有实现的案例。这篇小说正是表现了这一过程，只不过结果是灾难性的。局部的试验引燃了大煤层的地火，整个矿区甚至城市均被毁灭。

这篇创作于早期的小说，因为是作者熟悉的题材，展现出了刘慈欣优秀的写实能力。在悬念的设置、情节的铺垫也初露功力。开篇是身为矿工的父亲的临终遗言，促使刘欣致力于寻找煤炭生产方式的转变。实验项目从开始实施就显示出了不切实际的倾向，包括刘欣身上的洋装，和他高高在上的博士头衔，都同现实格格不入。但他不顾周围的质疑和反对，坚持进行实战试验。气化煤成功了，但也引发了大煤层的地火。先采用注水灭火，结果引发井喷；再决定封井，炸毁采掘区主巷道隔绝火势，但因为指挥失当，为从井下抢救设备，主巷道通风被提前断绝，最终地火蔓延过来，引发了大爆炸。

小说中塑造的人物也给人深刻印象，特别是那位局长。他在刘欣引发大事故时没有责备他，还安慰他"只干，别多想！"，把刘欣父亲这句话传给了他。炸毁巷道引起矿工的反抗，局长出面做工作，讲述了见证矿山历史的"老炭柱"和中国产业工人的传统精神，归为一句话"天塌不下来"。这完全是现实主义主流文学的表现手法，读之令人动容。

但《地火》毕竟是科幻小说，除了想象中的灾难具有科幻意味，小说结尾用一百二十年后一个初中生的日记，写出了气化煤发展的未来景象。那时气化煤已是煤炭生产的方式，初中生们参观博物馆，无法理解前辈们的工作环境，情景再现显示了为什么井下工人都是"黑人"，全息图像再现了井下采掘、冒顶、洪水、瓦斯爆炸等灾难场景。未来的人回顾历史，得出的结论就是"过去的人真笨，过去的人真难"。

《地火》这篇小说，让我们惊讶于刘慈欣能从最沉重、最黑暗的地层深处，孕育出仰望星空、翱翔宇宙的想象力。也看到他并没有越过眼前的现实，既勾画了灾难场景，也描绘了美好未来，这正是科幻文学的意义所在。

《地球大炮》：关于地球的最宏阔想象

在想象力方面，这篇小说是堪与《流浪地球》媲美的一篇。都是关于地球的想象，不同的是，一个是让地球在太空流浪，一个是停留在地球内部，打通一条贯穿地球直径的隧道。

打通隧道需要有一种超常规的物质，产生这种物质的前提是为全球无核化实行的核武器销毁，销毁方式是在地下引爆核弹。刘慈欣在此用了一个"糖衣"的科幻创意，利用核爆炸产生的巨大能量，将纳米材料包裹的合金材料置于爆炸中心，合金在巨大的压力下被挤压成一种密度极大的固态物质，小说中将其命名为"新固态"。宇宙中存在一种超固态物质，是在高压下原子内部的

电子被挤出去，裸露的原子核紧密排列形成的。超固态物质能像液体一样在常规固态物体中流动，这一点正是"新固态"的科学依据。新固态可以向地心下沉，将地球钻出了一个深不可测的洞，这就是"地球大炮"的来源。

这篇小说是以父亲的视角叙述的，儿子却是关键人物。儿子除了有很多奇思妙想，还有很强的权力欲，令父母担忧。父亲因病进入冬眠，醒来时没有如约见到家人，儿子也已经去世了。父亲遭到了几乎全世界人的仇视，有几个人绑架了父亲，代替儿子接受审判。

在被劫持的途中，父亲得知这一切的起因是南极大陆的资源争夺，而儿子为此一手建造了"南极庭院"工程。就是修一条从中国到阿根廷的穿越地心的隧道，几十分钟的时间就可以直达南极，于是将南极变成了国家的庭院。儿子沈渊自小就表现出来的想象力和权力欲，使得他有能力将这一疯狂的想法变为现实。正如儿子的名字沈渊寓意"深渊"一样，南极庭院最终变成了一场灾难，劫持者们正是灾难的受害者。他们把父亲挟持到一个深渊般的隧道入口处，启动了开关，将他抛入地狱般的隧道中。整个自由落体过程有四十分钟左右，借由坠落的父亲同隧道上面劫持者的对话，回溯了地球隧道的实现，以及灾难的整个过程。

父辈们发明的新固态物质，使打通隧道有了技术支撑。将新固态物质制造的井圈,利用"沉井"工艺,从中国和南极两端沉入地层,连接贯通,再将井圈中的地层物质掏出,就可打通地球隧道。这样的巨型工程,施工过程中不可避免地发生了一系列灾难。先是一条地下船失事,被困于地幔中永远无法返航。这个情节呼应了另一篇小说《带上她的眼睛》。随后隧道施工中出现中部断裂,地心的岩浆顺着隧道奔涌而出,古腾堡面上的闸门虽然截断了岩浆,但也造成几千人被吞没。隧道建成后,从上方掉落的一个螺栓使高速行驶的隧道列车发生爆炸,列车上的人在地心高温中殒命。南极大陆的生态因为过度开发而遭到极大破坏,人类不得不退出这片大陆,地球隧道最终报废,很多持有隧道股票的人破产。这一切就是儿子成为人类公敌的原因。

在地球隧道的创意中,坠落的人先是在地心引力下加速,速度到达地心时最大,穿过地心后,在地心引力下减速,当到达南极地面时,速度正好减为0。如果没有外力,人或物体可以在隧道中来回穿梭。地球隧道重新焕发了价值,变身为地球大炮,成为太空发射基地。实现这一创意是在穿过地心时不减速,在隧道壁上加装新固态材料的导线,从地核中引出电力,将隧道变成一个加速的强磁场,人们穿上有超导材料的密封服,就可以获得加速度。最终在隧道出口超过第二宇宙速度,实现飞向太空的梦想。

这篇小说是用倒叙的方式实现的,设置了一连串的悬念,使

得小说的叙事节奏非常明快，读起来一气呵成。

《月夜》：新能源的狂想曲

中秋节的月夜里，来自未来的"他"造访了现在的"他"。电话里能听到海水拍岸的声音，未来的上海会被海水淹没，化石能源造成全球变暖，极地冰盖融化，沿海城市被淹没。为了阻止这个进程，未来的他提供了太阳能技术，用一种"硅犁"将大地变成单晶硅电池，直接转化太阳能。这项技术使用后，全球没有变暖，但变成了干旱，土地单晶硅化，不再出产农作物，饥饿席卷全球。这项技术不成功。未来的他又提供了另一种新能源技术，在地球上打超深钻井，直接将地球内部的电流引出作为能源。这项技术实施后，地球的磁极消失了，太阳风粒子流直接扫向地球，海洋被蒸发，地面因为辐射不再适宜人类生存。

这篇小说写作的时间是2008年，全球金融危机发生后，我国政府出台四万亿用于振兴经济，小说中也提到了这一点。其中一部分投资用于新能源开发，其后光伏产业得到扶持，有了飞跃式的发展。刘慈欣所在的火力发电厂，因为受"哥本哈根协议"影响而关停。他对于新能源的思考是有切身体会的。在那种情形下，他在写完《死神永生》后写了这篇《月夜》，对新能源进行了一番科幻狂想。这篇小说写得很简略，只描绘出了科幻创意，没有尽情铺展，只是长篇创作途中的一次小憩。

六、哲思与空灵唯美系列——《朝闻道》《思想者》《圆圆的肥皂泡》

《朝闻道》这篇小说涉及终极思考,刘慈欣十几年前说过中国科幻缺少这一类题材。宇宙的终极奥秘是什么?宇宙的目的是什么?这是人类的亘古之问。人类大脑中神经元的数量,据说同宇宙中恒星的数量相等,这就是《思想者》的科幻创意基础。这篇小说是为一个台湾的征文而作,所以散发出文艺气息,在刘慈欣作品中是不多见的。《圆圆的肥皂泡》是非常优美的一篇科幻,是对一个平常事物展开的美妙的科幻想象。

《朝闻道》:宇宙的目的是什么

《朝闻道》是一篇科幻创意非常精美自洽,思想上升到哲学层面的小说。用科幻完美地阐释了"朝闻道,夕死可矣"这句古老箴言。传统意义上,"道"即"真理",更多是在社会学范畴;而在科幻中则是科学的、客观的真理。为真理而献身的这种古老的英雄主义情结,在这篇小说里得到极致的演绎。

小说中最具想象力的一个科幻创意是"爱因斯坦赤道",它

是世界上最大的高能粒子加速器。粒子可以被加速到接近光速，创世的图景将被模拟，建立宇宙大统一模型的理想将变为现实。爱因斯坦赤道是一条建在北纬45°的管道，绕地球一周，起点和终点都在塔克拉玛干沙漠。它穿过蒙古、日本岛最北端、太平洋底、美国全境、大西洋底，从法国海岸登陆欧洲，穿过意大利和巴尔干半岛，经俄罗斯、里海、哈萨克斯坦回到中国。但从地图上看，是克拉玛依沙漠正好位于北纬45°，而不是塔克拉玛干沙漠，爱因斯坦赤道的起点设置在此显然更合理。不管怎样，爱因斯坦赤道都是一个有着创世气魄的科幻构思，如果真的能建成，将是地球上最壮观的人造工程。

在爱因斯坦赤道正式运行前，物理学家丁仪首先做了一个创世梦。刘慈欣再次用他的想象力把我们带入创世的图景中。这一次，是丁仪自己被加速到了具备创世的能量，他进入了虚无之境，时间和空间都不存在，等待着被创造；他和另外一个自己相撞，"在无际的虚空中留下一个无限小的奇点"，奇点开始爆炸，宇宙暴涨，冷却后出现了物质，形成星云、恒星和星系。作者在此赋予丁仪一个量子化的自我，为我们诠释了量子化的原理。这个量子化的丁仪等待着来自宇宙的目光，以便坍缩成一个实体……密集的想象和细节描写，再次显示了刘慈欣的科幻功力。

梦醒了，爱因斯坦赤道却在顷刻间化为乌有。宇宙排险者以人的形象示现了。他阻止了爱因斯坦赤道的首次试验，因为那会促发"真空衰变",宇宙将以光速被毁灭。"真空衰变"是客观存在的物理学现象,刘慈欣很好地把它嵌入到自己科幻小说中,也形象地演绎了这一现象的视觉图景。

宇宙排险者是怎样监测宇宙中这种风险的?很简单,只要监测那些能够探索宇宙终极的智慧文明就可以了。对地球的监控是从古生代末期的石炭纪开始的,距今三亿年前。那时两栖动物已爬满了冈瓦纳古陆,技术文明进化随时有可能发生。距今三十七万年前原始人开始仰望星空的那一刻,报警监测器开始鸣响!——这是多么有创意又有诗意的科幻构想!人类文明的征程从那一刻开始已经起航。——"如果说那个原始人对宇宙的几分钟凝视是看到了一颗宝石,其后你们所谓的整个人类文明,不过是弯腰去拾它罢了。"

物理学家丁仪最关心的问题是,地球文明难道永远不能得到大统一模型?排险者的回答是肯定的。因为宇宙知识密封准则,他们也不会把已经得到的大统一模型告诉地球人类,物理学家们彻底绝望了,觉得人生失去了意义。丁仪提议,他愿意从排险者得到大统一模型,代价是付出自己的生命——这就是"朝闻道,夕死可矣"!

真理祭坛在沙漠里矗立起来。超乎人们的想象,不仅仅是物理学家,地球上有三百多名顶级的各学科的科学家都愿意用生命换取宇宙终极奥秘。人世间上演着特殊的生离死别。在这里小说

没有延惯性走向结尾，而是加入了为科学真理献身的合理性辩论，要从宇宙发展中寻找它的逻辑性。

各国元首们劝说着排险者，而排险者不为所动，他的观点是"当宇宙的和谐之美一览无遗地展现在你面前时，生命只是一个很小的代价"。元首们不能认同这样的观点，因为按照这样的观点，宇宙文明终有一天会发展到不惜毁灭自身也要进行超高能试验，以获得超统一模型的时刻。排险者用沉默表示了肯定，接着解释了他们的文明获得大统一模型的历程，那是另一个更为壮观的"朝闻道，夕死可矣"的宇宙图景。星云文明冒着真空衰变的危险，进行了创世能级的试验，在自身宇宙被毁灭前，他们将获得的数据和结果用引力波发射了出去。新文明在引力波消失前捕捉到了这些数据，获得了宇宙大统一模型。

真理祭坛上，生命和真理交换开始了。科学家们心满意足地化为等离子体飘离了世界。奇妙的情节出现了，最后一位出场物理学家，是轮椅上的物理学巨人史蒂芬·霍金。他只问了排险者一个简单的问题："宇宙的目的是什么？"——这个问题是有渊源的，在霍金那本畅销全球的理论物理科普著作《时间简史》中，最后一章的题目正是这个问题。除了宇宙，还有谁能回答这个问题？所以即便已经掌握了宇宙大一统模型的排险者也无言以对，只得让霍金原路返回。是啊！这不仅是物理学问题，更是一个哲学层面的问题，如同人类常面对的问题："人生的意义是什么？"

在小说的结尾中，丁仪的女儿也要沿着父亲的路走下去，她也问出了这个谁也无法回答的问题。

《朝闻道》在刘慈欣的作品体系中，是最具哲学意味、最引发人深思的一篇。小说中原始人第一次抬头仰望星空的那一幕，有着阿瑟·克拉克《2001太空漫游》的影子。我们惊叹于刘慈欣浩瀚的宇宙视角，对宇宙命运的深入思考。正如小说中的一句话："真正的美是眼睛看不到的，只有想象力才能看到它。"整篇小说有完整的、严密的逻辑，如同宇宙本身一样，有着神秘的自洽，值得智慧生命一生去探索。而这些宏伟的幻想、宏大的主题在刘慈欣笔下以细节的形式展现出来时，我们甚至愿意相信，真实的宇宙就是这样的。这样的科幻小说同中国古典的哲学结合在一起，散发出一种亘古的、永恒的魅力。

《思想者》：宇宙有自己的灵魂

时隔几年再读《思想者》，仍然被它所传达出的美摄住心魄。潜隐在心深处的那根弦被拨动了，震荡的波扩散着，如同小说中描绘的恒星闪烁。

这篇小说呈现的唯美程度，要远超于已经被主流文学广泛接纳的《带上她的眼睛》。之所以没有被传播开来，我想是小说中略微深奥，光波在恒星间传递的精准计算给阻挡了。"1.3秒差距，就是4.25光年"，稍有些阅读障碍。"秒差距"是天文学上的

长度单位，用于度量恒星间的距离。这里的"秒"并不是用来度量时间的"秒"，而是用来度量"角度"的"秒"。在这些度量单位里，我们可以窥见时间和空间的一致性。"秒"在这里用来度量天体同地球和太阳连线组成的夹角，当夹角是 1″ 时，地球和天体之间的距离已经是 3.26 光年，所以会有前面的这个换算。

同《带上她的眼睛》一样，这篇小说的男女主人公也没有具体姓名，只以"他"和"她"代称。这种写法在主流文学中很常见，传递出的是一种文艺腔，出现在刘慈欣的科幻中，也就有了不多见的文艺气息。他在这两篇作品里确实有意增强了文学性。但也适可而止，小说中描绘了一种朦胧的情愫，无关情爱，只是把一种星空般的舒朗美好传递给我们。

"他"是脑科医生，"她"是天文学家，他们在思云山天文台偶遇了。她研究的是恒星闪烁，并把一幅太阳闪烁的波形图雨花石镶嵌画送给他。他被她描绘的星空的美妙吸引了，同时像画中优美的曲线一样，她身上被月光刻画的曲线也吸引了他。这时刘慈欣用了一个科学的比喻："在山外他生活的那座大都市里，每时每刻都有上百万个青春靓丽的女孩子在追逐着浮华和虚荣，像一大群做布朗运动的分子，没有给思想留出哪怕一瞬间的宁静。"没有一个形容词，但这个比喻却无与伦比，这就是科学的美。"布朗运动"是有中学物理知识的人都可以理解的，指在一个封闭的空间内，空气分子做着无规则的永不止息的运动。

随后他们就告别了,时光在慢慢显示自己的力量。十年后他偶然又去天文台,很意外地又见到了她。她又做了很多雨花石镶嵌画,他很快发现了其中一幅同当年她送给他的那幅波形完全相同。他以为是她重新做了一幅,但她说这一幅是另一颗恒星,人马座 α 星的闪烁波形。在测算了恒星的距离和观测到的时间后,他们都震惊了,这难道是当初太阳的闪烁传递到了人马座 α 星?要想验证这一点,就是要观察有没有一颗恒星也会发生这样的闪烁波形。她选择了天狼星,时间则在七年后。临别,他们做了七年后再见的约定。

小说的结构是以恒星为节点的,从太阳开始,人马座 α 星,天狼星,河鼓二星,中间简短地插入男主人公的尘世生活,粗略而精准的描写,不乏诗意,名之以"时光之一、二、三……",从宇宙的开阔角度俯瞰着人世,令人理解了时光的另一层含义。他过着尘世间普通人的生活,几乎忘了当初的约定。"但同许多在火车上睡觉的旅客一样,心灵深处的一个小小的时钟仍在走动,使他在到达目的地前的一分钟醒来。"

小说的章节来到了"天狼星"。七年后,他怀着怀疑的心情来到了天文台的旧址,觉得见到她是一厢情愿、异想天开的事情。但是月光下,她的身影还是出现了。当他用发颤的声音问她,天狼星是不是闪烁了?得到的答复是肯定的。"他们又陷入长时间的沉默,松涛声在起伏轰响,他觉得这声音已从群山间盘

旋而上，充盈在天地之间，仿佛是宇宙间的某种力量在进行着低沉而神秘的合唱……"宇宙向他们展现出了一个从未示人的秘密。而下一次可以观测到的闪烁，是十七年后到达地球的河鼓二星。难道他们又要在十七年后才能相见？人生苦短，他们还可以再相约一次。

十七年的时间里，他们有过联系，但也渐渐中断。时光仍然显示着它不可抗拒的力量，但还有一束日夜兼程的星光把他们联系在一起。他们各自度过了颇有成就的盛年，各自驾着飞行车，再次来到曾经有过天文台的思云山顶峰。是的，在人生向晚之时，他们又相见了。

不用说，河鼓二星如约闪烁。恒星闪烁在宇宙间传递着，像泛起无数涟漪的雨中池塘。他带来了一个模型，光点闪烁着，光传递着，就像她说的"雨中池塘"。但是这却是一个大脑的三维全息模型。这个星光灿烂的大脑模型，就像宇宙中无数传递着闪烁的恒星——宇宙就是这样一位孤独的思想者。

宇宙在暴胀，恒星的闪烁永远无法传遍整个宇宙，这位思想者不会有一次完整的感觉。但他们在三十四年前的那次偶遇，"他的大脑中发生了一次闪烁，并很快传遍了他的整个心灵宇宙，在以后的岁月中，这闪烁一直没有消失。这个过程更加宏伟壮丽，大脑中所包含的那个宇宙，要比这个星光灿烂的已膨胀了150亿年的外部宇宙更为宏大，外部宇宙虽然广阔，毕竟已被证明是有限的，而思想无限。"

小说写得非常唯美空灵，只有将一切置于宇宙的背景下，那种空灵才是真正的空灵。人世间男脑科学家和女天文学家的相遇，对应的是人脑和宇宙图景的投影和重合。这种想象力，也许是刘慈欣的专利吧。这篇小说的语言并不华丽，是一种简洁、精准之美。恒星闪烁如池塘的涟漪，这样的比喻谈不上奇崛，但正是刘慈欣的风格，达意即可。

刘慈欣的中短篇小说中，涉及男女情愫的仅此一篇。描述他和她之间的情愫很细腻，但不拖泥带水，几笔即勾勒出感情的实质。在他的作品里，爱情是辅助材料，从来成不了主题。性爱几乎没在他的笔下出现过，也许人类繁衍确实是分子级别的事务，由此衍生的庞大的话题像云一样笼罩着地球。但如果宇宙也只是一位孤独者，是一个会思索的大脑，太阳也只是一个脑细胞，那么地球上的繁衍生息、爱恨情仇就会显得微不足道。柏拉图式的精神之爱就会在宇宙中寻找到栖息之地，这也就是为什么这篇小说会传递出一种水晶般透明纯粹的美。

《圆圆的肥皂泡》：梦想中的科幻总会成真

《圆圆的肥皂泡》中的科幻创意有刘慈欣还在上初中时写的第一篇科幻小说的影子。那是在1978年，他写了外星人带给地球一个薄膜做礼物，薄膜吹起来能覆盖整个城市，《圆圆的肥皂

泡》里实现了这一点。

这是一篇非常美的科幻，这种美一方面来自科技造福人类的美好愿景，另一方面来自故事的优美。能从身边常见的一个司空见惯的肥皂泡，衍生出这么丰富的科幻故事，足见刘慈欣的想象力和编织故事的能力。小说题目有一种美妙的契合感，因为"圆圆"可以是描绘肥皂泡的形容词，也是小说中那个女孩的名字。而肥皂泡除了本义，文中也用来比喻父母一代年轻时献身西部开发的理想，最终却只是肥皂泡一样的幻影。刘慈欣有一种赋予普通词汇多重含义的能力。

这篇万字短篇简洁流畅，线条清晰，涉及了西部沙漠化、气候改造、代际差异、创造性思维等议题，蕴含了很多知识点和人世阅历，短小的篇幅中有一种难得的丰富性。这篇不太著名的短篇实际也是银河奖获奖篇目，足见它写得确实不错。

那个名叫"圆圆"的女孩好像注定和肥皂泡有不解之缘，她从小喜欢肥皂泡，性格也像肥皂泡一样轻盈洒脱。但她的父母则是一代理想主义者，有沉重的责任感和使命感，母亲甚至牺牲于飞播造林，父亲一生奉献给西北。随着圆圆的成长，她对肥皂泡的喜欢发展成为专业，研究出制造肥皂泡的液体和工具，在高考结束后还打破吉尼斯世界纪录。博士毕业后圆圆创业成功，仍然不忘喜爱的肥皂泡，利用纳米技术制造了一个足以盖住整个城市的大肥皂泡。父亲得到启发，最终建成西部空中调水工程。肥皂泡发生器在海岸线上组成了"泡泡长城",肥皂泡组成了运送海洋水蒸气的长河。西部上空雨云凝集,干旱的季节飘起细雨,沙漠中因缺水消失的城市迎来重生。一个小小的肥皂泡,经过刘慈欣想象力的催发,就成为天地间壮观的奇迹。

这篇小说写于2003年12月,那时刘慈欣的女儿应该正是吹泡泡的年龄,也许刘慈欣的灵感正来源于此。不同于常人的是,他毕竟是科幻作家,有着科学的敏感度,对肥皂泡这种看似简单的东西进行了科学层面的探究,将其分解到液体黏度、延展性、蒸发率和表面张力等物理层面,使得后续生成巨大的肥皂泡有了令人信服的理论支撑,让人觉得空中调水工程成为现实也不是没有可能。

七、社会实验题材——《赡养上帝》《赡养人类》《镜子》

刘慈欣最后完成的中篇小说系列是"赡养"系列,包括《赡养上帝》和《赡养人类》。前者写于2004年,后者是2005年,此后他的精力就主要投放在"三体系列"中了。刘慈欣获奖作品集中收录的是《赡养上帝》,实际上当年获得银河奖的是《赡养人

类》,也许后者的暗黑气质不适合收录进作品集。2004 年他还写了反腐题材的《镜子》,那两年他的题材集中在这样的社会实验领域。社会实验本身就是科幻文学的功能之一,虽然不是他本人追求的科幻风格。如果没有这个系列的小说,不可能有后来的《三体Ⅱ:黑暗森林》(后文统一简称为《黑暗森林》),刘慈欣本身的作品体系也会单薄很多。

《赡养上帝》:文明生命周期模型

这篇小说获得了《人民文学》柔石小说奖,可见得到了主流文学界的认可。小说显示出刘慈欣式的气魄,上帝都可以成为想象对象。这篇小说也只可能诞生在中国,在西方基督教国家,不可能对上帝有此想象。

上帝在小说中是以耄耋老人出现的,白发白须,白衣白袍,他们从天而降,有如仙人下凡。上帝贪恋人间的天伦之乐,想要在地球的普通人家养老。这个过程有些像当前社会的养老问题。开始的时候,因为上帝给地球带来了先进的科学技术,给人们带来可以长生不老的希望,所以备受欢迎。上帝化身为一个慈祥的老人,不乏可爱,有自己隔着八千光年的心上人。可惜蜜月期很短暂,人们发现上帝的科学技术不是人类当前可以掌握和利用的,于是每个赡养上帝的家庭也出现了同赡养老人一样的困境,上帝成为家庭负担而不再被尊敬。小说像传统小说一样描绘了上帝和秋生一家相处的过程。上帝尽管像仆人一样，做着自己力所能及的家务事，但还是不能阻挡这家人的嫌弃。秋生媳妇是嫌弃上帝的主力，秋生爹也常对上帝发脾气，儿子因为上帝不肯分享手表也不再喜欢他，只有知书达理的秋生保存了对上帝的敬意。上帝和人类的关系恶化到互不相容的地步，赡养上帝成为整个人类的社会问题。

小说对文明的生命周期进行了非常有想象力的思考。上帝在小说中不再是一个人格化的神，除了同凡人一样的个体，还是一个族群，建立了上帝文明。上帝文明当然比地球文明更高级，他们掌握了近光速的宇宙航行，可以在宇宙中自由穿梭，也因为接近光速几乎可以永生。他们曾经在行星上居住，也曾在行星间迁徙，但后来发现行星的生态环境都不如飞船稳定，于是成年后的上帝文明成为星舰文明。文明开始衰老的第一个标志是个体寿命的延长，虽没有长生不老，但可以生存几百年；第二个标志是机器摇篮时代来临，所有的事情都可由机器自动完成，文明失去前行的动力。他们的飞船渐渐老化，他们也不再掌握维持飞船运行的科学与技术。上帝文明就这样进入了暮年，如《圣经》中的创世纪一样，他们在地球播种了生命的种子，让地球文明按照自己设计的蓝图完成进化。他们不讳言创世中出现的差错，如古希腊文明应该被独立发展，并且不被消亡；东西方几乎同时出现的罗马文明和汉朝文明，应该交流融合，如此人类文明进化的脚步会

更加快……这种站在宇宙高度俯瞰人类历史的视角确实是上帝才有的。

上帝文明曾经非常辉煌，小说极具想象力地写了上帝文明为银河系生命所做的贡献，而在被人类赡养后，却沦落到被地球文明可怜的地步，这是他们不能接受的。为了最后的尊严，上帝决定重新回到飞船上，在宇宙中流浪终老。临别前，人类和上帝才有了和解的可能，上帝告诫人类，一定要飞出去，飞向其他行星，飞出太阳系，飞向宇宙。没有飞天梦想的人类文明，只能走向衰落，这正是刘慈欣一以贯之的宇宙观和科幻理想。上帝警告人类，宇宙中还有同地球一样的其他文明，如果地球不率先掌握近光速航行，那就会被其他文明消灭。在此不仅完成了小说的自恰，也显示出《三体》的初步构想。

《赡养人类》：贫富问题的终极解决方案

这是一篇散发着一种诡异气质的小说。还是"现实+科幻"的模式，现实部分写的是黑帮，作者极尽所能地应用了黑帮题材的元素，暗杀、火并、决斗、反水……嗜血而冷酷，细腻而陌生。令人惊讶的是作者的这部分书写经验来自哪里？不太可能全部来自阅读，也许还有电影。建立在科学基础上的科幻总是超前和高端的，同黑帮题材杂糅却产生了奇妙的效果，小说奇诡丰富，有种黑洞般的吸引力。对于科幻作家来说，可涉猎的题材真是无限广阔，有如挣脱了地心引力，可以恣意驰骋。

这篇小说给人印象深刻的是它的现实部分，是以一个职业杀手的视角写的。这位杀手因惯用一把没有膛线的手枪而被呼作"滑膛"。在这里，暗杀叫作"加工"，暗杀对象叫作"工件"，显示着无情的冰冷。滑膛接到了一批业务，城市中最富裕的十三个人要杀死最贫穷的三个人。在这条主线中，穿插书写了滑膛的个人成长经历，他在异国的杀手培训营被培养成高端的职业杀手。在这段留学经历中他学习英国文学，"通过文学，他重新发现了人，惊叹人原来是那么一种精致而复杂的东西，以前杀人，在他的感觉中只是打碎盛着红色液体的粗糙陶罐，现在惊喜地发现自己击碎的原来是精美绝伦的玉器，这更增加了他杀戮的快感。"他成为一个冷面杀手，"瞄准谁，与枪无关"是他的最高职业准则。

塑造人物一直不是刘慈欣科幻作品的关注点，但滑膛是他的中短篇小说中一个令人印象深刻的一位。小说里写了这个冷面杀手两次心动的瞬间，都是在看到了其中一个"工件"，一个似曾相识的女孩的眼神的时候。第一次是看到她的照片，第二次是通过望远镜看到她的真人。她的眼神里有常人少有的平静，让滑膛想起另一个眼神，那是一个死于黑帮老大手中的幼女的眼神，也是他对黑帮老大复仇的内心动力。只不过，滑膛的心动转瞬即逝，这个冷面杀手的最后还是完成了这个"工件"的加工。

这篇小说的科幻部分是关乎社会问题的,对社会贫富分化做了极致的想象。小说衔接了《赡养上帝》中的情节,上帝文明同时创造了六个地球文明。在第一地球那里,科技的发展使贫富问题极端化。借由新技术,教育发展成超等教育,直接在人脑中植入计算机,但因为价格昂贵,只有富人能够接受这种超等教育,于是贫富分化更加悬殊。甚至富人和穷人已不是同一物种,所以"同情"也不可能发生。最终财富集中在"终产者"一人手中,连空气、水和大气层都私有化为富人财产。穷人只能生活在狭小封闭的家中,呼吸新鲜空气都需要付费。母亲梦游走出家门,就因呼吸了外界空气而犯了盗窃罪;父亲不得不用自己的生命拯救家庭的生态系统。十亿穷人因自家的空气耗尽而涌入富人的私家花园,富人不堪其扰,决定将十亿穷人移民到地球。

第一地球的飞船来到太阳系,他们在占领地球前决定要赡养人类。像几百年前的印第安人一样,地球人类只能生活在澳大利亚保留地。生活资料的分配,则是以最穷的人为标准。地球上的富人急了,自发成立了"社会财富液化委员会",纷纷向穷人散发自己的财富,以抬高穷人的生活水准,将社会财富液化到同一水平线上。但是最穷的人中有三位不接受这种馈赠,他们安于贫穷,享受贫穷,于是他们成为杀手滑膛的业务。在小说的最后,滑膛接受了贫穷画家的委托,十三位最富有的人也成为了他的业务……

这是一篇社会实验类型的科幻小说,社会实验成为主题,科幻创意为之服务。科幻中的社会实验总是恶托邦性质的，这种类型的科幻小说很多，郝景芳获雨果奖的短篇小说《北京折叠》同这篇小说散发着同样的气息。

《镜子》：决定论下的反腐结局

反腐题材一向是主流作家的领地，科幻作家将笔触伸向了反腐题材，那现实主义作家又该如何自处？这一领域是绝大多数主流作家没有碰触过的，即便现实主义传统如此强大，这仍然是一个不好书写的领域。这篇小说写于 2004 年，彼时腐败已然存在，但反腐并没有像十几年后的今天成为社会潮流。联想到刘慈欣和笔者所在的地区，是反腐重灾区，而刘慈欣生活的城市又是煤炭资源型城市，更是腐败的滋生地，所以在一篇十几年前的科幻小说中看到反腐，给人吊诡之感。刘慈欣对题材是很敏感的，一旦他决定关注现实，就会张开双目，将相关题材纳入视野。

《镜子》的科幻构想并没有太复杂的技术背景，更多是一种理念或愿望。量子力学中的随机性被确定性所取代，因果链和决定论成为事物发展的推动力。比量子计算机功能更强大的超弦计算机问世，使得创建宇宙模型成为可能。超炫计算机可以模拟无数个宇宙模型，其中一个正巧就是我们现在的宇宙。于是，现实中的一切都被镜像在了计算机中，包括深藏不露的腐败问题。

《镜子》书写腐败虽然有套路化的痕迹，但仍然能感受到刘

慈欣的人生阅历所起到的作用。老谋深算的腐败大鳄，貌似清廉的纪检干部，充当黑社会保护伞的公安局局长，刚正不阿的学者型官员……都是活生生的现实中人。人命关天的构陷，血雨腥风的政治斗争，因为计算机模型的存在，让腐败分子有了"苍天在上"的感觉。小说中对"首长"这一人物的塑造不吝笔墨，尽可能细微地展现他的心理活动。最后他畏罪自杀时，不忘把"为人民服务"的标牌放在党旗和国旗下。这也是很多腐败分子的心路历程吧。

如果小说中仅有现实，没有科幻的想象力，那也不会是刘慈欣的风格。这篇小说对不同的宇宙进行了想象和描绘。只要对计算机系统输入不同的初始参数，就能生成不同的宇宙。其中有只有基本粒子的宇宙，有被海洋浸没的宇宙，有六维宇宙，也有二点五维的宇宙。当然也有我们的宇宙，恒星、行星生成，生命诞生，万物演化。

《镜子》是刘慈欣中短篇小说中唯一一篇超过三万字的，可见对反腐题材，刘慈欣是倾注了笔力的。但刘慈欣并不想把小说局限在反腐层面，在这篇小说中也显示出他认为科幻作家应该有的"飘忽不定的世界观"。计算机模型进行的历史检索中，很多的历史事件被认为是虚构的，导向了历史虚无主义……计算机模型模拟的未来，也是虚无的，人类社会因为镜像而失去活力，仿佛进入了中世纪，只不过是"光明的中世纪"。就是说一个决定论的世界最后只能走向衰亡，刘慈欣是量子学理论的拥趸，这里对决定论提出了质疑，使得小说有了哲学意味。

八、科学定律演绎系列——《坍缩》《微观尽头》《纤维》《命运》

这些小说都是企图用文学图解理论物理学的原理，有一种科普意味。《坍缩》和《微观尽头》涉及的是宇宙大爆炸；《纤维》图解量子物理学中的多世界假设，也就是平行宇宙。《命运》是关于虫洞，时间可以逆行。这些小说都体现着刘慈欣初期的科幻理念，它们完全独立于现实世界，是一个纯粹的科幻世界，属于纯科幻阶段。2000年后，刘慈欣意识到这条路难以为继，小说风格开始转变。

《微观尽头》和《坍缩》：宇宙大爆炸的科幻图解

《微观尽头》和《坍缩》是刘慈欣最早的短篇小说，写作时间约为1985年。这两篇小说相较后期的小说单薄了很多，但已能看出作者的潜质，特别是想象力。两篇小说都没有太复杂的情节，写的都是物理现象发生的前一刻。《微观尽头》想要阐释的是微

观粒子夸克被轰击后产生的创世能级的现象，宇宙被反转，出现反片，黑成为白，白变成黑。《坍缩》要图解的是宇宙大爆炸理论，暴涨至极限，然后开始坍缩，时间开始反向流动。死去的人重新复生，发生的洪灾翻转消失。这些都是对物理学的大胆想象。《坍缩》比起《微观尽头》更精彩一些。《坍缩》中以对话推动情节的写法那时就有了雏形，借助人物对话直接阐述了物理学原理。后来在其他小说中出现的理论物理学家丁仪在两篇小说中都已出现了，成为物理学家的代名词，也让他的作品有了一种连贯性。

《纤维》：多世界假设的科幻图解

是一篇短小精悍但不失丰富的小说。小说全篇都是对话来完成的，很有现场感。虽短小，但科幻悬念还是很强的。这篇小说中平行宇宙的图景就像一束纤维。由于有些宇宙已进入超光速航行时代，就会在宇宙中留下很多虫洞，于是人们稍不留意就会进入另一个宇宙。来自不同宇宙的四个人，首先是对地球是什么颜色争执不下，各自的地球有黄色的，有粉色的，还有紫色的……不同地球的历史有关联，但又不尽相同，古罗马的角斗士可以复现在美国。计数的进制也不统一，有五进制、十进制，还有二十进制，在计算机的进制上倒是统一的，都是二进制。但计算机却很不一样，有的是算盘，有的是竹片。刘慈欣再次发挥对计算机的想象力，创造出一种"占地面积有一个足球场那么大，用竹片和松木制造，以黄豆作为运算介质，要一百多头牛才能启动呢！可它的 CPU 做得很精致，只有一座小楼那么大，其中竹制的累加器是工艺上的绝活"的计算机。

几个平行宇宙的人争执完毕，要回到各自的地球去，临行都拿走了一个可以观察其他宇宙的纤维镜。在另一个宇宙里，还有另一个"我"，那是当初在做去留选择时衍生分化出的另一个量子态的"我"。这是平行宇宙理论的一个假设，事物的每一种可能性都裂变出一个宇宙。《纤维》这篇不到五千字的短篇，写法、构想都很精练。

《命运》：时光倒流后的历史反演

这篇小说中两次提到"人择原理"，这是这篇小说的理论基础和探索领域。"人择原理"是指"因为人类是万物之灵，宇宙选择了我们"，就是说人类文明在宇宙中产生，有其必然性——宇宙把一切都准备好了，等待着人类的诞生。小说中的主人公是坚定的"人择原理"信仰者，但作者刘慈欣则不然。他认为人类的产生是宇宙中的偶然事件，各种偶然因素聚合在一起，产生人类的几率为几千万分之一。所以这篇小说写的是地球并未产生人类文明，恐龙成为地球的主人，恐龙文明取代了人类文明。

实现这一切当然需要借助科幻。人类文明已经进入到恒星际航行的时代，蜜月旅行可以是租用飞船在太空遨游。恒星际航行借

助时空跃迁完成，会在宇宙中留下很多时空虫洞。飞船误入这样的虫洞，就会进入时间旅行，或者飞向未来，或者回到过去。他们这艘飞船回到了地球的白垩纪，但男女主人公浑然不觉，发现前方有个小行星要撞击地球，怀着拯救地球的热情，他们发射飞船的一台发动机中撞开了小行星。他们不知道，其实它是导致地球恐龙灭绝的小行星。等到他们回到地球，才发现已是恐龙的世界，人还存在，但只能沦为恐龙的观赏物和食物。如果恐龙不灭绝，地球上能否发展出人类文明是个未知数。刘慈欣给出了否定的答案。

九、时间旅行题材——《西洋》《信使》《时间移民》

时间旅行这一类科幻题材刘慈欣写得不多，都是短篇。这种架空和穿越的题材，不符合刘慈欣写实的风格。所以他只是浅尝辄止，可以逆行改写历史，也可以来自未来预言世界，还可以借助人体冬眠选择在哪个时代移民。

《西洋》：假如郑和继续西行

这篇小说写于 1989 年。当时为了查郑和下西洋的资料，刘慈欣坐了六七个小时的绿皮火车，咣当咣当来到北京，泡在书店里查找资料。后记应该写在十几年后的发表之际，刘慈欣说自己也不喜欢小说中很重的殖民主义和霸权主义色彩。这是一篇架空历史的小说，很穿越，除了幻想成分，并没有多少科学成分。但是刘慈欣式的想象是非常有气魄的，也许，历史只要在岔道口被轻微地扳动一下铁轨，就会向这个假设的方向演进，这也正是科幻小说的吸引力所在吧。

小说开篇写的是郑和下西洋，正如历史书中记载的一样，他抵达了索马里的摩加迪沙海岸。不同的是，他没有按照明朝永乐皇帝的命令返航，而是驶向了好望角。所以，接下来发生的一幕成为可能：1997年7月1日，是中国向英国移交北爱尔兰的主权。没错，向欧洲殖民的是中国人，而不是正好相反。小说的结构精巧，主人公是位中国外交官，移交北爱后心情失落，准备离开英伦，途经巴黎，前往纽约的联合国任职。同行的儿子不断地提醒着父亲帝国往日的荣耀，这个帝国当然是中国。儿子一直在滔滔不绝地演讲，郑和当时登陆英伦三岛和攻占欧洲大陆的巴黎的情景历历在目。然后他们来到美洲新大陆，它是属于中国的，而不是如今的美国。因为，小说中郑和在欧洲归乡心切，继续向西航行，终于发现了新大陆。在这里，中国文化成为中心，中国画备受推崇，自由女神像被郑和像代替，在纽约也建了一座故宫……总之，很多关于中国的夜郎国般的想象，都能在这里得到满足。借着科幻的便利，刘慈欣满足了一下国人的匮乏心理，重新演绎

了一番"夜郎自大"。

在这篇小说中,能看到的刘慈欣对历史的大胆的想象,那时他就展露出打破既定框架的气魄。在新大陆上,像现实中一样,也存在的分离主义者,只不过分离的不是一个岛屿,而是整个新大陆,他们要从中国的旧大陆中分离出去,宣告独立。这是中国源远流长的历史中不断出现的议题,也是现今面临的"台独"、"港独",甚至"疆独"、"藏独"的影射。世界上,也只有中国因历史的绵长,因地域的广阔,统一问题贯穿历史,连动现实。但这些改变不了事实,否则何来"中央之国"?

《信使》:为爱因斯坦解开终身谜题

这篇短小的小说是另一种想象力之作,细腻优美地还原了爱因斯坦晚年的心境,也很准确地阐释了他的思想。对量子力学的质疑,对原子能利用的纠结,对人类未来命运的担忧,无法建立统一场理论的苦恼,都用文学的笔法想象和描绘了出来。作为近代物理学的巨擘,爱因斯坦是刘慈欣科幻中不可或缺的文化符号,常出现在小说情节里,《信使》终于专门用来写爱因斯坦了。这些崇高的历史人物在刘慈欣笔下,有着常人的生活形态。

这篇略带游戏色彩的小说,从未来的角度解答了爱因斯坦生前的困惑。在普林斯顿的黄昏,每当爱因斯坦拉起他的小提琴,就会有一个年轻人在楼下大树下聆听。两个人的音乐会持续数日，下雨时爱因斯坦邀请年轻人进屋听琴。年轻人能准确预言接下来发生的事情，原来年轻人是来自未来的信使，他告诉爱因斯坦：同他发明的质能转换方程相反，未来能量也能转换成质量；人类在未来五十年内销毁了核武器；百年之后出现了发明统一场理论的人。这些当然只能代表作者的观点和美好愿望，现实中还没有出现能实现的迹象。他最后告诉爱因斯坦的是"上帝确实掷骰子"，是对爱因斯坦那句著名的"上帝不掷骰子"的回应。就是说物理学中的随机性取代了决定论，这是量子力学的基本观点，是爱因斯坦生前拒不接受的。量子学理论后来的发展，推翻了爱因斯坦当初的一些假设，但是爱因斯坦当初的坚持，也并不是没有意义的。这些只有在宇宙大统一模型建立后才能解答吧。

《时间移民》：未来的 N 种科幻想象

这篇小说的故事性并不强，所以尽管小说的科幻创意仍然不错，但总是给人模糊的印象。由此可见，科幻小说没有很好的故事载体也不会成为好的小说。这篇小说属于时间旅行题材，想象了未来的几种可能：核战争爆发，科技无比发达，人机合一和虚拟世界的结果，然后让移民的人类做出选择，哪一个时代才是他们最终的理想。

小说中命名了几个时代。黑色时代是在一百二十年后，地球

笼罩在核战争中，一切都是黑色的；大厅时代是在六百年后，是个纯净无比的水晶时代，知识的获取靠植入芯片瞬间完成，人类通过更换器官获得了永生，因能得到一切太容易，也就失去了一切。移民的人无法适应这个时代，只能继续在时间中冬眠到一千年后，进入无形时代。无形时代的人可以变幻成任何机器的形状，也可以在电脑芯片组成的虚拟世界中以脉冲的无形形式存在。无形世界随心所欲，就像毒品一样侵蚀着人类，这也不是移民们理想的世界。于是他们继续冬眠穿越时间，在一万一千年后苏醒过来，看到了地球生态的恢复，绿水青山，河流土地，蓝天白云，他们需要这平淡的一切，终于有了回家的感觉。所以，作者表达了这样的观点，最自然的地球生态才是人类最宜居的，同当前的"绿水青山"理念很贴合。小说中对未来的想象给人很多启示。

十、系列之外的其他作品

（一）处女作和收官之作

《鲸歌》：不是处女作的处女作

《鲸歌》一直被看作刘慈欣的处女作，是他公开发表的第一篇作品，但此前他已有十几年的写作经验。这篇小说发表前，刘慈欣已经写了若干短篇小说，甚至还写过两部长篇小说。刘慈欣自己认为《鲸歌》完全体现了通俗文学的精神，以故事为主体，自己后来的作品再也没有出现过类似的作品。

小说的科幻创意仅是海洋工程学家驯化了鲸鱼，在鲸鱼的脑中装入生物电极，计算机发出的信号能被转化为鲸鱼的脑波，达到操控鲸鱼的目的。这样鲸鱼就可以用来运送毒品，成功地将毒品从南美运入美国，但在返程途中遭到了捕杀。小说的叙述略显平淡，原意应该是取了古老的鲸歌同现代的罪恶之间的对比，捕杀海洋动物，贩毒等。可以看到刘慈欣在最初就表现出了虚构能力，题材也比传统小说宽广。但随后他发现这样的小说，同自己的科幻理想不符，所以果断地放弃了这种写法。

《山》：由道德困境展开的收官之作

《山》是刘慈欣投入"三体系列"创作前写的最后一个中篇。刘慈欣说这篇小说是具有长篇架构的，可延展为一部长篇，可见小说的内涵很丰富。同其他精彩的中篇不同，这篇小说是沉闷的，甚至有些单调。小说中科幻构想占了很大篇幅，很像一篇技术论文。故事情节部分没有展开，这也许是可扩充为长篇的原因所在。

小说的第一节铺垫阶段，用了近8000字，占到了三分之一还多的篇幅，用于交代为什么男主人公在远洋轮上永不上岸。他

本是登山运动员,在一次登山时面临险境,他要么随同伴一起滚下山崖,要么砍断绳索舍弃同伴保命。他选择后者活了下来,却被社会指责和唾弃。为了惩罚自己,他来到离山最远的海上漂泊。小说的剩余部分,写的是不同于地球文明的另一个文明的进化史,这个文明存在于另一个星球的地核里,被命名为"泡世界"。这样的篇幅分配比例,后半部分虽然写"泡世界"的技术探险很详尽,但因为只有科幻的大框架构想,没有填充具体的人物情节,读后的感觉是粗略的。

实际上,这篇小说提出了两个非常重大的命题。一个是人类的伦理道德问题,一个人在绝境中为了自身的生存,是否可以牺牲他人的生命?另一个就是不同于地球文明的另一种文明的完整进化过程,这一命题即使在《三体》中也是没有充分想象的,在《山》中则完整地描绘了"泡世界"文明的进化史。

《山》中的"泡世界"半径有3000公里,是地球的一半。这样世界中的生物不可能同地球生物相似,而更像《乡村教师》中硅基帝国的硅基生命。它们是无机物构成的,是机械的,脑是芯片,肌肉骨骼是金属,电流和磁场是血液。在这个幽闭的世界里,对广阔空间的向往是强烈的,向外的探险从未停止。开始时泡世界的宇宙观是密实宇宙论,后来经过哥白尼式的探险,发现岩层密度递减,穿越过岩层后会抵达没有岩石的真正的空间,又经过牛顿式的探索,发现了万有引力,最终确立了太空宇宙论。这也导致了太空探险的狂热，引发了惨烈的地层战争。民间的探险联盟获得了胜利，探险开始合法化，成为地核人共同的目标。

但是穿越岩层后，它们并没有遇见星空，而是遇见了它们从没见过的海水——液体在地核世界是不存在的，它们把海水命名为"无形岩"。液体导致了它们这样的硅基生命发生短路，也就是死亡。在付出大量生命代价后，它们学会了控制液体，但却在海水气化的水蒸气中再次伤亡惨重，它们又遇到了从未见过的气体。在掌握了阿基米德定律后，它们才真正驾驭了液体和气体。它们也有自己的加加林，地球上的火箭，在"泡世界"中是水箭，加加林乘着水箭，终于浮出海面，看到了星空——这就是"泡世界"中的"地核生物"完整的科技进化链。也许发现这种效果并不精彩，于是在《三体》中放弃了对三体世界具体描绘。

小说的最后，男主人公因为登顶了海水构成的珠穆朗玛峰而原谅了自己。作者试图为人类的道德提供一个更大的参照系，在宇宙背景下，人类的道德体系会有所迁移。

（二）《三体》创作间歇期的几篇作品

2006年刘慈欣发表《山》之后，就全身心投入到长篇系列《三体》的创作中去了。在2007年底完成《黑暗森林》创作后，他零星发表了几个短篇，有的也许是旧作。短篇中他总是腾挪不开，大部分是核心创意，故事部分演绎得不充分，可以看出

他的心力都投到长篇中去了。

《2018年4月1日》：这篇小说写的2018已成为过去，所以可以检视小说中的科幻创意是否变成了现实。基因改造延长生命技术的商业化，由此引发了社会的抵制风潮，也导致了很多人走上犯罪道路，铤而走险；建立在IT技术上的虚拟世界，甚至已经发展成国家；IT共和国向实体世界宣战，电脑中的财富记录将被删除，世界财富平均分配；IT产业工人要进行大革命，宣言是"不要说我们一无所有，我们要把世界格式化！"——这些在小说中只是4月1日愚人节开的一个玩笑，但在现实世界中有的有成真的迹象："新的IT专业毕业生如饥饿的白蚁般成群涌来，老的人（其实不老，大多三十出头）被挤到一边，被代替和抛弃。"这正是当下很多互联网企业的现状。

小说中每个情节衔接处都是一个反转，作者对小说的这种技法已经得心应手，运用自如。但是给人的感觉失去了小说自然的成分，过多的技巧运用总是会伤害到小说本身。

《太原之恋》：大创作后的诙谐之作

这篇小说写于2009年1月，当时他已写完《三体》前两部，还没有进入第三部的创作。经过一场艰巨的劳动，书顺利出版，所以心情很放松。小说中甚至开了自己的玩笑，让大刘以潦倒科幻作家出现在作品中，《三体》变为《三千体》，只卖出了15本，这是在自嘲自己的小说销量不好。小说地点是太原，失恋的女孩编制了一种计算机病毒，诅咒前男友，所以是《太原之恋》。女孩成为诅咒始祖，诅咒 1.0 版开始传播。经过另一个女孩，诅咒武装者的加工，诅咒升级为 3.0 版本，增加了杀死特定对象的功能。

小说虽搞笑，但其中的科幻创意还是有技术含量的。小说所写的新时代，"所有一切都落网了"，指的是所有硬件设施都通过网络连接起来，网络可以控制一切设备——这就是今日开始出现雏形的物联网技术了。所以诅咒 3.0 病毒可以通过控制硬件达到杀人的目的。

大刘和另一位科幻作家大角拾荒时捡到一台电脑，大刘不是计算机工程师吗？这回充当了诅咒通配者。早期的计算机工作者都熟悉通配符"*"，命令中带有通配符将会把对象从单个增加为一类，"*.*"则指向所有对象。他们在酒醉之下把诅咒对象改为通配符"*"，太原这个城市被诅咒了。所有的设备行动起来，要谋害或杀死所有的人。城市中到处是自杀、他杀、事故、火灾……虽是灾难场景，但整个作品是轻松诙谐的。

《人生》：这篇小说是脑科学题材，通篇都是对话，对话人是胎儿、母亲、脑科学博士。脑科学博士在胎儿身上做了一个实验，启动了记忆遗传机制，以观测试验结果。记忆遗传建立在量子生物学基础上，不通过 DNA 遗传。胎儿在成形后就拥有了母亲的

一切记忆，记住了母亲都忘却的事物。那些生活的艰辛带来的痛苦记忆让胎儿不愿意出生，最终拽断了脐带，杀死了自己。脑科学博士知道了人为什么在进化过程中没有选择记忆遗传，沉重的记忆遗传下去只会是一场灾难。人类没有记忆遗传机制，人也会选择性地遗忘以逃避人生的痛苦。

（三）返场新作《黄金原野》：对虚拟世界的忧思

在《黄金原野》前，刘慈欣 2016 年还写过一个短篇《不可共存的节日》，将加加林登陆月球的那一天命名为"诞生日"，因为人类终于从地球子宫中走了出去；将人脑电脑对接的那一天命名为"流产日"，人类又龟缩回一个狭小的世界中，是近几年刘慈欣对互联网时代社会趋向虚拟化带来的担忧。《黄金原野》也表达出了这种担忧。

对于这种虚拟世界，刘慈欣早在二十世纪八九十年代，计算机技术刚开始发展时，就有敏锐的觉察。在他最早的长篇小说《中国 2185》中就构建过一个虚拟世界的华夏共和国，那时这种新技术是他科幻创意的来源。但当这种趋势逐渐成为现实时，刘慈欣又先于世人表现了担忧，尤其是年青一代沉迷于虚拟世界，会失去仰望星空的兴趣，人类的探险精神、创造力和想象力将面临萎缩。刘慈欣在获得克拉克想象力服务社会奖时发表的演说中就说："在 IT 所营造得越来越舒适的安乐窝中，人们对太空渐渐失去了兴趣。相对于充满艰险的真实的太空探索，他们更愿意在VR中体验虚拟的太空。"

《黄金原野》写到了私人领域的太空探索，这显然是以现实中的美国人埃隆·马斯克为原型的。目前掌握火箭回收技术的名单，除了美俄中三国，第四位赫然印着埃隆·马斯克的名字。这位企业家以一己之力继续着通常只有一国之力才能进行的航天梦。2020年5月30日，马斯克终于成功发射了载人火箭，开启了商用火箭发射时代，开启了人类太空探索的新模式。

同现实相似，小说中的"黄金原野"也是一艘私人小型宇宙飞船，它的研制过程很困难，发射也是在仓促中完成的。发射后"黄金原野"号并没有在绕月飞行后返回地球，而是利用多余的燃料继续加速，向太阳系外飞去。飞船上的通信系统支持VR技术，地球上有几亿人通过网络陪伴着驾驶飞船的爱丽丝，形成一种新的社会风潮，社会甚至进入了"爱丽丝时代"。很多人活在这个虚拟世界里，由此引发了很多社会矛盾。美国政府在民情压力下重启"猎户座"计划，研制核聚变飞船增援"黄金原野"号。在飞船即将追上"黄金原野"号时，小说设置了剧情反转，原来赖以延续生命的冬眠药品并没有发明出来，关于爱丽丝的一切都是智能模拟的。就像"爱丽丝漫游奇境"一样，一切都是虚假的幻象，虚拟世界并不是一片遍布黄金的原野。

《黄金原野》读了几遍，想读出刘慈欣以往小说中带给人的

震撼，但却没有。小说有大量的描述性语言，用以说明整个事件的进程，各项技术的合理性，达到逻辑的自洽和严密。小说的技巧是娴熟的，但前期小说中那种饱满的故事细节稀少了，更多的是技术性的细节，理念多于感受。确实如刘慈欣预料的那样，在这个越来越科技化的社会，寻找一个震撼的科幻创意变得困难了，科幻作品的光芒淹没在高科技的亮化工程中。这也是刘慈欣这十年作品少的一个原因。

未来往事——刘慈欣星系演化史

据说 宇宙开始于一次爆裂

散开 然后不断膨胀

自我的距离在星团之间逐渐拉长

星云空茫 开始重新寻觅

追逐那隐隐约约在呼唤着的方向

木星 金星 开始命名

虽然海王星和冥王星还那样遥远得

令人心惊

但是所有的故事都开始酝酿

宇宙浩瀚 而时光如许悠长

在银河漩涡的触手间 据说

要用五十亿年

才能等到太阳的光芒

——席慕蓉《夏夜的传说》

星系的形成，最初起源于一些基本粒子；一个科幻作家的诞生，要追溯到那些最初萌发的好奇心——

1970 年，刘慈欣七岁，在 4 月的一个夜晚，他同河南老家的村民们一起站在池塘边，望着漆黑的夜幕上一颗缓缓移动的小星星，他心中是不可名状的好奇，那是中国发射的第一颗人造卫星"东方红一号"……

还是在童年，彩虹在刘慈欣眼里就是一座架在空中的五彩大桥，有一次下完雨，他没命地朝着彩虹奔跑……

1981 年，读完阿瑟·克拉克的《2001 太空漫游》的那个深夜，刘慈欣走出家门，仰望星空，宇宙变得宏大而神秘，敬畏和神往自他的心底滋长升起……

还是 1981 年，夏天的一个雷雨交加的夜晚，刚踏入大学校门的刘慈欣亲眼目睹了球状闪电，一团橘红色的光在空中幽幽地飘着，发出呜呜咽咽的声音……

自然、星空、宇宙……这些造化神功，总会在某些时刻给人以天启，也总会有人把握它。那个追着彩虹奔跑的少年，一直在追寻着自己的梦想。他领受了星空的召唤,从一个科幻迷成长为一名科幻作家,写出了中国最好的科幻小说,获得了世界级的科幻大奖。他的周围环绕着荣誉构成的星环,但在内心他还是那个仰望星空的少年,很幸运地加入到那些将梦想变为现实的成人行列中。

科幻的种子在心中抽枝发芽

作为1963年出生的人,在大的时间节点上可以说是幸运的——既避开了三年困难时期带来的粮食短缺、营养不良造成的对身体的先天伤害,也适逢高考恢复正常,有机会接受正规的大学教育。刘慈欣正是如此。那个时代的精神生活同物质一样贫乏,因而也馈赠了很多人对阅读的热爱,以及最初的文学启蒙。刘慈欣就是其中之一。

但成长过程不可避免会受到时代的影响,随着那段动荡的岁月起伏不定:"文化大革命",家乡河南1975年的水灾,唐山大地震,自卫反击战……时代记忆嵌入个人记忆中,丰富着那一代人的阅历。三岁的时候,刘慈欣的父亲因家庭问题受到冲击,被迫从北京煤炭科学研究院下放到山西阳泉的煤矿。刘慈欣离开自己的出生地北京,同那个时代很多人一样,命运发生转折。北京留给刘慈欣的印象是父亲的一箱子书籍，其中有俄罗斯的经典文学和他后来痴迷的科幻小说，是他最初的文学启蒙和科幻的种子；还有就是不同于本地人口音的普通话——异乡人的标识，带给他不同于本土的气质，也使他更容易同书面的文字世界建立连接。

那个年代的文学书籍少之又少，还被归为"禁书""闲书"，被大人没收是常有的事。贫乏和禁忌，使父亲的那一箱书散发出魔力，刘慈欣如饥似渴地读着这些书，竖版繁体字他无师自通。读到凡尔纳的《地心游记》时，如果不是父亲告诉他这是科幻小说，他以为书中的一切都是真的。从那时起，刘慈欣就觉得自己"生下来就是看科幻的"，从此成为一个科幻迷。那个时代社会上还流行着一套书，那就是《十万个为什么》，从这套科普书中，刘慈欣明白了自己亲眼目睹的人造卫星的原理，感受到了光年的距离，窥见了科学的神奇魅力。

1977年，高考恢复，刘慈欣正在上初中，学工学农不再比文化课更重要。1978年，全国科技大会召开，第一次提出了"科学技术是生产力"，终于迎来了科学的春天。那时也是文学的春天，两相激荡，徐迟的报告文学《哥德巴赫猜想》在1978年第1期《人民文学》发表，一时风靡全国，对科学的向往成为一代人的理想。同年第8期《人民文学》发表了童恩正的科幻小说《珊瑚岛上的死光》，同样风靡全国，科幻第一次成为全民记忆。同一年，叶永烈的科普型科幻小说《小灵通漫游未来》出版，成为当时的超级畅销书，二十年后还被用来命名一款简易手机。也是在这一年，初中生刘慈欣在时潮鼓舞下，投出了自己人生的第一次稿，成为科幻作家的愿望很朦胧，但心中已初现一片星云。

随后几年，科幻文学随着文学的繁荣迎来第二次发展高潮（第一次还是在建国初期），以郑文光、童恩正、叶永烈为代表的上一代科幻作家写出了一批优秀作品。1980年代，国门渐开，科幻作品引进和出版开始繁荣，西方科幻黄金时代作家的作品在中国面世。作为科幻迷的刘慈欣如获至宝，每年出版和发表的科幻小说，他都要全部读过。1981年，当刘慈欣填完决定命运的高考志愿后，他读到阿瑟·克拉克的《2001太空漫游》，星空开始焕发异彩。阿瑟·克拉克的作品既有着精尖的科技描写，也有着空灵的文学意境，有一种凡尔纳作品中的大机器所没有的诗意，刘慈欣认定这才是自己心目中的科幻，这一理念一直延续至今，不曾动摇。

时间到了1983年，思想界路线斗争趋于激烈。在清除精神污染运动中，科幻文学受到冲击，被冠以反科学、资产阶级自由化和商品化倾向，科幻杂志关停，科幻出版受阻，科幻作品销声匿迹。刘慈欣感到恐慌和失落。为了看科幻小说，他只能去北京的外文书店，带着一本英汉词典站着看原版作品，常常看到清场，这反而促成了他对英语的熟练掌握。在离开校园后，还地处僻壤，能把英语水平一直保持甚至提升，这样的人绝对凤毛麟角。

二十世纪八十年代中期，计算机技术开始兴起。刘慈欣参加工作后，成为电力系统第一批计算机工程师。刘慈欣大学的专业并不是计算机，但像这个行业很多 IT 男一样，对这一技术的痴迷没有因专业而减损，反而因兴趣而倍增。他的计算机技术在山西电力系统非常有名，是燃料系统的权威，现在知网上还能查到他的文章《火力发电厂燃料管理软件介绍》，发表在 1988 年的《华北电力技术》。他因此在三十岁就被破格晋级。

刘慈欣沉迷于编程，除了编制燃料管理软件，他还在业余时间编制了每秒产几百行诗的电子诗人，编过模拟星空文明演化的模型，初次显示了一个理工男跨学科的能力。这些都在他后来的科幻创作中发挥了潜移默化的作用。实际上，在那个时代掌握了英语和计算机技术的人，已经赢得了某种先机。1994 年 4 月，互联网技术进入中国，刘慈欣因为工作性质自然成为最早的用户，这使他虽偏于一隅，仍可以同更广阔的世界连接，为他以后的科幻创作提供了重要助力。当刘慈欣身处太行山麓下那个偏僻的小城，第一次借助互联网跨越重洋，看到了美洲大陆上最新出版的科幻小说时，灰色的现实已经照进了科幻的第一缕阳光。

梦想就像北斗七星，总在前方指引

刘慈欣第一次正式发表作品是在1999年，距离他第一次投稿已经过去二十年。作为一个科幻迷，读多了想写是自然而然的事。在这二十年中，虽然科幻离现实很遥远，还不时被生活打断，但刘慈欣写作的愿望和激情总是不能被熄灭。他发表的短篇小说最早的写于1985年。1989年他甚至写了两部长篇小说，一部是《中国2185》，另一部是《超新星纪元》。当时的科幻出版环境非常低迷，普通作者出版长篇更加困难。《中国2185》一直没机会出版，几年后因叶永烈出版了类似题材而过时。《超新星纪元》直到十年后四易其稿才正式出版。他像大多数写作者一样，经历着作品不能发表的锤炼。但他并没有因此而放弃，文学自我训练一直持续着。可以说这种坚持的精神是可贵的，使他能够厚积薄发，一跃而耀眼。

在这期间，中国科幻的命脉由以成都《科幻世界》为主的几家杂志延续着。二十世纪九十年代，走向市场化的《科幻世界》杂志不断发展壮大，已成为国内科幻发展的重要平台。《科幻世界》积极参加世界科幻组织的活动，1997年成功举办了北京国际科幻大会，酝酿着中国科幻的第三次高潮。

时至1999年，《科幻世界》举办"硬科幻"征文，刘慈欣终

于投出了自己的五篇短篇小说,并被全部采用,他成为被发现和挖掘的新人。这一年杂志社邀请他参加笔会,当时杂志的主编、作家阿来试图在科幻文学和主流文学间架起桥梁。那一年杂志请来《小说选刊》的编辑冯敏为科幻作者授课,他的观点是科幻小说应该在文学和科学幻想上取得某种平衡,令此前对现实全无兴趣的刘慈欣受到启发。他开始主动调整自己的科幻创作方向。

就这样,经过二十年的积累,在阅读储备、文学训练、创作方向上,刘慈欣已经准备好了自己,新世纪中国最重要的科幻作家终于登场了。

从 2000 年开始,刘慈欣进入自己的黄金十年创作期,他迄今为止最重要的作品全部发表于这十年。这些作品首先以中短篇的形式集结发散。2000 年刘慈欣发表了《流浪地球》,首次尝试用他后期总结的"宏细节"进行叙事,即将宏观的大历史作为细节来描写。这一年也是刘慈欣探索科幻小说形式最活跃的一年,他做了大胆的尝试,开创了现实 + 科幻的小说创作模式,写出了两篇重要的代表作品《乡村教师》和《全频带阻塞干扰》,现实主义在科幻中产生了核裂变般的力量,带给人无比的震撼。

此后,刘慈欣开始在成都《科幻世界》这一平台上匀速地投放自己的中短篇作品,开启了他连续八年获得中国科幻银河奖的历程。2001 年银河奖变更了评奖规则,一位作家可以有多篇作品获奖,于是刘慈欣连续四年有两篇以上作品获奖,其中两年更是有三篇,成为银河奖历史上获奖最多的作家之一,和绝无仅有的获奖最密集的作家。刘慈欣创作的中短篇小说有三十多篇,其中有三分之一获得银河奖,可见有很多经典作品。这些小说题材多变,手法多样,构成了比同量主流小说更丰富的中短篇小说世界。

在生活中刘慈欣是长跑选手,在科幻上他也更适合长篇小说的创作。在写作中短篇小说的同时,他的长篇创作也在断断续续进行着,只是科幻长篇的出版更多决定于市场。也是在2000年,在调整了创作方向后,刘慈欣写出了《球状闪电》的初稿,这是他在长篇小说中第一次同现实产生关联,将科幻建构在现实基础上。这部作品的创作中,他已显露出了不满足于在西方科幻小说创造的世界中演绎故事的雄心。即使还不具备创造中国的科幻世界的能力,那就先创造一个中国的科幻物体,于是就有了"球状闪电"这样一个非人的科幻形象,并将其置为小说的核心。这同以人物为核心的主流文学已经分别踏上了分岔的小径。

2000年除了《球状闪电》,他还写了一部小长篇《魔鬼积木》,对刚起步的基因技术的予以关注。这部作品不太被人提及,最终是以儿童文学形式出版的,其内容却相当超前。2001年,因为有了出版长篇小说的机会,他对自己十年前创作的长篇小说《超新星纪元》进行了大幅修改,前后五易其稿,于2003年出版。虽然这部作品被划归为儿童文学作品,但其内涵和想象远远超出一般

的儿童文学作品,是刘慈欣早期最满意的作品。也许当时儿童文学更有市场,而科幻和儿童文学又有某种天然的联系,刘慈欣接着在 2003 年创作了一部科幻童话《白垩纪往事》,主人公是恐龙和蚂蚁,却蕴含了整个人类文明的发展史,使作品的思想性远超童话范畴。2004 年,刘慈欣又完成了《球状闪电》的二稿修改,此时他的思想和技法更加成熟,最终《球状闪电》完成度非常好,现在被称为"三体前传"。

2002 年《科幻世界》杂志改为责编负责制,姚海军成为刘慈欣的责编,开启了两人长达十几年的合作。姚海军最初以科幻迷的身份进入科幻界,此后在辅佐作家、推动科幻方面不遗余力。姚海军一直致力于中国科幻从杂志到图书的转型。2002 年姚海军开始策划出版国外高品质科幻图书,2004 年又开始策划"中国科幻基石丛书",为中国科幻作家搭建出版平台。刘慈欣的《球状闪电》就是这个平台出版的第一批科幻图书之一。这个平台也直接催生了"三体系列"的诞生。

刘慈欣在新世纪的十年创作中,也有一个明显的分水岭,那就是 2005 年。这一年他全力进入"三体系列"的创作中。经过前期的中短篇小说和多部长篇小说的实践探索,刘慈欣自身已经具备了写出代表作品的功力,他也积累了一定的知名度和稳定的读者群。同时外部出版环境渐趋成熟,内外因结合,创作一部重量级系列作品的时机已然来临。

代表作"三体系列"诞生

在"三体系列"中,刘慈欣终于开始建构自己的科幻理想,要创造一个属于中国的科幻世界。这个世界一定要有地外文明,刘慈欣很自然地联想到三体星系。在天文学上,距离太阳系最近的恒星系是4.5光年外的半人马座比邻星,它经常出现在科幻作品中,在刘慈欣的作品《超新星纪元》《流浪地球》中也出现过,它本身就是一个三星系统。在天文物理学上,三颗质量相当的恒星会构建成一个混沌系统,这个系统极不稳定,科学家、数学家们经过多年的探求,确定了三体问题无解。这样的系统不太可能孕育出生命和文明,但在科幻上却有很大的想象空间,刘慈欣借此构建了三体文明。这个文明因为酷烈的生存环境,只能向星系外扩张。那么它有如何同地球建立联系呢?刘慈欣围绕这一核心设想展开了中国的科幻想象。

在写作第一部时,科幻界和刘慈欣本人都在做着扩大科幻读者群和影响力的探索。在中国这样的现世情结浓厚的文化氛围中,以现实主义为主流的文学传统中,在科幻中加重现实成分是有必要的。刘慈欣将"三体系列"的故事起点很大胆地安

置在了"文革"的历史中。在当时的冷战背景下,两大超级大国在太空开发上展开竞赛,中国也没有放弃对太空的探索。主人公因为"文革"的影响,将拯救地球文明的希望寄托在地外文明上,决绝地向太空发射了地球的信息。这个信息被三体世界截获,于是,在广袤的太空中,两个点状的文明碰撞了。对三体世界的描绘,刘慈欣凭借自己超凡的想象力,借助电脑游戏演绎了三体世界的文明进程。在游戏中,嵌套了人类文明发展史和科学史,用读者熟悉的文学符号,演绎了一个无法想象的异世界。《三体》第一部为这个系列的大厦奠定了一个合乎逻辑的现实基础。这一部完成于2006年2月,因出版受阻,于是在《科幻世界》杂志上从2006年6月开始共连载八期,杂志一时洛阳纸贵。

在"三体系列"第二部《黑暗森林》中,通过两个文明的对决揭示了宇宙的黑暗森林状态。构建一个不同于现实世界的科幻世界需要进行世界界定,确定这个世界的基本框架和运行准则,刘慈欣提出了"宇宙文明公理"和"黑暗森林法则"。于是,一个属于刘慈欣的完整的科幻世界就此诞生,一个具有中国色彩的宇宙模型初次确立。它重新唤醒了中国人的宇宙观,在世界范围内引发共鸣。在这一部中,刘慈欣创造了后来广为流传的"面壁计划"和"面壁者",使得整部书极具东方色彩。

《黑暗森林》于2007年11月完成,2008年5月出版,圈内科幻迷热切追捧，评论界给予极高的评价。但市场反应略有迟滞，短期销量未能明显突破，以致延宕了第三部的写作和出版。也许人们对黑暗宇宙图景还缺乏心理准备，几年后，《黑暗森林》才开始风靡，成为流传最广的一部。

中断一年多后，刘慈欣投入到第三部《死神永生》的创作中。现实部分的题材已经写尽，第三部只能向前进入到遥远的未来，只能离开太阳系进入宇宙深处。刘慈欣和出版方认为这样的题材离中国读者太远，不大可能取得像前两部那样的成功。有了这种悲观的预期，刘慈欣索性抛开了对市场和读者的考量，随心所欲，写出了自己心目中真正追求的科幻小说。在《死神永生》中，他将核心科幻创意设置在时间和空间上，在时间的维度上，已经触摸到了永恒的边缘，在空间维度上，则是触碰到了宇宙的起始与终结，逼近了宇宙的真相。这一部中密集的科幻创意，像粒子风暴般扑面而来，让整个宇宙归零重启的创世气魄极具震撼力。

《死神永生》2010年9月完成，同年11月出版，至此，"三体系列"全部完成。出乎意料，正是《死神永生》点燃了市场，"三体系列"的规模效应逐渐显现，成为了中国科幻史上第一部畅销书，成就了中国科幻的里程碑。

也是在"三体系列"完成的2010年，因为所在的火力发电厂关停，刘慈欣离开了他生活了二十多年，写出他目前为止全部

作品的娘子关小城。这真是一块科幻的福地，城边的太行山脉正好为他阻挡了外界的喧嚣，也适宜积聚对星空的幻想，它曾孕育过上古神话，现在又诞生了现代科幻，在中国科幻文学史上为自己争取了一席之地。

《三体》的传播和经典化过程

刘慈欣的整个科幻历程可以划分为三个阶段：准备阶段、创作阶段和传播阶段，三个阶段均能以十年划分。2010 年创作完成"三体系列"第三部后，刘慈欣的作品体系已经相对完整，涵盖了中短篇小说、长篇小说、代表作和文论。在此后的十年，则是进入传播领域的十年，整个传播过程堪称经典案例。

原北师大、现南科大的吴岩教授被称为中国科幻守护人。吴岩本身是从科幻迷成长起来的科幻作家，后又成为国内最早的科幻研究领域专业学者。他从二十世纪八十年代初就介入到中国科幻的现场，见证了改革开放后中国科幻发展的高潮低谷。早在 2006 年，他就关注到了刘慈欣的潜力，将刘慈欣的科幻概括为"新古典主义"，也就是美国黄金时代的科幻风格。"在一个古典主义被长期忽视的中国科幻文坛上，刘慈欣所做出的全方位的建构性努力,其重要价值正在逐日得到证实。"① 他的预言已成为现实。

"我毫不怀疑,这个人单枪匹马,把中国科幻文学提升到了世界级的水平。"② 复旦大学严锋教授对刘慈欣的这个论断传播最广,也最多被人引用。严锋做这个论断是在2009年初,是在第二部《黑暗森林》出版后,那时"三体系列"还没有全部完成,还只在科幻圈流行。这显然是文学评论史上最为成功的预言,此后的获奖和畅销得以充分印证。主流文学评论中多见"伟大""史诗"之类的定性评论,这一论断的特别之处在于量化,精准定位到"世界级水平"。这需要论者既具备文学史的全面素养,又对世界科幻文学有很深的了解,还持续跟踪中国科幻文学。恰好我们规整有余的学院评论体系中,还有严锋这样视野开阔的学者,能够跨越主流文学和类型文学,创造了为数不多的走在作品传播之前的引导性评论。

也是通过严锋的推介,海外文学评论界很早就关注到刘慈欣。先是通过严锋好友宋明炜,然后到达王德威处。2011年,哈佛大学教授王德威在北大做了《乌托邦 异托邦 恶托邦:从鲁迅到刘慈欣》的演讲,赫然将刘慈欣同鲁迅并列。也许远隔重洋,不在中国的文学现场,可以对中国文学要素做各种排列组合。王

---

① 吴岩,方晓庆:《刘慈欣与新古典主义科幻小说》,《湖南科技大学学报》2006年第2期。
② 严锋:《追寻"造物主的活儿"——刘慈欣的科幻世界,《书城》2009年2月号。

德威是从科幻文学的角度将鲁迅和刘慈欣相提并论,但当时的文学界多半不能接受这样的观点,刘慈欣本人也无意同鲁迅先生同框。该文 2014 年公开发表,不管人们是否认同,毕竟说明了科幻文学足以引起文学界的重视和尊敬。

2012 年,主流文学最重要的刊物《人民文学》选登了刘慈欣的四篇中短篇小说。这是时隔三十年后科幻文学再次登上主流文学刊物,可以说很先锋,也很敏锐。这四篇小说是《微纪元》《诗云》《梦之海》和《赡养上帝》,前三篇属于刘慈欣划分的"纯科幻阶段"的作品,后一篇属于"社会实验阶段"。《赡养上帝》还获得了当年的《人民文学》"柔石小说奖"。当时的《人民文学》主编李敬泽说:"是注意到了科幻小说的兴起,注意到它提供的新的视野。对于纯文学来说,这构成了充分的张力。"

2013 年 7 月,《死神永生》获得了第九届全国优秀儿童文学奖。2013 年 8 月,《三体》英文版正式签约美国托尔出版社。这时的科幻文学,已形成了产业链条的雏形,从杂志到图书,再到对外译介。2014 年 11 月《三体》在美国正式发售。2015 年,即获得了包括星云奖、雨果奖、轨迹奖等在内的五个奖项的提名。2015 年 8 月 23 日,在美国举行的第 73 届世界科幻大会上,《三体》英文版获得最佳长篇故事奖。刘慈欣并没有出现在颁奖现场,因为他觉得自己获奖的可能性极低。除了客观上确实鲜有英语世界以外的作家获奖(亚洲科幻从未获过),同他自己习惯性的低预期也不无关系。当宇航员从太空宣布获奖作品是《三体》时，他的译者刘宇昆代表他捧起了奖杯，刘慈欣心里还是留下了些许遗憾。这一世界奖项的获得，助推了"三体系列"成为超级畅销书，也使得这一系列走向了经典化。

在刘慈欣的整个创作过程中，敏感的媒体比文学界更早地关注到这位作家。《新京报》在2008年就采访了他。他的"三体系列"面世后，更是得到了一些重要媒体的关注，如《人民日报》《财新》，香港《信报》等，《纽约时报》在2014年《三体》英文版上市发行时，刊登了关于刘慈欣和中国科幻的报道。在刘慈欣获得雨果奖后，对他的报道更是连篇累牍。他终于成为一个畅销书作家，实现了科幻文学从小众走向大众。

科幻文学是一种更适合于画面呈现的类型文学。2019年春节，根据刘慈欣中篇小说《流浪地球》改编的电影上映，一举创造了46亿元的票房，开启了中国电影科幻元年，也把科幻文学推向了又一个高潮。

互联网助推《三体》成为畅销书

严锋在"三体系列"全部完成后的2011年，又对自己当初

的论断做了补充。他说:"他(刘慈欣)不是一个人在战斗,他的背后有一个强大的话语场域。"① 这个话语场域就是科学话语的逐渐强势。"在一个碎片化的时代,传统的人文知识都在不断地分化消解,放弃全局性的视野,变得日益局部化。唯有科学,却开始呈现宏大叙事的渴望,或者说正在走向总体性。"② 用不那么学术的话语解释,就是同整个社会的科学氛围渐浓有关。

  刘慈欣在新世纪的发展轨迹,完美地踏上了中国的发展节奏,这在文学界是罕见的。十年能够看出事物发展的轨迹,新世纪的第一个十年,是中国经济发展最快的十年。2001年11月我国正式加入WTO,加入到世界经济的大循环当中。从2003年起,我国GDP连续五年保持两位数增长,这是历史上从未有过的。2008年全球金融危机爆发,中国政府实施四万亿经济救助计划,避免了我国经济的快速下滑,2010年GDP增速又回到两位数。新世纪的第二个十年,经济逐渐回落调整。因为前十年积累的国力,国家有能力加大基础设施的投入,在通信领域加快建设3G、4G网络,使我国互联网经济发展迅速,提前进入移动互联时代,实现了弯道超车,进入世界互联网应用的第一方阵。所以在新世纪第二个十年中发展最快的是科技。

  科幻文学正是在这十年中发展壮大的,"三体系列"的传播

---

① 严锋:《创世与寂灭——刘慈欣的宇宙诗学》,《南方文坛》2011年第5期。
② 严锋:《创世与寂灭——刘慈欣的宇宙诗学》,《南方文坛》2011年第5期。

也受益于科技的发展。"三体系列"完成后，正逢微博的兴起，对它的传播起到了很大的助推作用。《三体》在以技术人员为主的互联网业引发共鸣，一些互联网人士在微博上做推荐，使得《三体》风靡互联网界，成为互联网野蛮竞争时代的精神指引。《三体》获得"雨果奖"后，又正逢微信社交平台和自媒体公众号兴起，信息传播方式从线性转为链式传播，受众出现指数级增长，也使《三体》传播的效应迅速扩张。

刘慈欣认为，西方科幻文学衰落的根本原因是科技的发展，使得人们失去了对科技的神奇感。这一点在西方社会是成立的，西方科幻文学的黄金时代是二十世纪三十至六十年代，正是人类社会科学向技术大规模转化时期，二战催生了核武器，东西方冷战促进了太空技术的发展。由此看出，科幻和科技发展的关系也许存在着一个抛物线关系，科幻开始时随着科技发展而兴盛，达到顶点后，科幻不再能带来神奇感，则开始衰落。中国科幻文学远未达到兴盛，还应该处于同科技发展正相关的阶段，即抛物线的上升阶段。中国社会正在经历科技带来的巨变，寻找一个震撼的科幻创意越加困难，这给科幻作家带来挑战。另一方面，中国社会的科技氛围日渐浓厚，更有利于培养人们对科幻的兴趣，从而壮大科幻文学的市场，促进科幻的繁荣，出现中国科幻的黄金时代也很有可能，这正是我们共同的期待。

星系云图——刘慈欣科幻文学的特色

夜里我打开天窗观看散布在远方的星系,

我看到的一切再乘以我能计算的最大数字,

也只不过达到更远星系的边缘。

它们漫延得越来越远,扩展,永远扩展,

向外,向外,永远向外。

我的太阳有他自己的太阳,顺从地围绕他旋转,

他和他的伙伴加入了更高级的星系,

而后还有更大的,使得它们中最大的太阳成为弹丸。

——惠特曼《草叶集·自己之歌》

刘慈欣的科幻创作理念

刘慈欣的科幻理念被称为"硬科幻"或者"核心科幻",是父亲在最开始告诉他的定义:科幻小说是有着科学依据的幻想。"科学"在此排在第一位。理念是理性的、清晰的,而创作是感性的、混沌的,甚至是不可控的,并不会一以贯之地沿着"理念"笔直前行。刘慈欣的创作道路就进行过两次纠偏。

第一次发生在他刚开始发表小说,是在1999年,那年他共发表了四篇小说。其中《带上她的眼睛》获得了《科幻世界》举办的"银河奖",是他第一次获奖。出乎他的意料,喜悦之外,带给他的更多是思考,甚至摧毁了他以前对科幻坚定的自信。因为这篇小说并不是他擅长和喜欢的科幻。当初是为了发表被迫做了妥协,于是写了两篇作品《鲸歌》和《带上她的眼睛》。前者注重了通俗性,后者加强了文学性。两篇作品果然顺利发表,后一篇还获了奖。但他意识到沿着这条路走下去,会是一条不归路,只能离自己心目中的科幻越来越远。而自己擅长的纯科幻作品吸引不了读者,也难以为继。两条道路都不可持续,于是刘慈欣调整了创作方向,结束了自己的纯科幻阶段,也没有再写通俗

性和文学性大于科幻性的作品。他从"纯科幻"阶段转入"人与自然"阶段,加强了作品的现实性,写出了《乡村教师》等成功作品。

第二次发生十年后,《黑暗森林》完成后。在近十年的创作过程中,他探索了各种题材,不知不觉中进入了"社会实验"领域。这一领域本身是科幻的一个重要类型,他也写出了很多优秀的中篇和长篇,如中篇"赡养"系列,长篇《超新星纪元》和《黑暗森林》等。或许是市场的反馈提醒了他,或许是这类题材的尝试已经走到尽头,或许是他心目中关乎科幻的理想总是像灯塔一样矗立在那里,总之,他发现这条路上,科幻的社会属性遮蔽了自然属性,科幻中大自然的形象被弱化,科幻因此失去了灵魂。所以他又一次对自己的创作进行了纠偏,《死神永生》正是这种努力的结果。

同主流文学不同,科幻文学的创作路径是先有科幻创意,然后再围绕它构造故事情节。科幻创意是科幻作家孜孜以求的目标。但作为类型文学,刘慈欣认为好的故事对于科幻来说也非常重要,两者结合才能造就优秀的科幻小说,所以他也非常注重小说故事性。科幻文学,科幻在前,文学在后;没有科幻,文学"毛之焉附";没有文学,科幻难以风行。

"我的作品整个的精神核心就是人对宇宙的那种敬畏和好奇心,对于开拓新世界的那种愿望和进取心,对于大灾难中生存下去的那种决心,这是我坚持的创作理念。"在喜马拉雅的音频节目中,刘慈欣如是说。

刘慈欣的科幻理论思考

作为一名科幻作家,刘慈欣认为文学要做的是表现和感受,而不是思考。过度的理论也许会累及创作,但没有理论的创作一定难以致远。

1999年正式进入科幻圈后,刘慈欣发现自己的科幻理念是混沌的,对科幻的思考混乱而漫不经心,而科幻圈中的其他人却深刻、严肃、执着。刘慈欣是善于思考的人,此后随着创作的推进,他对科幻文学的思考也渐次深入。在他的科幻评论随笔集中,能明显感受到这种轨迹。随着创作经验的丰富,他的科幻理论渐成体系,足以支撑和引导自身的创作,也是他能取得成功的助力之一。

2003年时,他的科幻理论已初现雏形。在《从大海见一滴水——对科幻小说中某些传统文学要素的反思》这篇文章中,他认为主流文学是"从一滴水见大海",而科幻文学则正好相反,是将文学放置在更广阔的宇宙背景下,由远及近地先看到大海,

再看见一滴水。这里的"一滴水"指文学所必需的细节,他因此概括出科幻小说特有的"宏细节"。科幻小说中的一个微小的细节,可能涉及的就是宇宙大爆炸、恒星生命终结等,这些动辄几亿光年的时空尺度,人类社会几千年的历史较之微乎其微。在这样的坐标系下,科幻文学的人物更多的只能是种族形象和世界形象,而不是主流文学中的个人。2009 年,他已创作完成了大量作品,创作经验更为丰富,他把这篇文章扩展为《超越自恋——科幻给文学的机会》,这时他对科幻的思考已经比较系统和全面了。他不认同"文学即人学"的观点,认为这还停留在地心说阶段,让文学成为一场人类的超级自恋。文学有必要从地心说转向日心说,科幻文学正是给文学带来这样的机会。此外,他还提出了"科幻是内容的文学,而不是形式的文学",像阿西莫夫这样文笔平淡的作家,依旧可以成为科幻文学大师。所以他坚定地坚持自己的"硬科幻"理念,不赞成在技巧和语言上过分雕琢。

2007 年,刘慈欣在《世界科幻博览》开设了一年的雨果奖作品后记专栏,实际就是科幻作品的评论。这一年他还参加了成都《科幻世界》举办的国际科幻大会,为大会写了文论《西风百年——浅论外国科幻对中国科幻文学的影响》。他将中国科幻置于世界科幻的参照系下,对中国科幻中缺失的题材,国内科幻创作现状,外国科幻对中国读者的影响等提出了自己的观点,颇有见地。由此看出,刘慈欣对国内外科幻作品有着广博的阅读量,对国内外科幻潮流有着第一时间的现场认识。基于对历史、科学史的思考，他认为目前主流的现实主义文学，只是文学史上的一个很短的阶段，产生自工业革命之后，此前的文学史，更多的是幻想文学史。这也是幻想文学一脉一直不衰的原因。

在《理想之路——科幻和理想社会》中，他对科幻小说中常见的黑暗未来的社会实验并不完全认同，认为"真正的美还是要从光明和希望中得到"，只有科幻这一文类才能展示美好未来。我们心目中的理想社会模型当然是共产主义，在这篇文章里，我第一次知道共产主义的定义中还有这样一句：劳动是人们的第一需要。而我们此前的理解是按需分配，其中隐含着不劳而获和享乐主义，其实是种误读和简化。定义的出处是《哥达纲领批判》，所说的劳动是人们在没有外界强迫下，自发自愿的劳动，那样的劳动本身已是享受。这篇文章是在"末日系列"的《流浪地球》和《微纪元》发表后写的，两篇小说为人类社会在灾难来临时提供了两种不同的解决方向。这篇文章写于2001年，在此后的2007年，他还是写出了《黑暗森林》，宇宙的图景还是黑暗的，可见原先的科幻理想发生了位移，他的科幻理念有所转变。

在《无奈的和美丽的错误——科幻硬伤概论》中，他提出科幻作家的知识结构需要"顶天立地"，"顶天"是指"对最前沿最深刻最抽象的知识内核有透彻的理解"，"立地"是指"对最低层最繁琐的技术细节要有生动的感受"。而"理工科专业学得

最多的中间层次的知识反而要求不多。"还提到这些知识的获得靠看书是不行的，变成知识篓子也无济于事，需要对科学和技术有某种深刻感觉——这其实就是一种艺术直觉，应该归于天赋部分。文中他还开玩笑说，业余作者忙完一天坐在电脑前已经十点了，硬伤和鬼魂有相似之处，都是在午夜时分出现……可见科幻作家养成多么难，需要科学和文学按不可测的比例调配，才能诞生那么几位。

《为什么人类还值得拯救？》是2007年那场著名的对话，地点是成都的白夜酒吧，对话者是江晓原教授和刘慈欣。他们的对话让人回到了百年前的"五四"，那时爱国志士就想将"赛先生"，也就是科学，引入中国。刘慈欣在对话中说自己是"疯狂的技术主义者"，江晓原则对科学主义表示怀疑，认为科学的权威已经过大。看完后觉得这实际是立足点问题，刘慈欣长期处于基层，他了解社会基层多么缺少科学精神和科学的思维方式，所以觉得中国还处于应该大力提倡科学的阶段。江晓原教授一直研究科技史，处于学术研究前沿，受西方反科学思潮的影响，对科技有某种警惕，并不认为科学是最好的知识体系。但我还是觉得刘慈欣的观点更符合中国现实，中国人口素质低是基本国情，科学普及和启蒙需持续进行。科幻能成为这样的途径也是有意义的。

在这场对话中，还进行了引发争议的"要不要吃人"的思想实验。那时刘慈欣的写作正处于社会实验时期，对极端状况下人类的道德体系进行过思考，科幻文学总是超前的，所以他的观点会出乎常人所料。十几年的时间过去了，现在的刘慈欣绝不会再持有当初那么鲜明的观点，现在他非常谨言慎行。因为现在的网络环境很混杂，公众人物的任何观点都能引发曲解、对抗甚至攻击。科技带来了社会参与方式的变革，但整体国民素质的参差不齐造成了这种乱象。这也说明，不管科学还是人文素质，我们都有很大提升空间。

在创作完"三体系列"后，刘慈欣写了《重归伊甸园——科幻创作十年回顾》，不劳评论家，自行将自己的科幻创作历程做了精准划分。可以说，刘慈欣就是位很好的科幻评论者。那句"将中国科幻提升到世界水平"，只能由外人评说外，他对自己科幻中不足的认识超过对成绩的肯定。这篇文章中对于"重归伊甸园"的结果还不能确认，几年后，"三体系列"热度逐渐提升，2013年他写了《重建对科幻文学的信心》，终于给了自己一个肯定。

令人印象深刻的三个书单

作家的阅读当然是重要的，甚至能决定写作质量的高低。刘慈欣的几份书单让我们得以一窥他的阅读状况。有一份让人

非常惊讶，2003年2月他在水木清华的BBS上发了一篇《被忘却的佳作》，说是春节闲来无事，回忆二十年前看过的佳作，不包括那些已经成为经典的作品。结果他罗列了三十多篇八十年代的科幻小说，大部分是短篇，大部分都能记住出处。这些作品里，笔者能有记忆的只有那篇《温柔之乡的梦》，看了刘慈欣所写才知道作者叫魏雅华。让人惊讶于刘慈欣对科幻的熟稔，也惊讶于他的记忆力。对科幻那可是真爱，否则不会这样刻骨铭心。

网上有刘慈欣推荐的一份书单，只有十部，应该是他非常推崇的作品。对他影响很大的俄罗斯文学有《战争与和平》和《静静的顿河》，他的偶像阿瑟·克拉克是必须有的，是《2001太空漫游》和《与罗摩相会》，至今都被他奉为科幻巅峰之作；乔治·奥威尔的《1984》，是被归为政治小说的科幻，其社会实验特性和预言性，对科幻作家和非科幻作家启发都是一样的。还有雷·布拉德伯里的《火星编年史》，这部作品属于那种好到被主流文学收编的科幻，被称为文学经典。刘慈欣能推崇这样诗性的科幻，说明他对文学性是很重视的。相反，文笔简陋的阿西莫夫的作品就没能进入书单。其他还有几部技术性非常强的科普作品，《隐藏的现实》《奇点临近》《宇宙的最后三分钟》，还有一部童话作品《讲不完的故事》，可能是考虑到书单的广泛性。

2007年他在《南方周末》上写了一篇《我的科幻路上的几本书》，同上面的书单重叠的只有《战争与和平》和阿瑟·克拉克两部作品，以及《1984》，可见这几部作品是他的压箱底书。还有《战争风云》，说明了他对军事题材的兴趣。这份书单里终于有了阿西莫夫，但作品不是著名的《基地》，而是科普著作《自然科学导游》，还有其他一些科普著作，可见科普作品对科幻作家同样重要。这个书单里终于有了凡尔纳，毕竟是他的科幻启蒙。

刘慈欣说自己藏书不多，大部分是看电子版的书。当然不是手机阅读，也不是Kindle电纸书，而是需要屏幕发亮的iPad之类。笔者认同这种方式。亚马逊的Kindle阅读器是个过渡性产品，只是纸质书的替代品，不能引发阅读革命。它需要像纸质书那样翻页，但页码又不固定，这一点是失败的。它的优点是存储，可以当作一个便携图书馆。有作家说人类的眼睛经过多年进化，更适合看纸质书，原因大概是人的记忆机制需要眼睛的摄像功能。手机的小屏幕极不利于这种拍照，不利于记忆，是碎片化的，只适合浏览即时信息。大屏幕的电子阅读，页面容量大，连续性和流畅感是纸质书没法比的。发亮的电子屏幕也比纸质书更吸引眼球。作为电脑工程师，刘慈欣显然已经先人一步适应了这种阅读。

科幻创意的三个特殊来源

优秀的科幻作家贵在跨界，打破学科壁垒，将科学融于人文之中。刘慈欣的科幻创意来源在科学领域有天文学、天体物理、理论物理学，人文领域则主要是历史、政治、军事等。中西方科技史和二十世纪的世界战争史刘慈欣是非常熟稔的，可以从中任意撷取素材。此外，刘慈欣对下列这些领域更为偏爱和擅长：

首先是计算机科学。刘慈欣最早的、未发表过的长篇小说《中国2185》就是完全建立在计算机技术上的。这部作品写于1989年，那时计算机技术初兴，刘慈欣已经对它展开了科幻想象，在虚拟世界里建立了一个华夏共和国。小说中"数字国土"部分后来移植到《超新星纪元》中，儿童们通过"大量子"计算机系统完成对国家的治理。另一个创意是《三体》第一部中的"三体"电脑游戏。作为最早的计算机人员，对计算机原理的了解可精确到二进制，所以才可能写出气势磅礴的秦始皇人列计算机。而现今计算机技术已经发展成为黑箱技术，编程人员完全可以不知计算机原理，只借助于工具、对象就能完成编程。所以，新生代的科幻作家可以很好地写虚拟世界，但不大可能写出人列计算机。对于虚拟世界刘慈欣的警惕多于欢呼，他担忧人们不再仰望星空，失去探索宇宙的动力。

另一个被刘慈欣用于科幻创意的是量子力学。量子力学引发的思维革命，不确定性对决定性的动摇，给科幻带来了无限的创意空间。《球状闪电》就是关于量子力学的狂想曲。将幽灵再现用量子力学解释为生死两态并存，在某一刻死去的人会显现为生的状态，这是只有科幻才有的浪漫想象。三体世界派往地球的"智子"，其原理是量子力学中的量子纠缠。目前的量子通信技术已实现两个近距离的量子的状态同步。还有量子力学的多世界假设，刘慈欣只在短篇《纤维》中涉足。如果大量应用，很容易滑向玄学边缘，成为奇幻而不是科幻，同他的科幻理念不符。

时间和空间当然是不可或缺的科幻创意来源。只有在三维世界里，时空才是均匀的、绝对的。当突破三维空间，时间和空间都在变形。引力波的原理是空间弯曲，改变空间的曲率可以制造光速飞船，时间在接近光速下几乎停滞，直至永恒边缘。空间可以从高维降到低维，实现降维打击，也可以低维展开。甚至改变宇宙规律，降低光速，使星系成为人造黑洞……总之，关于时空的创意用之不竭。

当然还有理论物理和其他应用领域的前沿技术，如二十一世纪的尖端技术：基因、纳米、人工智能等。对人工智能刘慈欣写得不多，也许留待以后涉及。

科幻中的人物形象不同于主流文学

刘慈欣作品中的人物常被批评为扁平化。这一点也许存在，但不是衡量科幻作品的重点。塑造人物并不是科幻小说的重心，科幻小说的重心是那个核心科幻创意，围绕这个核心设计人物、演绎故事，这同主流文学围绕人物展开情节的路径是不同的。

所以，非人的科学形象在科幻中占据着中心位置。比如阿瑟·克拉克的《与罗摩相会》中的罗摩，是一个外星飞船；《2001太空漫游》中的飞船智能系统哈尔虽有人格特征，但最终还是一个机器人。刘慈欣的《球状闪电》中，虽有男女主人公，但核心形象是球状闪电。

除了科学形象，主流文学中的个体人物想象，在科幻中更多的是族群形象。相对于地外的三体文明，人类是一个族群。在人类社会内部，还有不同的族群，按国家或种族划分。在《黑暗森林》中的四个面壁者分别代表着自己族群。在《超新星纪元》中各国的小领导人各自代表自己的国家。这样的人物只可能是概念化、符号化的，抽取族群的共性，忽略个性，能在科幻文学中做到精准把握，既是合乎逻辑的，也是很精彩的。

刘慈欣笔下的人物还有类型人物的特征。他作品中很多人物的命名很好地体现了这种类型化。"罗辑"这个人物的名字应该是诞生在"罗辑思维"之前,不知后者是否借鉴过前者?采用"逻辑"的谐音,意味着这个人物是通过一系列逻辑推理,得出了"黑暗森林"法则。"大史"这个名字一出现,就给人大大咧咧、粗犷不羁的印象,用在警察身上很形象,毫无知识分子气,同科学家形成鲜明对比。"章北海"干脆直接取名"北海"舰队,意味着军人出身和中国军队的某种传统,他也果然很擅长政治思想工作,并有着坚定的意志。"云天明"则意味着这个人的使命是在云天之外。"程心"名字中自有一种柔弱,谐音"诚心"和"成心",她是有一腔真诚,造成太阳系的毁灭是无意和无辜的,但效果很像是成心的。她代表着人类中那种追求道德完善的一类人。这些人物都是类型人物,都有着简单鲜明的个性。作为"硬科幻"中的人物是合适的。

刘慈欣很认同美国著名的科幻评论家冈恩的观点,主流文学的世界是固定的,人物尽可以很复杂;科幻文学的世界是变动的,人物就不能太复杂,否则复杂叠加起来反而削弱了科幻本身。确实如此,弗兰克·赫伯特的《沙丘》和很多新浪潮作品均属此列,太多的心理描写令阅读感受涩滞难忍,也使得科幻文学失去自身优势,逐渐走向衰落。

文学语言和科学语言的融合

那些批评刘慈欣语言不好的,可能多半是专业的文学工作者,实际作为类型文学,过于繁复的语言会是畅销的障碍。科幻作家们更在乎读者和市场,科幻文学也无意承载语言发展的使命。刘慈欣早期的作品语言平平,但中后期的语言已经很精练了,简洁精准,足以支撑起他科幻想象。很多时候,一个准确的名词能抵得上一大堆华丽的辞藻。比如在《死神永生》中,描写赫尔辛根默斯肯那个像黑洞一样的大漩涡,漩涡的侧壁叫作"边坡",漩涡的中心叫作"吮洞"。这一类带有专业色彩的概念在他的作品中比比皆是。他前期的作品里更是有很多专业性的、技术性的描写,这可能也是招致批评的原因。科幻文学的语言应该具备这种科学性。

刘慈欣语言的文学性是很好的,这在《带上她的眼睛》《思想者》《光荣与梦想》这些文学色彩比较浓的作品中可见一斑。只不过文学性并不是他追求的目标。他一直不想让作品过分文学化,以免弱化其中科幻核心,落入到"新浪潮"的窠臼中。

刘慈欣有种能深入到语言内部,对语言进行科学分析的能力。这在他编写的电子诗人软件中可以看出。试看这几句:

我面对着多血的史诗和悠远的大火

我看到，生机勃勃的战舰在沉默，透明裙在爱抚着操场

在这曲线形的奋斗者中，没有月光舞会，只有风沙

我想摆动，我想粗糙地惊慌

很像现代诗吧？电子诗人用 VF 编程，含五个程序模块，六个词库，一个语法库。这个程序编制于进入新世纪前，至今在网上有付费下载。至少说明刘慈欣在语言的结构方面是有较深的理解的。

在《死神永生》中云天明的童话这部分，也很能显示刘慈欣对语言的解构能力。一篇童话中嵌套进拯救太阳系的方法，让单纯的童话衍生出复杂的含义，隐喻出最精尖的技术，这不是一般的文学家能做到的。他把隐喻分解为"双层隐喻"和"二维隐喻"，用于解决文学语言所产生的信息不确定问题。这是只有语言学家做到的分解，透着一种科学思维。

说到比喻，那当然是文科生擅长的。刘慈欣作品里重复度高的比喻是：没有瞳孔的眸子，天鹅绒，常用来形容星空。用多了就会有些单调。但对计算机运行机制的描绘却是他的独门绝活。《混沌蝴蝶》中，他这样描写一台闲置已久的大型计算机运行气象模拟软件：

……立刻，克雷机倒吸了一口冷气，呼拉一下，那个程序瞬间生成了一百多万个高阶矩阵、三百多万个常微分方程和八百多

万个偏微分方程！这些数学怪物张着贪婪的大嘴等待着原始数据。很快，从另一个10兆速率的入口，一股数据的洪流汹涌而入，克雷机能隐约分辨出组成洪流的分子，它们是一组组的压力、温度和湿度参数。这原始数据的洪流如炽热的岩浆，注入了矩阵和方程的海洋，立刻一切都沸腾起来！克雷机一千多个CPU进入了满负荷，内存里广阔的电子世界中，逻辑的台风在呼啸，数据大洋上浊浪滔天……

刘慈欣描绘谙熟计算机原理，又极具想象力，所以他笔下的计算机运行才会呈现出这样的图景。而在其他人眼里，那是机械的、呆板的、冰冷的，只有他找到了这种文学上的对照。这是科幻中的"写景"，文学都需要写景。科幻文学的这种写景，是文学语言和科学语言的完美融合。

叙事的张力与魄力

相较于语言，感觉刘慈欣在叙事上下了更多功夫。他很注重小说的叙事节奏，用各种叙事方法让小说更精彩耐读。科幻评论家吴岩将刘慈欣的叙事归结为"密集叙事"，在一段叙事中加入大量情节，增加情节密度，加快叙事节奏。这一点在《黑暗森林》

中表现尤为突出，也使他的中短篇小说容量大，节奏快，倒叙、夹叙华丽多变，相形于当下拖沓的主流文学更显张力。

这些叙事表现手法中能感觉到电影对他的影响。互联网让观影更为便利，刘慈欣有着漫长的观影史。有的作家认为小说不应该受影视影响，有的作家认为看电影也是阅读。对于科幻作家来说，电影绝对对创作有益，那些画面会潜移默化地转化成想象力的一部分。他的小说中很多是对话推动的，这一点明显有电影的痕迹。而主流文学中大量的叙述语言代替了对话，引号都几乎消失了，现场感减弱，给人以默片的感觉。科幻文学显然不适合这种方式。

除了叙事手法的多变，刘慈欣的作品显然还有"宏大叙事"的特点。这种"宏大叙事"又可分为题材的宏大和想象力的宏大。题材的宏大，在于对人类社会进行全景式描绘，在于对宇宙进行模拟和想象的创世气魄。想象力的宏大，则是将"巨人视角"或"上帝视角"以细节化的方式呈现，如刘慈欣所言："越是宏大的想象，越是需要照顾到细节；细节写得越细，越能显示出作品的宏大。"在主流文学宏大叙事日渐消弭的今天，我们能在科幻中体会到它的遗韵，这也是刘慈欣作品每每令人震撼的原因。

波兰作家托尔卡丘克提出"星系"写作的概念，这里的"星系"包括时空观、包容度、开放性。虽然她的创作理念及风格肯定和刘慈欣大相径庭，但二者却有异曲同工之妙。本书提出的

"刘慈欣星系"，既是指刘慈欣作品所构成的完整的体系，包括可视为恒星的代表作，可视为行星的长篇小说，可视为小行星带的中短篇小说以及星云状的科幻理念；也是指刘慈欣作品中所呈现的比主流文学更宏阔的时空观，更高的包容度和开放性。作为类型文学，刘慈欣迄今为止的作品确实提供了一个完整的文学样本。它从一种文学现象衍生为一种文化现象，丰富了文学的社会性，呈现出真正的开放和包容。

第二辑

星系之恒星

创造中国的科幻世界

——《三体》评析

2005年，刘慈欣已成为中国科幻界最引人瞩目的新星。通过密集的长中短篇科幻小说的创作，他已积累了丰富的创作经验，个人风格已然成型。长篇科幻图书出版曙光初现，科幻出版界已开始打造"中国科幻基石丛书"。在内外部因素的合力之下，写作一个系列长篇的时机来临，于是刘慈欣开始构思"三体系列"。

早在创作长篇《球状闪电》时，刘慈欣就展露出了创造中国的科幻世界的雄心。他的这一理想在《三体》中开始落地生根。系列长篇不可能封闭在地球内，地外文明是必然出现的因素。在刘慈欣的想象中，四光年之外的比邻星是最理想的，这是一个三星系统，成为《三体》的科幻来源。考虑到中国的科幻基础薄弱，

现实主义又是文学主流,为了扩大科幻的影响力,这部长篇系列从现实出发是必须的。刘慈欣做了个大胆的假设,他把地球端故事的起点放置在了"文革"。又通过精巧的情节设计,让地球和三体在广袤的太空中相遇,由此展开了波澜壮阔的文明碰撞。

作为系列长篇的第一部,《三体》需要完成的是建构整个故事发生的逻辑,为后两部故事的走向和结局铺垫基础。《三体》也因此可以划分为三条线:三体游戏构建的隐喻世界、红岸基地构成的往事与历史、地球三体运动影响的现实世界。

一、三体游戏构建的隐喻世界

"三体游戏"这部分,体现了刘慈欣绚丽的想象力,也显示出刘慈欣对于历史和科学史的谙熟以及他对整体性的宏观把握能力。这个科幻创意是创举性的,用电脑游戏生成了虚拟的三体世界,游戏中的角色都是历史人物,将一个异世界转换成了我们可以接受的人类世界,借以演化这个世界的运行规律。同地球上人类社会发展历史类似,三体世界深层规律的揭示也是一个漫长曲折的过程。在三体游戏中,既形象地表现了人类社会的科学史,也巧妙地隐喻了三体世界。书中的科学史不是以西方为主的，中国科技史很自然地嵌入到世界科学史当中。历史人物被重新赋予了灵魂，既贴近他们在历史上的原貌，又因游戏的设置让人物更为生动。每个历史人物的选择，都是科学发展史上的关键节点，也为解开三体之谜提供推动力。

周文王和墨子——中国科学史推演三体之谜

源远流长的中国文明史偏重于文史哲，科学是其中的薄弱环节。刘慈欣以纵横阖捭的气魄，从中遴选出了科技一脉，为《三体》书写了灿烂的篇章。

进入"三体游戏"的第一个场景，周文王在荒原上奔走。此时的三体世界还是一片神秘，忽而天寒地冻，忽而烈日当空。这一个场景中出现的历史人物还有纣王和伏羲。选择历史上最为暴虐的纣王，是因为纣王符合三体世界的残酷。历史上的纣王荒淫残暴，游戏中的纣王依然烧人干、食人肉。选择周文王和伏羲，不仅因为他们在中华民族文明长河中的重要地位，还因为他们同八卦有关。八卦是华夏先人总结天地运行规律所形成的文化符号。伏羲是中华民族的创世神，是人文先祖，他首创八卦。周文王不仅是一代贤君，他整理综合伏羲氏创造的先天易（先天八卦），神农氏创造的连山易（连山八卦），轩辕氏创造的归藏易（归藏八卦），最终形成流传后世《周易》，成为中华民族的文化源头，极大地影响了后来的诸子百家。

周文王穿越荒原去向纣王进贡他发明的万年历，伏羲因为占卜失败而被纣王施以极刑。周文王预测失败，走向了同伏羲一样的命运。三体文明这一次毁于严寒。三体游戏的第一个场景演示出了三体世界的基本情状，也点明了游戏的目标。

三体游戏第二个场景中出现的是墨子。近几年，因为提倡"工匠精神"，墨子常被人提及。我国的首颗领先世界的量子通信卫星被命名为"墨子号"，是向这位圣者的致敬。同百家争鸣中其他崇尚理论的流派不同，墨家是中华文化中科学精神的代表。墨家以"非攻兼爱"的和平主义主张流传后世，还是平民阶层的代表。墨子是中国历史上第一位在力的作用、杠杆原理、光线直射、光影关系、小孔成像、点线面体圆概念等众多领域，都有精深造诣的科学家，被后人尊称为"科圣"。自东汉"罢黜百家，独尊儒术"以来，中华民族渐渐成为文科生，数学成为六艺之末，科学精神在血液中稀释淡化。有观点甚至认为墨家如若不式微，历史上我们的民族甚至不会走向衰落。这个场景中还出现了孔子，因为他试图用礼法系统概括太阳的运行，结果成为荒原上的一座冰雕。这一奇妙的隐喻很好地说明了礼法无法代替科学精神。

三体游戏中出现的墨子制造了众多的仪器，有各种天文望远镜和一个宇宙模型。这个模型中巧妙地嵌套了历史上墨子的科学贡献，宇宙是一个在火海上转动的大圆球，有着双层球壳，内层和外层的不规则运动,可以模拟着三体的运行。但墨子的模型失败了,三体文明在烈焰中又一次毁灭。

游戏进行到这一节,已经无法沿着中国历史前行了。因为中国文化中的科学一脉出现了停滞不前的迹象,在探索宇宙的奥秘上建树寥寥,几乎没有发展出自身的基础科学理论,更多的是技术层面的应用和创新。从那时起,星空更多成为了文人的抒怀对象,"举头邀明月,对影成三人"。游戏场景必须切换至西方历史中的科学发展史。

哥白尼揭示三体运行的真相

人类历史上,哥白尼于1514年完成的《天体运行论》,是人类文明和科学史上重要的节点。这是在大航海、大探索之后,继哥伦布、麦哲伦发现新大陆,证明地球是球形的,哥白尼提出的"日心说"是影响人类社会发展的另一个伟大发现。所以,三体世界中的宇宙结构由哥白尼来揭示,也是别有深意的。

在这个场景中,参与者的ID设置成"哥白尼",相应地,出现的场景转换为欧洲中世纪,人物除了教皇格里高利,还有亚里士多德和伽利略,甚至达·芬奇也露了一下面。这些人的出现当然是因为他们在科学史上的重要地位,相对应,也能在揭示三体世界规律中推动情节发展。教皇是黑暗的中世纪的统治阶级的代表,也暗示着生存环境酷烈的三体世界是一个极权专制的社会,

镇压新兴科学是教皇的必选动作。

亚里士多德是古希腊的哲学家，也是位百科全书式的科学家，在近两千年的时间里，人们奉他的观点为真理而不得质疑。他的很多科学思想是建立在思辨基础上的，有的可归为主观臆想。亚里士多德是"地心说"的拥护者。伽利略被誉为"近代科学之父"，他是实验科学的创始人，开创了以实验事实为依据和具有严密逻辑体系的近代科学，在科学史上的贡献可同牛顿比肩。他的很多科学发现正是以反对亚里士多德著称的，如在比萨斜塔上做的著名实验，"两个铁球同时落地"，挑战了亚里士多德"重的物体先落地"的传统观点。伽利略发明了第一台天文望远镜，为天文学发展做出了巨大贡献。通过实验观察他认为哥白尼的"日心说"是正确的，还出版了天文学著作《星际使者》。达·芬奇一直是以文艺复兴的艺术巨匠闻名于世，他的传世之作是画作，但达·芬奇同时也是位科学家，他没有受过专门的科学训练，但一直通过自己的观察和研究，在自然科学、工程学等多个方面有着很深的造诣并卓有建树。他遗留了一万五千页的笔记手稿，均是艺术和科学结合的记录。所以出现在三体场景中的达·芬奇一直不停地做着记录和演算。

哥白尼揭示的三体世界的规律是这样的：太阳运行之所以没有规律，是因为天空中存在三个太阳，它们在相互的引力下做着无规则运动，三体世界就在恒纪元和乱纪元之间不停切换。但这一发现并没能说服教皇,伽利略们这次也成为保守力量,众口一词同意烧死哥白尼。在真实的历史上,是布鲁诺因为宣扬哥白尼的"日心说"而被教会烧死,发生在哥白尼去世后近六十年的1600年。在点火的那一刻,"三日凌空"出现,三体世界毁灭,哥白尼的推断得到证实。

三体问题的科学之谜和宇宙三体现象

哥白尼揭示出三体世界的谜底,引出了很古老也很经典的"三体问题"。三体问题是天体力学中的基本力学模型。自17世纪牛顿发现万有引力,天文学获得质的飞跃,催生了天体力学,解决了两个天体的运行规律问题,但三个天体的运行规律问题却一直无解,三个以上的多体问题更无法解决。数学家欧拉和拉格朗日找到了三体问题的五个特定解,这些解构成了拉格朗日点。这并不只是理论问题,在人造天体技术上有实际的应用。1885年,法国伟大的数学家庞加莱证明了三体问题的不可解。以上均为真实历史部分。随着现代计算机技术的发展,建立数学模型和海量计算成为可能,目前三体问题的特定解已经发展到十六种。

浩瀚的宇宙中三体现象是普遍存在的,太阳、地球、月亮就组成了恒星、行星、卫星这样的三体。这个系统因为质量间的巨大差异而是稳定的。宇宙中三颗恒星构成的三星系统也是存在的,很多时是两颗恒星构成稳定的双星系统,另外一颗质量较

小的恒星作为伴星，围绕双星运动，这样才能形成稳定的结构。《三体》中三星系统是三颗质量相近的恒星，这样的系统是不稳定的，很难真实存在，即使存在能否产生行星也是有疑问的。但这给科幻留下了足够的幻想空间，不稳定的三星系统，酷烈的行星环境，正适合构建三体文明。刘慈欣的三体世界正是这样建构的。

牛顿、冯·诺依曼演绎人列计算机

这是三体游戏中最为壮阔、最为震撼场景，也是全书的高潮部分。前两次出现的人物和场景各分东西，这一次则无问西东，既有牛顿、冯·诺依曼，又有秦始皇。

人类的科学史不可能没有牛顿，这一次，伟大的牛顿是以学阀的面目出现的。刘慈欣并不想去写正统的科学史，一些历史轶闻可用来增加小说的趣味性。开场就是牛顿和莱布尼茨的决斗，这是数学史上最著名的公案——谁才是微积分的发明者？数学史通常认为牛顿和莱布尼茨各自独立发明了微积分。牛顿从物理学出发，发明了微积分方法，用以研究运动学和力学；莱布尼茨从几何学出发发展了微积分，并且早于牛顿在1680年代就发表了完整的论文。牛顿后来成为英国皇家学会的会长，于1712年发起了一场指责莱布尼茨剽窃自己成果的学术之争，牛顿利用手中的权位做出了有利于自己的裁定，致使莱布尼茨抑郁而终。莱布尼茨是德国哲学家和数学家，这一纠纷割裂了英伦半岛和欧洲大陆的学术交流，致使英国此后在数学研究方面被抛在世界潮流之外，落后于欧洲整整一个世纪。伟大的牛顿也因此在晚年时蒙羞，陷入个人崇拜当中，成为爵士、造币厂官员，甚至滑向了唯心主义。

三体游戏中，牛顿击败了莱布尼茨，声称自己发现的牛顿三定律和微积分方法，足以预测三体世界的太阳运行规律。这时，计算机的发明者冯·诺依曼出场了，他指出牛顿的计算方法计算量巨大，需要采用新的计算方法。于是他们找到了秦始皇，要利用他三千万秦军完成这一壮举。我们因此看到了刘慈欣笔下壮阔的人列计算机的场景。

至少在中国科幻作家中，基本可以认定只有刘慈欣能写出这样的科幻场景。刘慈欣是二十世纪八十年代后的第一代计算机技术人员，那时计算机技术刚刚兴起，在各行业的应用还处于初创阶段。那时的计算机技术人员对计算机原理很了解，能够使用从机器语言发展而来的汇编语言。因为对计算机原理的谙熟，加之卓越的想象力和文字能力，更有饱满的创作激情，刘慈欣的笔下才能绘制出这样一幅图景。

计算机是由电器元件组成的，电器元件只会有开、关两种状态，所以计算机采用的是二进制。人怎么表达电器的状态呢？伟大的冯·诺依曼选择了三个士兵，士兵手里分别拿着黑旗和白

旗，两个士兵代表输入，一个士兵代表输出，输出是根据规则和输入决定的，这样就组成了各种门部件：与门、或门、与非门、或非门、异或门……这是计算机最原始的元件。三千万士兵组成一千万个元件，这些元件再组成 CPU、寄存器、内存……通道上负责传递命令的轻骑兵组成了总线，三百万文化程度较高的人负责记录，这就是硬盘，同时还可兼做虚拟内存，用于存储中间运算结果。上述是计算机的硬件，软件则书写在一人高的大纸卷上，是"秦1.0"版操作系统。计算机启动，系统自检，无数绿色大旗构成的进度条延伸着。自检完毕，加载操作系统。CPU 忽然不动了，系统锁死，一个门电路运行出错，组成那个电路的兵卒被斩。系统重启，启动太阳轨道计算软件"Three-Body1.0"，加载差分模块、有限元模块、谱方法模块——这些都是求解偏微分方程近似解的数值算法——庞大的计算开始了……

这就是宇宙中绝无仅有的、令人拍案叫绝的人列计算机！计算机的运行机制被刘慈欣精准形象的语言描绘得纤毫毕现，无比震撼！刘慈欣的想象力实质上是一种形象思维的天分，能把机械化的运行机制形象化，用文学语言表达出来，这何尝不是刘慈欣的独家秘籍？

人列计算机经过一年零四个月的漫长计算，终于精确计算出今后两年的太阳运行轨道。太阳升起了，却传来了灾难来临的消息，因为"三日连珠"，引力叠加，三体世界被吸入太阳，三体文明又一次被毁灭。该文明进化到了科学革命和工业革命，因为牛顿建立的低速状态下的经典力学和微积分方法，以及冯·诺依曼发明的计算机，可以对三体问题进行定量的数学分析。

冯·诺依曼在二十世纪四十年代对于计算机科学和计算机技术的贡献，是这位二十世纪最杰出的数学家一生最大的功绩。他发明了冯氏计算机结构，为计算机确定了二进制，将存储分为内存和外存（硬盘），大大提高了计算机的性能。人类当前的信息社会就是建立在冯·诺依曼的贡献之上的。这一场景中还提到了控制论的创始人维纳，控制论被誉为二十世纪最伟大的科学成就，它是计算机科学和人工智能的基础理论。如果有缺席者的话，那应该是图灵，被称为"计算机科学之父"，为计算机科学的发展提供了数学理论。也许因为他有争议的私人生活而未在书中写入。

爱因斯坦的无奈和三体世界的无解

伽利略、牛顿、爱因斯坦是人类的科学史关键节点处的巨人，是人类探索宇宙奥秘的引路人。伟大的爱因斯坦创立的相对论原理，为我们揭开了宇宙深层的奥秘。所以在揭示三体世界运行规律的"三体游戏"中不能没有爱因斯坦，只是他以非常落魄的方式出现在最后一个场景中，不得不依赖自己的小提琴技艺在街头卖艺。这一点对应了历史上作为犹太人的爱因斯坦在德国、瑞

士、美国等国家漂泊的一生。三体问题的不可解，巧妙地对应于爱因斯坦晚年寻找大统一理论而不得的现实。游戏中爱因斯坦所说的"上帝抛弃了我"，则来自于历史上他说过的那句著名的"上帝不掷骰子"。这句话的背景，隐含了物理学上的量子力学之争。

广义相对论和量子力学是现代物理学的两大支柱。广义相对论是关于引力的理论，它在宏观世界，特别是天体物理学中星系、宇宙这样的尺度得到了很好的印证；量子力学适用于亚原子级别的微观世界，微小到构成物质的基本粒子。目前自然界的力可分为四种基本力：引力、强相互作用力、弱相互作用力、电磁力。广义相对论是引力的基本规律，量子力学则覆盖了其余的三种力。力学研究是一个逐步统一的过程，麦克斯韦统一了电力和磁力，建构了电磁学；1960年代建立了弱电统一理论，将弱相互作用力和电磁力统一起来；物理学家们希望建立的是将四种力全部纳入统一公式和模型的大统一理论。

他所说的"上帝不掷骰子"，是坚信统一理论的存在，也就是宇宙是决定性的而非随机性。而量子力学却对这种决定性提出了挑战。量子力学中的不确定性原理是适用于微观世界的物理学原理，延伸到宏观层面和哲学上，深刻地影响了人类社会的认知。粒子状态的随机性，甚至被解读为自由意志的依据，成为现代主义、后现代主义思潮的理论基础。量子力学中的哥本哈根学派，用"波函数"来描述粒子状态呈现出来的概率，用"波函数坍缩"

来解释粒子在观察者介入的一瞬间坍缩为确定状态，充满了主观性，有唯心的色彩，是爱因斯坦不能接受的。他认为在粒子状态的随机性背后，仍然存在着更深的有待发现的规律，而这个规律一定是决定论的。"如果非决定性是一种基本规则，这将意味着科学的终结"。爱因斯坦晚年一直致力于统一场理论的研究，试图统一引力和电磁力，建立涵盖广义相对论和量子力学的大统一理论，寻找到宇宙的终极真理，但这一努力并没有成功。

在三体游戏中，三体文明也同样在"飞星不动"中再次毁灭。三体世界彻底绝望了，不仅三体运行的规律无法掌握，行星最终也不能避免毁灭的命运。于是他们决定飞出三体星系，在广阔的星海中寻找可以移民的星球。而三体世界正好收到了来自地球的信息，于是三体舰队开始了驶向地球的远征。

二、红岸基地——地球往事的起点

三体世界为什么会收到地球的信息，故事要从"文革"说起。刘慈欣笔下的书写，可能不像五十年代作家那样有更深刻的个体感受，但整体的概括是清晰的，用以描写主人公叶文洁的思想转变过程也是令人信服的。

叶文洁的父亲是理论物理学家，在"文革"中作为"反动学术权威"被打倒。其中有一个重要原因是因为爱因斯坦——这并不是科学幻想，历史草蛇灰线，有迹可循。在"文革"中，爱因斯坦的广义相对论被当作反动的资产阶级思想代表而受到批判。刘慈欣非常善于利用真实的历史事件，这里穿插了1922年11月爱因斯坦在访问日本的途中在上海的停留。在批斗场景中非常典型的一个道具，也出现在了刘慈欣笔下——带有铜扣的军用皮带，它曾经落在老舍的身上，也出现在诗人食指的诗中，这一次落在了叶文洁父亲的头上。叶文洁目睹了这一切，从这一刻起，叶文洁注定了要走向另一条路。

为了让叶文洁一路走到底，作者在她身上叠加了更多残酷的现实。妹妹在武斗中被打死，母亲跳出来揭发父亲后精神崩溃。叶文洁被发配到大兴安岭，因为读了《寂静的春天》这本书，坚定了人性是邪恶的，人类真正的道德自觉是不可能的。叶文洁因为替同伴手抄给中央的信而被出卖，让她对人性彻底失去了信心。在小说的逻辑里，这一刻被历史学家看作人类历史的转折点。

叶文洁获罪，戴罪之身让她有机会参与国家绝密项目红岸工程。刘慈欣选择用项目报告的形式揭示红岸基地的秘密，虽然牺牲了一定的可读性，但是很严谨专业，符合他硬科幻的作风。通过高层对报告批复，简洁有力地描绘了红岸工程的轮廓，使得这一科幻创意有了现实性和可信度。

二十世纪六十年代，世界处于"冷战"格局中，苏美两大超级大国不仅开展军备竞赛，还在太空技术方面展开竞争。1957年苏联率先成功发射人造地球卫星，1960年率先实现载人航天，加加林成为第一个进入太空的地球人。美国不甘落后，实施了"阿波罗"登月计划，于1969年实现人类首次登陆月球。探索太空的一个重要领域是寻找地外文明。美国于1974年建成位于波多黎各的阿雷西博射电天文望远镜，当时是世界之最，建成后向2.5万光年外的球状星云M13发射了长度为1679二进制的"阿雷西博信息"。那时中国虽然爆发了"文化大革命"，但在尖端武器研制和太空探索方面并未停滞，第一颗氢弹的爆炸是1967年，第一颗人造地球卫星"东方红一号"发射成功是在1970年，获得诺贝尔医学奖的青蒿素的发现是1972年。在那样的国际国内环境下，刘慈欣将探索和发现地外文明放置在红岸基地，就显得非常可信。

叶文洁受命解决太阳的电磁波干扰问题，类似于日凌干扰。她曾建立太阳的数学模型，发现太阳存在一些"能量界面"，这些界面存在"增益反应"，可以将电磁波在反射后放大，太阳是个电磁波放大器！地球可以借助太阳进行恒星级的电磁波发射，将信号传到其他恒星。于是，叶文洁利用一次检修机会偷偷进行了发射测试。八年后，她从监控屏幕上看到了三体世界的回复信

息!对人类世界的仇视,让她背叛了人类,决然地向三体世界发出了拯救地球的请求!

三、地球三体运动与真实的三体世界

这一条线是现实世界,要将上面两条线串接起来,给整个三体故事赋予一个现实基础和合理逻辑,所以是整部书的骨架部分。这部分刘慈欣更多地使用了悬疑手法,设置了很多悬念,环环相扣。在现实中表现科幻总是受限的,但仍有奇崛的科幻创意点染其间。

全书开篇处,地球上的最前沿的物理学家,在两个月内相继自杀,其中包括叶文洁的女儿。叶文洁后悔不该将女儿引入物理学,这里不是女人的世界。女儿想要当居里夫人,但叶文洁认为居里夫人靠的是勤奋和执着,反而是另一位华裔女物理学家吴健雄走得更远,踏入了那个更多的是男性物理学家进入的领地。世人皆知两次获得诺贝尔奖的居里夫人,而鲜知诺贝尔奖错过的华裔物理学家吴健雄。

居里夫人与吴健雄

1956 年,杨振宁和李政道提出了弱作用力下宇称不守恒的理论，但只是理论假设，没有得到实验验证。吴健雄看到后立即着手进行实验，于1956年12月取得了实验成果，证明了宇称不守恒理论的正确性。这一理论轰动物理学界，是二十世纪物理学取得的重大理论成果，其重要性可同二十世纪初爱因斯坦提出相对论相比。杨振宁、李政道在提出该理论的第二年，即1957年就获得诺贝尔物理学奖，可见这一创举的重要性。但遗憾的是吴健雄因为种种其他原因没有同时获得诺奖，令整个物理学界为之遗憾。小说中叶文洁的话是对的，居里夫人贡献的是具体的科学成果，发现了元素的放射性，提取了镭，吴健雄的贡献在理论物理学领域，是前沿的基础科学，是科学大厦的基石部分。毕竟两位女科学家的学术研究相隔五十年，在居里夫人那个时代，欧洲女子受教育都是个别现象，居里夫人取得的成就开创性的。吴健雄年轻时代正是受了爱因斯坦、居里夫人的感召，才决心投身于理论物理学。在中国这样一个刚刚摆脱漫长封建社会，科学一向不发达的弱国，能产生吴健雄这样伟大的女物理学家，确实是一个奇迹。如同居里夫人来自列强凌辱的波兰，她们身上都有着贫弱民族的自强精神，使她们成为杰出女性的典范。

宇宙闪烁和微波背景辐射

研究纳米材料的科学家收到的幽灵倒计时在各种介质上显现，意识到自己在被追杀。他被警告如若试验继续，那么倒计时

就会继续,并且在一个更大的尺度上显示——整个宇宙将为他闪烁。三天后他来到能观测宇宙微波背景辐射的天文台,果然看到宇宙的闪烁。

这里利用了宇宙微波背景辐射这一科学原理,很有气魄地在宇宙背景下展开了科幻创意。按照物理学上宇宙起源于大爆炸的假说,物理学家认为宇宙中一直遗留着大爆炸时的余温,它的温度接近 3K,即 3 开氏度,大约是 -270 摄氏度,比绝对零度只多 3 摄氏度,所以也称为 3K 宇宙背景辐射。1964 年被两位科学家无意中测得,同哈勃红移一起成为宇宙大爆炸理论的直接证明。宇宙微波背景无处不在,它的波长为 7 厘米,可在地面直接测到。三十年前每家每户使用电视天线收看电视节目时,经常没有电视信号,屏幕一片雪花点和噪音,这其中就有 1% 是宇宙微波背景辐射。想让各向同性的微波背景发生波动,需要的几乎是超自然的力量。但是神秘的对手做到了,展示了近乎神迹的力量。这位科学家几近崩溃,这是三体世界对人类的警告。

地球三体运动已发展成为三体世界在地球的代言人,叶文洁是这一组织的精神领袖。他们认为科技昌明发达的三体世界,一定拥有更高的文明和道德水准,这种逻辑推理是脆弱的,实际情况却大相径庭。

真实的三体世界和智子二维展开

"三体系列"中,刘慈欣从来没有给出过三体世界智慧生命的生物特征。为适应三体世界严酷的自然环境,三体社会是极端专制的。三体人是金属质地的,禁绝了一切脆弱的情感,只留下了冷静和麻木。

为了遏制地球文明的发展,三体世界设计了"染色"计划和"神迹"计划。"染色"计划是利用科技产生的副作用,令公众对科学产生恐惧和反感;"神迹"计划是制造一些不能用科学逻辑解释的宇宙假象,让非科学思维压倒科学思维。为实施这两个计划,三体世界制造了巨型粒子加速器,欲向地球发送"智子"。

宇宙的虚空中充满了微粒子,质子是原子核的组成部分,是最基本的粒子。刘慈欣在这里巧妙地利用了"质"和"智"的谐音,将"质子"改造为带有智慧的"智子",又利用"智子"在日文中通常是女性名字,在《三体》后两部中将"智子"显化为一名女性,作为三体世界在地球的代表。这一创意确实是非常独特的!

质子改造为"智子",需要对质子进行二维展开。这里用到了多维空间的概念。多维空间是物理学新近发展的一个分支弦论中提出的概念,弦论被认为是最有希望完成大统一模型的理论。作为三维生命,很难想象增加时间维度后的四维空间,何况到十一维。刘慈欣利用对多为空间的想象,将三体文明设置为掌握

了九维空间技术，微观粒子在九维视角下具有了如同整个宇宙一样的复杂度。他非常耐心地描写了多维视角下将一个质子展开后的情景，这样的技术性描写在《三体》后两部中几乎没有了，因为据说读者反馈平平，他放弃了这种非常技术化的写法。实际上正样的写法支撑起了他的硬科幻风格。

这样一个质子二维展开后能蚀刻电路，成为一台超级计算机，再复原到高维，就成为"智子"。智子被发送到地球，三体世界利用"量子效应"对它进行控制。"量子效应"指微观粒子之间通过量子纠缠互相感应，在瞬时实现量子通信。书中的量子通信可以跨越四光年，目前人类实现的量子通信只是在百公里范围内。智子通过各种干扰封锁了地球的基础科学，本书开始时很多物理学家自杀的原因在此方揭晓。

在三体文明面前，人类就像是虫子，科学家们陷入了怀疑和虚无，反而是警官表现出了无畏。他们来到正经历有史以来最为严重的蝗灾的华北平原上，这种虫子在人类的千年围堵之下，仍然生生不息，那么人类虫子又有什么可自怜的？这是地球生命的尊严，是人类独有的英雄主义情结，也是人类繁衍至今的精神驱力。人类社会如何应对三体危机，则是后续两部的故事了。

《三体》中三条线索并行，现实、想象和历史穿插，缠绕着螺旋上升。写得最好的是三体游戏这个想象力的世界。写"文革"

历史的这部分，可以媲美传统作家。写现实这部分，采用了通俗文学的创作手法，设置了很多悬疑、谋杀、对抗等情节。

刘慈欣这一代计算机技术人员，谙熟模块化的程序设计方法。《三体》中就有这种模块化的痕迹，模块之间可以相对挪动。所以这部书有两个版本：初稿在《科幻世界》连载时，是以"文革"开始的，发行单行本时，则从当下现实开头。从文学表现程度上看，前一种更有冲击力，后一种更为贴近现实。随着《三体》译本的增多，日译本等仍然采取以"文革"开始的版本。在三条线并进的情况下，模块化会割裂阅读的连贯，给人略微散乱的感觉。这是刘慈欣早期采用的写作手法。

《三体》中密集的科学创意，细密的细节描述，严密的逻辑链条，体现了刘慈欣充沛的元气和饱满的激情。《三体》是有着鲜明中国特色的科幻作品，中国元素和中国题材得到了充分的应用，这也是其获得了科幻"雨果奖"的重要原因。

黑暗是万物之源

——《三体Ⅱ：黑暗森林》评析

《三体》第一部是现实的、中国的，第二部在空间和时间上一定要向外拓展。《黑暗森林》在空间拓展为全球化的国际视野，对人类社会做了自上而下全景式的描绘；在时间上则行进到二百年后的近未来。这一部中，刘慈欣创造一个中国的科幻世界的雄心进一步向前推进，构建了宇宙文明公理，建立了关于宇宙的模型，为一个独立的科幻世界构筑了基石。创作视角呈现出了从太空瞭望的整体感，人类社会成为一个整体族群。

全景式地描写一个社会的宏大叙事，是很多作家的理想，科幻作家也不例外。刘慈欣笔下的全景式覆盖全球，上至最高机构联合国，下至社会底层平民百姓，中间是各国和各阶层。为了实现全景式描写，叙事方式不再是第一部中的模块化方式，代之以多条线交缠并进的无缝衔接。四位面壁者和一位隐形面壁者是主线，另外再增加四条辅线，全书条线达九条之多。叙事在各条线间轮巡切换，类似于电影的分镜头。造成的效果令人眼花缭乱，目不暇接，阅读难度增加，但叙事节奏加快了，悬疑感加强了。整部小说就像一部节奏紧凑的悬疑剧，悬念迭起，扣人心弦。

一、面壁计划与面壁者

科幻世界的界定——宇宙文明公理

现实的人类社会中，世界的规则是既定的，法律、道德、风俗、伦理都是规则的一部分，个体同规则的冲突构成了主流文学的要素。科幻文学则不同，需要进行世界的界定。这个世界界定的规则一方面需要遵循科学规律，否则就会成为奇幻，另一方面则是构建这个世界的社会运行规则，这方面尽可以发挥想象力。所以，刘慈欣构建了"宇宙社会学"这一学科，将人类社会的形态投射到宇宙当中，从而产生了"宇宙文明公理"。

公理是不证自明的，只是需要有人将其揭示。广袤的宇宙中，星星只是一个个的点，这是宇宙中的个体。如果地球这样的

智慧文明普遍存在，那么宇宙就是一个社会。这两条简明的宇宙文明公理，看上去自有其合理性：无论个人、种族，还是整个社会，毋庸置疑，生存需要总是第一位的；而宇宙中的物质总量保持不变，类似于能量守恒定律和质量守恒定律（按照爱因斯坦的质能方程 $E=mc^2$，能量和质量是等价的），物质不是精确的物理学概念，物质守恒在我们的常识范围内也是能够接受的。这两条公理，决定了宇宙社会的状态：文明之间必须为生存进行竞争。为了确认这种竞争，还添加了技术爆炸和猜疑链两个辅助定理，使得宇宙间基本不可能产生信任，成为一个星球的丛林。

科幻是关于可能性的文学，刘慈欣提供的宇宙模型是一片黑暗森林，是最糟的宇宙，这个宇宙如何演化，最终会是怎样的结局，正是《黑暗森林》所要描绘的。描绘最糟的宇宙，是为了更好的地球，至少人类可以从中得到警醒和借鉴。

面壁计划与面壁者构成主线

在《序章》中，刘慈欣巧妙地揭示了另一个整部书得以成立的前提：三体人的思维是透明的，个体之间的交流通过脑波实现，"想"和"说"是同义词，所以三体人不会欺骗和撒谎，不懂得人类的计谋。这一点使地球人类决定在主流防御计划外用"面壁计划"应对三体危机。主流防御计划当然是建立太空军和太空舰队，面壁计划则是利用计谋骗过三体人，因为三体世界已派出"智子"对地球进行了全面监控。面壁计划可以声东击西，避开三体人的监控建立起地球的防御系统。面壁计划不可能成为主流防御计划，只能起到辅助作用，但却是更好的写作题材，所以这一部的写作重心是"计谋"。

面壁计划需要在全球范围内遴选"面壁者"。"面壁者"可以说是刘慈欣创造的最成功的科幻词汇之一，其传播的广泛程度和流行程度可能仅次于另一词汇"降维打击"。这一科幻创意很有东方特色，带着玄学中的神秘主义色彩，佛家和道家都有面壁苦修的传统，面壁者在与世隔绝之地静思，以期参悟宇宙和人世的奥秘。联合国官方遴选的面壁者有四位，来自不同国家，背后是国家的影响力。另外还有一位隐形面壁者。

面壁者 1：中国人罗辑，这是第二部的主人公，就因为被叶文洁传授了宇宙文明公理，所以在完全不自知的情况下，被选为面壁者。从名字入手，可以理解为"罗辑"同"逻辑"有很高的关联性，喻示着罗辑有很强的逻辑思维能力。罗辑是个聪明的人，却不是个严谨的学者，个人生活玩世不恭，没有很强的道德感。上部中却花了很多笔墨书写他理想中的爱情。在刘慈欣的全部作品中，如此描写爱情的文字绝无仅有。在三体危机的背景下，这样的描写更类似于闲笔，但作者自有用意，在小说的情节设置中可以说必不可少，这一点以后才能体会。这些文字不是通常的爱情描写，特别之处是关于文学的讨论，也许糅杂了刘慈欣

本人的一些文学观点，在对文学的认识上称得上深刻，这是在其他文学作品或评论中不太可能看到的。罗辑无意履行面壁者的责任，他只想过自己的私人生活。他不断受到无名追杀，于是他利用面壁人的特权，在一处人间仙境隐居，还遇到了心目中的爱情。他逍遥的时候，其他面壁者正在大张旗鼓地实施着拯救地球的计划。

面壁者 2：美国人泰勒，是美国前国防部长，是位战略理论家，也是位行动的巨人。作为面壁计划的一部分，泰勒令人费解地寻找着那种将自我牺牲精神置于至高无上地位的组织。他赴日本想要恢复曾经的神风特攻队，他赴中国考察太空军的政治思想工作，他甚至赴阿富汗找到了传说中的基地组织。这些都是人类历史上精神力量极致化的典型，我们不得叹服刘慈欣将这些相去甚远的场景串联起来的能力，这样的创意非常新颖。

2020 年新年伊始，美国利用无人机定点清除了伊朗高级将领苏莱马尼，举世震惊！全球同战争擦肩而过！更多的人惊诧于美军的高科技时，只有一个人处之泰然。就是刘慈欣，他在十二年前写的《黑暗森林》有几乎一模一样的情节！我们唯有喟叹，是刘慈欣的科幻太有想象力了，还是现实太科幻了？

这个情节就是泰勒来到西亚的阿富汗，在山洞里见到了他当国防部长时的死敌，此人差点死于美国的无人机。书中并没有明确指出这人是基地组织的本·拉登，但读者完全可以意会。利用这一题材也有很自然的成分，因为传说中基地组织正是受了阿西莫夫科幻经典《基地》的影响，小说中泰勒也为这人送上了这部书作为礼物。这种轻松地利用现实题材的手法为刘慈欣所擅长，使得他的科幻小说增加了很多现实感。这是书中写得最精彩的小节之一，因为我们可以用现实做参照，验证科幻的真伪。

泰勒希望这样的恐怖组织能保留到同三体世界决战的末日，得到的答复也是不可能，因为支撑这一恐怖组织的精神支柱是"仇恨"，对人类同类的仇恨，是世界上最犀利的武器，在三体危机中并不存在。这样的观点令人耳目一新。

面壁者3：南美人雷迪亚兹，他是委内瑞拉总统，是南美强人查韦斯的继任者，是反美力量的代表。南美是一块神奇的土地，那里的人总是有着强悍的生命力，选为面壁者也自有合理性。《黑暗森林》写作时查韦斯还没有去世，刘慈欣再次将现实嵌入了科幻当中。他甚至科幻了美国入侵委内瑞拉的战争，左翼的委内瑞拉以游击战挫败了美国，以弱胜强，所以有资格成为面壁者。像地球上很多试图通过制造核弹制衡美国势力的狂人一样，雷迪亚兹要求制造最大当量的超级核弹，爆炸力量相当于恒星级别。不知这位面壁者用意何在？

面壁者4：英国人希恩斯，这是一位英国脑科学家，发现了脑部活动量子化而获诺贝尔奖提名。他的妻子是位日本人。面壁者的选择是地球各大洲力量平衡的结果，英国、日本也要占有一

席之地。上部中写到希恩斯只有一小节，他的面壁计划只能在后面部分了解。他想要通过改造人类的大脑，让人类获得超级智力，以期突破智子的禁锢，使战胜三体人成为可能。而这一点，只能在未来实现。

隐形面壁者章北海：是一名军人，应该是刘慈欣塑造的众多科幻人物中最令人印象深刻的一位。刘慈欣对书中人物的命名都是符号化的，从名字就可读出人物的寓意。"北海"显然来自于我国的北海舰队，章北海也正是一名海军军官，在应对三体危机，组建太空军种时海军是主力。太空战的规模和复杂程度，同地球的海战更为相似，只是战场由一望无际的二维海平面变成空茫无边的三维太空。

章北海这样一位中国军人，确实深得中国人民解放军的传统与精髓。他是一名优秀的军队政工干部，深知政治思想工作在军队的重要性。在太空军中普遍弥漫着失败主义思想的情况下，章北海却有着以弱胜强的必胜信念。他对失败主义的表现形式做了精准的分析，否定了三体危机中建立在科学和理性之上的判断，不赞成技术决定论和机械唯物论，推崇人的精神力量和主观能动性。他必胜信念的来源令人费解，所以他被称为是第五个面壁者。

外围四条辅线构建全景视角

除了面壁者这条主线，《黑暗森林》还用下列四条辅线构建了一个俯瞰人类社会的全景式视角。

最高机构联合国：全景视角中最高层是必须有的，联合国在这里真正践行了她建立之初的理想，成为全球联合政府，安理会转化为行星安全理事会，开始履行守卫地球的职责。除制订主流防御计划外，还主导了"面壁计划"。联合国秘书长是一位亚裔女性，来自小国菲律宾。刘慈欣的作品中常让女性担任最高领导人，几部长篇中女性占主导地位的要超过男性，这样的安排更有文学色彩，当然也透露出刘慈欣的女性观。他是少数的抱持着男女在智力上先天平等的男作家，认为之所以女性在高深的智性领域成就较少是因为后天的社会因素。所以也就不难理解刘慈欣作品中正反两方的极端人物常由女性来担当了。

监测条线：是军人、天文学家组合，这一条线不可或缺，这一组合是用来监测三体舰队动态的。因为三体舰队要在四百年后才能到达地球，这一监测组合跨越了好几代人。三体危机来临，军方开始征用了民用科研机构的哈勃二号望远镜。这一组合总是因各自利益陷入争论中，将军希望望远镜用来监测三体舰队，博士希望能有更多的时间用于科研。这个机制暴露了人类社会政治中推诿虚伪的一面，也是造成人类在大灾难面前一再延误时机的原因。

地球三体组织残部：在第一部中作为三体世界代理人的地球三体组织遭到致命打击，只留下一些残余力量。这些人借以联系

的三体游戏也显出一片荒凉。为了破解面壁计划，三体世界通过智子指挥他们"破壁"，对应于每一位面壁者，产生了各自的破壁人。地球三体组织式微，完成任务后逐渐退出舞台。

平民条线：由退休职工和煤老板组成。这条线索用来描绘三体危机出现后普通百姓的生活。刘慈欣很接地气地同现实无缝对接，这部书写作时，山西煤老板的故事在江湖上到处流传，刘慈欣也让这类人物在《三体》中露了一下面，采煤的巷道最终成为他们自己的坟墓。这一条线从底层视角展示人类社会在三体危机后发生的变化。求生是人的本能，普通百姓或竭力延续后代，或想身后能安稳牢固千秋载。这一组人物显示的是危机中的众生相。

二、破壁与咒语

四位面壁者的面壁计划相继开展，其中三位相继被破壁。展现了密集的科幻创意，悬疑重重，悬念迭起。隐形面壁者也在实行着自己的计划。其他条线各司其职，根据监测条线监测到的三体舰队的行踪，决定着地球采取的行动，包括最高层的决策和普通民众的反应。

面壁者泰勒打造量子幽灵部队

上部中泰勒的面壁计划着墨最多,他最先被破壁也很自然。某一天,一个陌生人来到了泰勒家里。这个人看上去卑微谦恭,却说出了一句雷霆万钧的话:我是你的破壁人!按照破壁人的分析,泰勒对牺牲精神的关注超出常规。现代人已普遍不具备那样的献身精神,于是泰勒调整了策略。以宏原子核聚变制造出球状闪电后,它的攻击目标不是三体世界,而是地球的太空部队。被球状闪电攻击的太空部队会呈现幽灵般的量子态,这些不能被再摧毁,也不能再死亡的量子幽灵将成为攻击三体世界的力量。他的行为本身已经是谋杀,构成反人类罪。泰勒来到罗辑的伊甸园,倾诉完这一切后,走到湖边向自己开了枪。泰勒以这样的方式提醒了罗辑面壁者的责任。

面壁者罗辑参悟宇宙真相

罗辑是最不想成为面壁者的那个人。在这五年的时间里,他同爱人和孩子在与世隔绝的伊甸园里享受着天伦之乐。以他及时行乐的人生观,在三体危机来临时,尽情享受人生才是唯一值得去做的事情。

但外部严峻的形势不允许他这样做。在泰勒离去后的一天,他发现妻子和孩子不见了。罗辑在理性上知道这一天迟早会来,但在感情上还是无法接受。罗辑依然抗拒自己的面壁者身份,联

合国秘书长的话触动了他。他又怀疑自己是否具备面壁者的能力？秘书长只得告诉他，他是三体世界唯一一发出追杀令的地球人，原因需要罗辑自己去破解，这也是罗辑被选为面壁者的原因。罗辑终于接受了自己作为面壁者的命运。

冬天是思考的季节。孤身一人的罗辑进入了连绵的思考中，他发现其实思考一直在进行，只是不为他察觉地在后台运行着。他判断这一切开始自他九年前同叶文洁的那次会面，也同他在叶文洁建议下进行的宇宙社会学研究有关。他一遍一遍回忆叶文洁所说过的宇宙文明公理，像数念珠一样琢磨着每一个字，宇宙的真实图景渐渐凸显。罗辑在寒夜面对星空思索时，有一瞬间已经触碰到星空的奥秘，能感受到它的存在但还是没有抓住它。在星空下落入冰水中的一刹那，罗辑感觉自己跃入了黑暗的太空，他窥见了宇宙的真相——他成为自己的破壁人。

罗辑离开伊甸园，来到更加安全的地下掩体开始了自己的行动计划。他同天文学家探讨了恒星的定位方法，通过定位同周围其他恒星的相对位置，即可确定这颗恒星的位置。罗辑让天文学家做了一颗距离地球五十光年的恒星的三维图，并向宇宙发送这颗恒星的坐标。这是一句咒语，结果一百年后才能验证。此时三体世界立即发出了对他的第二道诛杀令。

面壁者希恩斯改造人类思想

希恩斯是脑科学家，他的计划是利用计算机提升人类的智力。因三体世界的封锁，人类的计算机技术已经不可能实现大的突破，量子计算机、生物分子计算机这些非冯氏结构计算机得不到发展。冯氏结构计算机是现在普遍使用的传统计算机，是二十世纪四十年代美国数学家冯·诺依曼发明的。得益于大规模集成电路技术的发展，这种传统结构的计算机的运算能力一直呈斜率向上的线性提升，由此制造出超级计算机。这种计算机支持解析摄像机对大脑进行扫描，然后合成大脑的全息视图。视图中神经元之间如何传递信息可一目了然，希恩斯和妻子想借此发现人类思维的物理本质，以提升人类的智力。

研究过程中，出了一个小的意外。志愿者在做判断测试时，如果增大对大脑扫描的辐射强度和电磁场强度，即使命题是错误的，被测者也会当作真理接受，大脑的运行机制可以被人为改变，于是研究的副产品——"思想钢印"技术诞生了。

人类社会的历史中，虽然各类思想控制不绝如缕，但明确使用技术手段的思想控制，仍然触碰了人类道德伦理的底线。探讨这一问题的文学作品也很多，如小说中提到的《发条橙》，人如若被控制思想就会成为一个靠发条驱动的反生命。面壁计划是以计谋应对三体危机，两个面壁者是诉诸武力，罗辑是发明咒语，希恩斯是在人的智力和信念方面做提升，涵盖了各种可能途径。

"思想钢印"仍是一个绝妙的科幻创意。希恩斯说服太空军用"思想钢印"抵御失败主义蔓延,提升战胜三体世界的信念。经过一番争议,"思想钢印"技术得以实施。

面壁者雷迪亚兹的同归于尽计划

面壁者雷迪亚兹的面壁计划是制造恒星型热核武器,超大当量的氢弹。雷迪亚兹选择水星作为核爆炸的实验地点,水星的地层被掀起,亿万吨的岩石泥土飞向太空,最终在水星周围形成了一道星环,还有些岩石脱离水星,成为太阳的卫星。恒星级氢弹的巨大威力给地球各国的领导者们留下了深刻印象,各大国对这种武器产生了兴趣。但此时,雷迪亚兹的破壁人却站在了他面前。

破壁人跟踪了雷迪亚兹多年,最后在他同西方天文学家的接触中发现了隐秘。天文学家第一次发现了行星坠入恒星后产生的物质喷射,雷迪亚兹正是要利用这一现象实现计划。他把恒星级氢弹部署在水星上,并不是为了让内侧行星成为对抗三体世界的基地,而是为了让炸飞的岩石达到逃逸速度,产生反推力,使水星减速并最终坠入太阳。太阳的对流层外壳将被击穿,喷射出巨量的恒星物质,形成螺旋形大气层,引发宏大的连锁反应。金星、地球、火星因螺旋状大气层的摩擦而减速,相继坠入太阳,使得螺旋大气层急剧膨胀,顶端足以达到木星轨道,木星轨道也向太阳缓慢下沉，直至木星最后也坠入太阳，螺旋大气层再度扩张，甚至影响到天王星和海王星，可能将它们拉向太阳（在这里未提及另一颗类木行星土星）。整个太阳系会变成什么样子无法预测，但生命肯定不复存在了。三体世界因为失去宇宙目的地也必将毁灭，这就是雷迪亚兹用以制衡三体人的同归于尽计划。

雷迪亚兹被以反人类罪进行审判。雷迪亚兹亮出了他的撒手锏，他设计了反触发装置，如果收不到他的生命体征，某些不明爆炸物将被引爆。举座皆惊！雷迪亚兹宏伟的面壁计划充满了想象力和戏剧色彩，它还启发了后来的面壁者罗辑采用反触发机制。

隐形面壁者章北海放眼于人类未来

隐形面壁者章北海的行为比面壁者更为神秘。他认为自己的使命是在未来，理由是未来太空军政治思想工作势必薄弱，所以提出增援未来的建议。为了增强太空军的实战感，他乘空天飞机进入太空，开始实施计划的第一步。

危机纪元开始后，地球人类社会的基础科学发展虽然被智子所屏蔽，但在技术层面还是可以有所突破。人类已掌握了可控核聚变技术。核聚变技术是核裂变技术的反过程，两个原子核聚合后成为新的原子核，其释放的能量远高于核裂变产生的能量，氢弹是核聚变武器。利用可控核聚变制造太空飞船是人类的下一步

目标。制造的方式有两种：工质推进型和无工质辐射型，前者只能进行行星际飞星，后者可以进行恒星际飞行。章北海从一开始就是辐射型飞船的坚定支持者，当他得知航天界的权威支持工质飞船时，在太空设计了一场谋杀，让这些老航天殒命于他制造的陨石雨。随后他顺利冬眠，增援未来。

可以说，随着面壁者被相继破壁，面壁计划面临着失败。它本身也只是一个辅助的防御计划，在人们彻底放弃面壁计划之时，它又在不经意间起到了力挽狂澜的作用。

三、黑暗森林打击与终极威慑

面壁计划告一段落后，回归到人类社会的主流防御计划的书写。时间来到危机纪元 200 年以后，小说终于挣脱了现实，来到了近未来。小说进行了充分的社会实验，对人类社会面对巨大危机时的社会形态进行了想象和描绘。人类社会出现过倒退，也发生了第二次启蒙运动，第二次文艺复兴，第二次法国大革命。在宽松的环境下，技术障碍反而被突破了，开始建立地球太空舰队，舰队迅速崛起成为世界的另一极。太空舰队规模和速度均超过了三体舰队。人们普遍沉浸在乐观的情绪中，觉得三体世界会主动同地球和谈。

来到未来的人和失败主义

通过冬眠留下来的危机前的人有面壁者罗辑、希恩斯以及他的妻子，军人章北海。罗辑从冬眠中被唤醒，当他得知被自己施了咒语的星星安然无恙后，觉得这一切是上古时代的一个笑话。另一位面壁者希恩斯的妻子山杉惠子，作为地球三体组织最后的幸存者，成为了自己丈夫的破壁人。她在冬眠前已经顿悟了希恩斯的真实意图，按她的解释，希恩斯才是一位彻底的失败主义者。他在为太空军实施思想钢印时，在后台程序中悄然置反，每个接受了思想钢印技术的军人，实际被植入了人类必败的信念。经过一百七十年，钢印族也可能已经消失了，也可能还隐藏在目前的太空舰队中。

章北海从冬眠中苏醒，来增援未来。他来到亚洲太空舰队报到，舰队司令部考虑到思想钢印的危害，想要派他们监督集中指挥型舰艇上舰长的工作，以防发生叛逃。章北海来到"自然选择"号上当执行舰长，他一步步熟悉了舰艇指挥系统。在指挥权交接仪式上，他掌握了系统的口令。随即，他将舰艇的状态调到遥控状态，这样避开了全舰必须进入深海状态的限制，舰艇可直接进入最高速度，向太阳系外逃去。原来章北海也是坚定的失败主义者！他坚信人类无法战胜三体世界，所以在末日之战来临前驾驶

恒星际飞船逃离了太阳系,他认为这是保留人类文明种子的唯一可行之路。他苦心经营二百年的逃亡计划终于得以实现。

来自三体世界的黑暗森林打击

监测条线发现三体舰队第七次穿过尘埃云时,有一支舰艇未减速,将提前到达太阳系。人类想当然地认为这艘舰艇是来和地球谈判的,地球陷入了狂欢中。地球的太空舰队在由谁来率先截获三体探测器问题争执不下。最终,平衡的结果是三支舰队组成联合舰队,一起拦截探测器。最终由两千多艘太空飞船组成的舰队方阵是检阅式的,非常密集,非常符合最高层要求的震撼的视觉效果,无视这样做的危险性,人类社会虚荣和虚伪的一面暴露无遗。

人类第一次见到了三体探测器,因它的外形像水滴而称它为"水滴"。"水滴"是"三体系列"最著名的科幻创意之一,完美地体现了三体世界的科技水平。随后派出小型无人飞船将水滴捕获。水滴没有自毁,让人们更加确信这是三体世界派来的和平使者。物理学家丁仪再次出现,成为第一批接近水滴和第一个触摸水滴的人。完美的水滴给他的是不祥之感,丁仪发现它是由作用于原子核内部的强相互作用力构成的。分子之间没有缝隙,分子几乎不发生振动,它可能是宇宙中最坚硬的物质。三体文明的技术层级震撼了丁仪,他马上意识到了危险性,提示人们快跑,但为时已晚,水滴尾部的发动机启动了,在蓝色的光环中,他们一行人瞬间就被汽化了。三体世界对地球的杀戮终于拉开了序幕。

接下来描述的是水滴摧毁太空联合舰队的过程,是全书的高潮,各个条线的情节发展和铺垫,就是为了到达这一场景。刘慈欣描绘战争场面的能力再次得到体现。他的视角是全方位的,自上而下,既能描绘战争的全景,也能具体到最幽微的细节,读者能很好地还原太空中那酷烈到极致的宏大场面。

一侧是两千艘航空母舰般庞大的太空战舰组成的 100×20 的壮观方阵,另一侧只是一个长 3.5 米的水滴,相对于前者只有几十万分之一,只是一个微小的点。但体积大小和力量完全成反比。水滴在舰队方阵中穿梭,如入无人之地。以它极高的速度和极硬的质地,穿透一艘太空舰艇就像穿过一个影子。只一分多钟的时间,方阵中第一列的 100 艘太空舰艇就被全部摧毁,就像太空中点燃了一挂超级鞭炮。

舰队的自动报警系统并不能辨别如此复杂的情况,指挥系统也失灵。第二列舰艇也毫无反应,仍保持直线队形,被水滴在 1 分多钟的时间内摧毁。第三列舰艇有所反应,已经开始机动,水滴绕折线一个个摧毁舰艇,令第三列被摧毁的时间延长至两分多钟。这时才有一些接近真相的信息从下至上在舰队蔓延,舰队的高层也逐渐形成了正确的判断。于是有舰艇开始反击,武器对水滴毫无作用。舰队再度陷入混乱,舰艇开始疏散逃离,但水滴有

足够的智能自由穿梭其间摧毁舰艇。太空中的血腥场面不亚于两次世界大战中的地面战争。只留下了提前进入深海状态的两艘舰艇"量子"号和"青铜时代"号,因进入高速状态令水滴放弃了追击。这些舰艇的命名也颇具诗意和寓意,最后一个被摧毁的舰艇是"方舟"号,寓示着拯救人类的太空力量已被全部摧毁,而逃走的舰艇都有一个不可战胜的名字。至此,"毁灭你,与你何干?"这条后来流传很广的话语,得到完美演绎。

必然发生的太阳系黑暗战役

幸存的"量子"号和"青铜时代"号向太阳系外飞去,相反的方向上,章北海驾驶的"自然选择"号也向太阳系外逃离,连同追击它的四艘舰艇,就是人类幸存下来太空飞船的全部。事实证明了章北海的逃离计划的正确性,所以他被推举为新组建的飞船社会"星舰地球"的最高领导人。但他拒绝了这一职位,他并没有认为自己成功了,那种曾经坚定地执行自己的逃离计划的果决从他脸上消失了。对接下来的星际航程,他仍有着超前于他人的预感。

星舰地球的成员最初满怀热情开始新生活,但很快地,陷入了精神苦闷之中。星舰的资源不足以支持所有人的生存,谁活谁死成为人们心内翻卷的疑云,黑暗像毒蛇一样慢慢爬上了每个人的心灵。

他们认为章北海才是可以最终做决定的人，当他们来到章北海面前，发现他已经准备好了攻击的指令。他早已预料到这一切，决定由自己去做那个下地狱的人。但就在最后一个命令下发前，警报声已经响起，他们的飞船遭到了另一只飞船"终极规律"号的攻击。"终极规律"号也没有成为最后的胜者，它遭到了早有准备的"蓝色空间"号的反击。最终，"蓝色空间"号收集了其他飞船的燃料和配件，孤独地踏上了自己的太空之旅。太空另一端，"青铜时代"号击毁了"量子"号，成为另一个孤独的太空旅人。

宇宙也曾光明过，创世大爆炸后不久，一切物质都是以光的形式存在，后来宇宙变成了燃烧后的灰烬，才在黑暗中沉淀出重元素并形成了行星和生命。所以，黑暗是生命和文明之母。

太阳孕育了地球的万物，而孕育太阳的，是充斥着黑暗的宇宙。宇宙是一片黑暗森林，比这片森林更黑暗的是被宇宙异化后人类间的黑暗战役。"黑夜给了我黑色的眼睛，我却用它来寻找光明。"毕竟，光明才是宇宙的方向和目的。黑夜与白昼交替，是万物的韵律和节奏。在黑暗中向往光明，在光明中洞悉黑暗，是生命应有之义。

黑暗森林法则和黑暗森林威慑
太阳系黑暗战役的发生，印证了黑暗森林法则。黑暗森林是

宇宙必然的状态，不暴露自己的位置是生存之道，一旦暴露，黑暗森林打击是必然会发生的。这就是黑暗森林法则。罗辑知道自己掌握了解救人类的钥匙，但此时他已经是普通人，无法实施任何计划。但对他的追杀并没有停止。当水滴扑向地球时，罗辑以为是冲他而来。他专程来到野外，等待着水滴的来临。但在距离地球两万公里的轨道上，水滴突然转向奔向了太阳，最后停留在太阳同步轨道上，同地球保持同速，不间断地向太阳发射强大的电磁波，屏蔽了太阳的放大功能，也就是封死了太阳。罗辑明白了水滴的目的，这是比杀死他更彻底的解决办法。被罗辑施了咒语的恒星被摧毁了，罗辑神一般的力量被证实！联合政府决定重新恢复面壁计划，但此刻的罗辑曾经有过的神力已经不存在了。

罗辑每日无所事事，借酒浇愁。联合国安排他负责雪地工程，即利用海王星上的油膜矿，在太阳周围建一道尘埃云环，以跟踪随后到来的众多水滴的行踪。罗辑开始时勉强进入工作，但后来却很投入地沉迷其中。几年时间过去了，罗辑仍然无所作为，公众渐渐对他失望，罗辑被大众抛弃。这一日，他冒雨来到旷野中，找到叶文洁和杨冬的墓，在旁边为自己掘了坟墓。他掏出手枪，准备在宇宙的赌桌上进行一场豪赌，对手是三体世界，筹码是整个地球。他同三体世界对话，无所不在的智子肯定听到了他说的一切——

原来在雪地工程中，罗辑精心在太阳轨道上部署了核弹，这些核弹爆炸可以引爆油膜物质造成尘埃云。这些尘埃云可以遮蔽太阳光，远看就像太阳发生闪烁。这些闪烁将发送三幅图片，图片上是三体世界相对于其他恒星三维位置图，三体世界的位置将在宇宙中暴露。虽然也同时暴露了地球和太阳的位置，但同三体世界同归于尽，是罗辑唯一的选择，也是地球唯一的希望。同雷迪亚兹一样，罗辑也设置了反触发机制，只要他失去生命体征，就会引爆这些核弹，向宇宙广播三体世界的坐标。说完这些，罗辑举起枪对准了自己的太阳穴。

三体世界当然听到了罗辑的话语，在这一触即发的时刻，智子以三维展开的球体出现在罗辑的前方。三体世界答应了罗辑的所有请求。罗辑的面壁计划终于实施成功，他利用自己参透的宇宙黑暗森林法则，对三体世界构成了终极威慑，地球重获生机。

《黑暗森林》可以说是一部经典的类型文学作品。之所以说类型文学，是因为整部小说还是情节驱动；之所以说经典，是因为刘慈欣用了经典文学中才能见到的致密的细节。从传播效果来看，《黑暗森林》中的创意点传播最广，比如面壁者、破壁人、猜疑链、思想钢印、水滴等。小说中的理念甚至被应用到了互联网界，比如黑暗森林法则，还有那一句"毁灭你，与你何干？"能引起这样的共振，说明小说在社会属性方面非常成功。它很好地映射了互联网行业的丛林状态及野蛮竞争。

《黑暗森林》没有选择地球文明正面对抗三体文明，而是将焦点集中在三体人和地球人的思维模式的差异上。三体人的透明思维，对应的是人类的计谋，而人类历史既是人类社会的进化史，也是计谋的发展史。在小说中，三体人看不懂《三个国王的故事》（就是《三国演义》，而整部小说就是科幻版及未来版的《三国演义》），人类不能同三体世界斗勇，只能斗智，因此才开始了小说的悬疑之路。也因为重在计谋，更多地集中于人物的内心活动，使得小说有着主流文学才有的细腻。很多时候，判定一位作家的进阶，是看他能把人物的心理活动写得多深。在《黑暗森林》中刘慈欣在心理描写上表现出了出色的笔力，这是相较《三体》的突破之处。

　　严锋评价刘慈欣的《黑暗森林》"是完成度最好的"，极为精当。在《三体》三部曲中，第一部用创意的锐度披荆斩棘，为整个三部曲开创了一条少有人走的路；第二部《黑暗森林》用密集的叙事，紧张的节奏，严密的逻辑，完成了一部非常经典的类型文学作品，是三部曲中的梁柱之作。

　　《黑暗森林》中的宇宙模型是具有中国色彩的。它重新唤醒了中国人的宇宙观，在世界范围内引发共鸣。在"去全球化"的逆流中，人类社会一定能从这一宇宙模型寻找到现实的隐喻。黑暗森林状态下没有哪个文明可以独善其身，它警醒人类光明才是宇宙的希望所在，只有合作才能共存。

永恒的追问

——《三体Ⅲ：死神永生》评析

按照"三体系列"的创作路径，第一部从历史和现实出发，第二部来到近未来和近太空，第三部必须要去到遥远的未来和更遥远的宇宙。《死神永生》出色地完成了这一使命。这一部主要的科幻创意是对空间和时间的想象，空间从三维扩展至四维甚至更高维，时间从当下延伸到永远，初次触摸到了永恒的边缘。

无论怎样梳理和解构，《死神永生》仍然像一个魔方，这个精妙的系统的腠理总是介于似懂非懂之间，只能无限趋近，不能精确抵达，由此衍生出无法穷尽的阐释空间。从文学的角度看，它炫目的科幻创意令人不能直视；从科学的角度看，它繁复的文学意象让人目不暇接。《死神永生》有足够的丰富性，可以抵御

时间的检视。

《死神永生》中叙事手法的变化是非常明显的，不再是模块化或多线并进的，更为自由和多元。叙事条线清晰简明，只有一条主线，即以女主人公为代表的地球命运，一条辅线，即逃离太阳系的星舰文明。另外增加了说明文字，即篇外篇《时间之外的往事》，像电影的画外音，对人类社会的大背景加以说明，达到逻辑上的自洽。

此外，在全书的前、中、后部，作者分别安置了三个寓言：中世纪拜占庭的女魔法师之死、云天明关于无故事王国的童话、更高级文明的歌者对太阳系的清理。这三个寓言中，嵌套了关于宇宙图景的各种隐喻，只有经过反复阅读，方能得解，云天明的童话甚至不能究竟全部涵义，最后是歌者唱着歌谣揭开谜底。寓言书写是纯文学作品中常见的手法，这些寓言统领着故事的走向，提升了整部作品的文学品质。因为时间跨度长，全书的叙事被拉长了，但因为有上述这样的经线和纬线，整部书的仍然呈现出一枝动万枝摇的有机格局。

一、女魔法师之死引出星舰文明辅线

读者可能不太明白，为什么《死神永生》的开篇会上溯到中世纪,写一段历史题材?我们看到的是,这段历史在一位科幻作家笔下,没有历史学家笔下呆板的史学气,有的是文学家笔下鲜活的现场感。厚重的历史感隐在一个个细节里,再现了一段历史场景。

时间是1453年5月,地点是君士坦丁堡,人物是拜占庭帝国的皇帝君士坦丁十一世和他的对手,奥斯曼帝国的苏丹穆罕默德二世。君士坦丁堡就是今天土尔其的伊斯坦布尔,城市名字更迭的背后是两种宗教的轮替,伊斯兰教取代了基督教;还是两个帝国的兴灭,奥斯曼帝国战胜了拜占庭帝国,拜占庭帝国可上溯到千年前的罗马帝国,是罗马帝国的余脉。

这一切的原因正是发生在1453年5月的围城之战。君士坦丁堡是当时世界上最坚固的都城,它三面环海,西部的城墙坚固无比。但年轻气盛、意气风发的奥斯曼帝国苏丹穆罕默德二世,以比城墙还坚固的信念决意破城。他的大炮每隔三小时轰响一次,城内军民就会用各种物品填堵被炸开的缺口。此时向西欧请求的援军不见踪影,君士坦丁十一世一筹莫展。

这时大臣领来了一名女子,她本是一名卑贱的妓女,却想通过立功成为万人景仰的圣女。据说她有着不可思议的魔法,可以在不损坏教堂的情况下取出地下墓室的圣杯。为了验证真假,皇帝命她去取一个囚犯的首级。在严加看守的情况下,虽然最终没有取回人头,却摘回了囚犯的大脑。君士坦丁十一世此时已无计

可施，只能寄希望于这个女子能创造奇迹。他令女子去刺杀穆罕默德二世，这成了改变战局的唯一机会。历史记载的5月22日，出现了月食，被君士坦丁十一世视为不祥之兆。果然，这一次魔法失灵了，女魔法师不能再借助神力，如入无人之境般进入敌营。历史没有被改写，君士坦丁堡的名字被改写了，绵延千年的罗马帝国灭亡，中世纪结束了。

波澜壮阔的历史总能找到相似的模板，前提是你对历史有清晰的概念。这一节中很多处简短的一句话，就概括了背后深厚的历史。刘慈欣写这段历史并非闲笔，中世纪的所谓超自然的魔法，在科幻作家笔下，只是三维世界出现了更高维的碎块，普通人肉眼看不到，女魔法师却能穿越障碍抵达高维碎块覆盖的任何地方。高维碎块在小说中还会多次出现，它不再是魔法，而是这一部的核心科幻创意；摘取囚犯大脑的情节，也会重新闪回，一个人类大脑会在太空漂流；君士坦丁十一世义无反顾杀入敌阵，这义士般的壮举也会有人重复；而罗马帝国的覆灭，不只是人类历史的轮回，也预示着宇宙中不断上演着更大的覆灭。细细体会作者用心，会发现魔法师之死的多层寓意。

星舰返航——审判与追击

高维空间的探索是由在太空中漂泊的星舰完成的。在上一部《黑暗森林》中，人类的太空舰队遭遇三体探测器水滴的袭击，几乎全军覆没。逃离的星舰又发生宇宙黑暗战役,最终只留下两艘星际飞船"青铜时代"号和"蓝色空间"号,分别向太阳系两端逃逸。

威慑建立后,两条飞船都收到了地球的信息,告知他们危机结束,命令他们返航。出于对黑暗森林的恐惧,以及对地球家园的思念,"青铜时代"号执行了返航命令,但迎接他们的却是军事法庭的审判。一名船员冒死向"蓝色空间"号发出了"不要返航"的信息,"蓝色空间"号立即开始加速逃离太阳系。地球派出"万有引力"号和两个水滴组成的联合编队去追击。"万有引力"号的追击,实际上是增加了星舰文明实力,它本身还携带着引力波天线,这也为地球遭遇三体攻击时获得一线生机埋下伏笔。

在"万有引力"号上发生了一些不可思议的事。监控"蓝色空间"号的智子失灵,似乎遇到了更高级别的对手;船员看到了"蓝色空间"号上的人进入自己的舰内;在舰艇外的太空进行例行检修时,看到"万有引力"号的尾部被切掉一样消失了……这些超自然的现象,同全书开篇的女魔法师遇到的是一样的。"蓝色空间"号利用高维空间的帮助,轻易地占领了"万有引力"号,作为地球舰队仅存的两艘星舰,是脱离地球母星后人类文明延续的希望。

高维空间图像——宇宙墓地

两舰联合后,离太阳系越来越远,探测到了更多的四维碎块,它

们都有着很明显的智慧体痕迹。三维世界在四维空间中完全透明，物体的内部结构纤毫毕现，作者用了一个词"无限细节"，刘慈欣很擅长描绘细节，但也申明用文字描述四维空间几乎是不可能做到的。

舰队探测到了一个封闭的四维空间，外形看上去像"魔戒"。飞船上的宇宙学家关一帆坚持要进入这个四维世界一探究竟，同去的还有研究过三体文字的心理学家。他们试图同四维体交互信息，在将三体世界的文字系统输送给对方后，这个智慧体很快习得了这样的文字，两个世界的通天塔建了起来。对话中得知，这是四维世界的墓地，充斥着很多失去生命的四维体，大海已经干涸，水洼也将干涸，除了上岸的鱼，其余的鱼将死去。同一维度之间是黑暗森林，宇宙似乎正在从高维跌落到低维。关一帆他们窥见了宇宙的一丝奥秘。他们返回后，两条飞船从四维碎块中退出，他们目睹了四维碎块向三维世界瀑布般的跌落。这里为太阳系最终的结局做了铺垫。星舰文明他们带着人类文明的种子，继续向宇宙深处飞去了。

二、围绕云天明童话展开的地球自救主线

云天明与安乐死

在故事情节方面，第三部可归结为一个女人和两个男人的故

事，云天明是其中之一。他称不上是男主人公，因为一出场便面临死亡，但却称得上是关键人物，因为他是女主人公的合作者和助力者。正如他名字的寓意一样，他的使命在天上，在太空。云天明个性孤僻，从小被知识教育束缚而远离人群，但他却是个很有想象力的人，这都会在以后发挥作用。不幸的是云天明得了绝症，救治无望，恰逢国家通过了安乐死法，家人通过隐晦的方式表达了想让他安乐死的想法，他最终也做出了这样的选择。而此时，他突然得到了一笔巨款。用来治病为时已晚，于是他用这笔钱为自己暗恋的大学女同学，也就是女主人公程心买了一颗星星。这缘于联合国推行的"群星计划"，就是出售太空中的恒星，募集款项用于主流防御计划。在云天明执行安乐死的最后一刻，程心出现了，云天明得知原因后，不得不嘲笑自己的自作多情。从这一刻开始，程心就陷入了一个接一个的道德困境之中。

维德与阶梯计划

原来，程心是为联合国下属的行星防御理事会战略情报局（PIA）工作，这个机构以三体舰队和三体行星作为侦查目标。他的上司维德是本书中另一个关键人物，因为他是程心的对立者，无不在关键时刻牵制着程心。维德从一开始他就表现出了超乎常人的坚定和冷酷。他提出了一个几乎不可能实现的计划：向三体舰队发射探测器。为此探测器的速度必须达到光速的百分之一，

但以人类目前的技术根本不可能。程心利用自己航天发动机的专业背景和核动力知识，建议在太空中像阶梯一样部署核弹，逐级为探测器加速，这就是"阶梯计划"。

阶梯计划开始预计送一个人去太空，经过两次太空核弹爆炸推力实验，最终确认要达到预定速度，探测器有效载荷只有半公斤！阶梯计划显然无法实施，但疯狂的维德却想出一个更为疯狂的办法——"只送大脑"。

程心得知大学同学云天明得了绝症，很自然地推荐了他作为阶梯计划的候选人。对维德的怀疑，让程心的良心慢慢受到拷问，但无法阻止云天明成为为阶梯计划唯一执行人。最令她痛苦的是，在最后一刻她才知道云天明是送她星星的人，程心只能以无尽的愧疚作为代偿。

执剑人更迭——人类文化的圣母情结

现在的执剑人是罗辑，他在《黑暗森林》里勘破了宇宙的秘密，以一己之力建立了对三体世界的威慑，终极威慑的开关一直由他掌握。罗辑已经有一百多岁了，需要有人接替他的工作。因为拥有一颗恒星，程心成为下一个执剑人的候选人。程心遭到维德的追杀，原来维德想成为执剑人，他认为程心竞选执剑人必能胜出。

结果确实如此。在威慑纪元，因为有了短暂的和平，人类社会的危机意识大大放松了。因为生活的安逸，男性女性化倾向很明显，整个社会更能接受一位女性执剑人；其他男性候选人的勃勃野心令人生畏，为了不再出现又一个章北海或叶文洁，人们更愿意接受程心这样有着圣母形象的女性执剑人。

在威慑纪元开始时，三体世界在人类的要求下传递了引力波技术，并协助地球建立了引力波发射器，用以发射终极威慑信息。地球最终只保留了三个发射台，在"万有引力"号有一个移动发射台。

为什么是引力波天线？引力就是我们通常说的万有引力，爱因斯坦预测引力是大质量的星体引起的空间弯曲，作用机制是引力波。但引力波是否存在一直没有被实验证实，直到2016年1月美国的LIGO才探测到引力波，证明了爱因斯坦一百年前的预言。刘慈欣使用引力波的构思，主要是由于它传播时的低衰减特性，可以穿透巨量的物质传输很远的距离，甚至可以传到宇宙的尽头。问题的关键是，怎么产生引力波？人类首次发现的引力波是13亿光年外两个黑洞合并产生的。刘慈欣在这里构思了另一种产生方式，就是使用简并态物质，这种物质只存在于中子星中，密度极大，一小勺的质量就相当于一座山峰。

罗辑和程心完成执剑人交接的那一刻，三体世界发起了对地球的攻击。他们要摧毁地球上的三座引力波发射台，因为这样就足以打破黑暗森林威慑。果然如三体人预测的，程心这个执剑人

没有精神力量和精神准备发出终极威慑。在这最后的十分钟里，程心是在极度的矛盾挣扎中度过的，地球四十亿年的生命历程就要在她的手上毁于一旦，程心无法按下开关。

三体世界胜利后，并没有立即灭绝人类，出于对人类灿烂文化的尊敬，他们允许将澳大利亚作为保留地，人类必须在一年内全部移民澳洲。保留地资源短缺，骚乱不断，最终发展成人吃人，强者对于弱者的灭绝计划还是不可避免地开始实施了，手段隐晦而残忍。程心痛苦到双目失明。

星舰利用引力波发射黑暗森林广播

太空中两艘星舰合并后，舰长从水滴对两艘飞船的突然攻击，判断三体世界对地球的攻击已经同时发生，进一步判断地球并没有发出黑暗森林威慑。另外他们发现三体世界派出的舰队达到了光速，这样很快就能到达太阳系，地球的情况非常危急。两舰举行全民公决，人们逐一投出决定地球命运的一票，最后一票时，很多双手同时叠加在按钮上，引力波发射启动，黑暗森林威慑以光速发送至宇宙的各个方向。三体星系的坐标暴露了，太阳系的坐标暂时还没有暴露，地球获得了短暂的喘息机会。三体世界对地球的占领和殖民立即终止了。人类被允许返回各大洲自己的家园。

很快，三体世界的母星就被摧毁了，再次证明了宇宙的黑暗森林状态是事实。太阳系到了危急关头，人类开始寻求逃避黑暗森林打击之路。

云天明的童话——完美的多重隐喻系统

搭载着云天明大脑的阶梯计划，虽然在最后偏离了航向，但还是被三体世界捕获了。三体世界的技术可以让一个大脑复活成人体，云天明在三体世界重生了。他经历过怎样的磨难，他是否还心系人类命运，都不得而知。但他对程心的牵挂一如既往，两个人终于在两个世纪后的两个世界里，又重逢了。

这一部分是全书的高潮，不是因为爱情，而是因为云天明的童话。为了躲避三体世界的监控，云天明精心编制了三个童话，将给地球的指引嵌入其中。童话写得相当优美，可以说是文学和科幻结合的典范，展现出刘慈欣出色的想象力和文笔。而随后在对云天明童话的解读中，除了严密的逻辑推理能力，还展现出了超强的精微分析能力，并把这些都隐然不察地融入到情节当中，令人由衷赞叹。

前面说过，云天明是个很有想象力的人，他编制童话顺理成章。他出生在知识分子家庭，从小接受各类经典教育，有着很好的学养，也使他有能力编制充满了隐喻、象征的童话。云天明的童话采用的是童话的传统素材，国王、王子、公主、争夺王位等，非常古老，却嵌入了最尖端的科技，让这部科幻作品有了奇幻色彩。

云天明的童话中,需要解析的关键词有:

针眼画师和他的画:只要被针眼画师看一眼,然后画入他的画中,这个人就消失了,失去了生命。实际的寓意是三维世界被二维化了,预示着太阳系最终毁灭于二维化。但这一寓意未被破解,地球人类自救失败。

饕餮海:无故事王国被饕餮海包围,海中的饕餮鱼能将船只咬得粉碎,所以无故事王国同外界断绝了往来。寓意是宇宙的黑暗森林状态,无故事王国对应于黑域计划,即发布宇宙安全声明,放弃对外界的探索,将地球自身永久囿于一个安全区域中。

空灵大师和他的伞:空灵大师是针眼画师的师傅,他可以把针眼画师画入画中,彻底终止针眼画师的计划。他有一把伞,但伞骨有几根断了,需要不停地旋转,就能破解被画入画中而消失的魔咒。就像小说中始终无法破解伞的寓意外,我们也不能确认伞在人类的自救计划中对应于哪一部分。空灵画师最终的无能为力,预示着无法阻止宇宙黑暗森林状态的蔓延。

雪浪纸和黑曜石:针眼画师的画只有画在雪浪纸上才能显现神力,雪浪纸只能被黑曜石压平。雪浪纸隐喻的是空间弯曲,最终指向曲率驱动飞船。按照爱因斯坦的质能方程 $E=mc^2$,达到光速所需要的能级几乎需要无限量质量去转换,无论化学介质还是核聚变产生的能量都不可能够实现。引力的产生是空间被弯曲,也就是曲率改变了。从 A 到达 B,可以走直线距离,也可以将空间折叠。曲率驱动就是用空间的弯曲改变来到达目的地,实现光速飞行。

公主的神奇香皂:香皂入水后能产生很多的泡沫,能使公主舒缓至极,也能使饕餮鱼失去攻击力,公主一行凭借香皂渡过了饕餮海。香皂是收集魔泡树的魔泡而来,是世界上最轻的东西。这里隐喻的是光。

深水王子:被冰沙王子欺骗到墓岛上不能返回,他的身高不符合透视原理,不会随观察距离而变,远看是巨人,近看是普通人。这隐喻的是光速不变。

赫尔辛根默斯肯:童话中一再提到的一个神秘之地,上面的画师和物品都来自这里。原来它们是位于北欧挪威境内的一座山和一座岛屿,这个创意取自科幻鼻祖爱伦·坡的短篇名篇《莫斯肯漩涡沉浮记》。这一自然奇观显然不是科幻,是十九世纪很多作家笔下的自然探险中的极致描写。它为二十一世纪的一位科幻作家提供了完美的隐喻对象,既显示了视野的开阔,又映射出宇宙的奥秘。程心一行人来到这里,立即从海底漩涡明白了这是关于黑洞的隐喻。在这个岛上住着一位老人,在岛上建了一座已经没有实用意义的灯塔。当灯塔在黑夜的大海上亮起,老人领悟到:死亡是唯一一座永远亮着的灯塔,不管你向哪里航行,最终都得转向它指引的方向。一切都会失去,只有死神永生。老人是一位指引者,灯塔与死神,点明了全书的主题。

在解读云天明童话的过程中，人们发现了云天明使用的是双层隐喻和二维隐喻。双层隐喻是先指向一个简单的事物，这个易于解读的事物指向隐喻的情报信息。二维隐喻是在双层隐喻中在附加一个单层隐喻，将情报信息固定下来，相当于一个二维坐标。事实上，不提炼这两个概念，对于解读童话也是可以的，但刘慈欣还是用非常科学化的方式对待易产生歧义的语言，由此我们能感受到作者的思维方式的深度。

这样，摆在人类面前的有三条路：云天明的童话中指引的黑域计划和光速飞船的计划，人类自己认定的掩体计划。

曲率驱动光速飞船计划

实际这是人类自救唯一的出路，但人类总是陷入"墨菲定律"——最坏的情况总会发生，因而无法做出正确的选择，这一计划被一再否决。一个原因是人类检测到三体星系被毁灭，除了坐标系暴露，还因为三体的光速飞船能够留下航迹，这增加了暴露的危险性；另一个原因是伦理问题，涉及到人类的基本价值观，人类一直追求自由平等，世界大同，这种价值观在终极灾难面前就是一个陷阱。终极灾难最终会演变为在死亡面前的不平等，这是最大的不平等。光速飞船极化了这种不平等，谁走谁留是个问题。所以曲率驱动光速飞船计划最终被人类社会设定为非法。

飞船代表着人类的探索精神和梦想,飞船计划的终止,深层原因是人类对太空的恐惧。人类担心进入太空后被异化,社会会倒退,于是紧紧关起了大门。程心的对手维德冒天下之大不韪暗地里研制光速飞船,最后在同政府的对抗中,被程心出面终止。程心不得不为此再承受道德负担。

黑域计划——人造黑洞图景

光速飞船计划被禁止,另一个黑域计划必须依赖理论物理学基础研究方面取得重大突破。这一突破同当今现实一样,也是建造加速器。刘慈欣在想象的世界中建造的加速器,在《朝闻道》中是环地球一周的"爱因斯坦赤道",已经有着创世的气魄了。而这一次,这个加速管道建在太阳系的木星轨道上,环绕太阳一周,更有上帝般的气魄。不同的是这个管道不是密闭管道型,而是在木星轨道上安置了一个个巨型加速线圈。因为在地球上的密闭管道是为了保持真空状态,而太空本身就是真空的。环日加速器建成后生成一个只有几十纳米的微型黑洞。作者在此展示了黑洞视界的可视化图景:因为任何物体,包括光也不能飞出黑洞,在黑洞的事件视界上,也就是它的界面上,时间几乎停止了,落入黑洞的人永远保持着掉落状态,在他自身的时间参照系里,他已经死了,但在外界的参照系里,他反而永生了。地球人类社会的规则在这里失灵或产生歧义,保险公司不能确认他的生命状

态，所以拒绝死亡赔付。因为制造大型黑洞的技术人类不可能达到，黑域计划只处在实验阶段。

掩体计划——宇宙级掩耳盗铃

在云天明的童话解读没有取得进展的同时，人类又开启了另一个自救计划：掩体计划。这是从三体星系的毁灭中得到的启发，三体星系中的一颗恒星被摧毁时，有部分三体飞船因为躲避在另外两颗恒星的背面而得以幸存。人类建立了攻击的数学模型，显示在太阳受到攻击时，三颗类地行星和地球都将被摧毁，而木星和三颗类木行星因为距离远可以保存完好。于是人类决定将这四颗行星作为掩体，在掩体背面建造太空城，以此躲过太阳被攻击后引发的爆炸，这就是掩体计划。

刘慈欣最喜欢的行星应该是木星，在《流浪地球》中，他细腻地描写了地球掠过木星时的情景，电影《流浪地球》截取了这个创意。在这一部中，太空城建在木星背面，他描绘了木卫二从太空城上方急遽掠过时的震撼场面。

刘慈欣尽情地展开了自己的想象力，为我们逼真地描绘了人类在太空城的景象。那确实是真正的科幻场景。亚洲一号是圆柱形的，北美一号是球形的，欧洲四号是椭球型，它的精美一如地球上的欧洲，是太空城的富人区。太平洋一号则是贫民区，城内满是流浪汉和穷人，所有的建筑、物品和人都处于失重状态，漂浮于城市各处，那些敏捷地穿行在建筑间的人，就像在树上荡来荡去的长臂猿。

地球文明进入掩体时代，太空城组成了四个城市群落，人类历史上各大文明都出现过的城邦时代，在太阳系外围又重现了。太空城群落在宇宙无边的暗夜里，就像荒原上亮着灯火的小木屋，安慰着疲惫的旅人。在这里刘慈欣很贴切地引用了一首优美的小诗：

太阳落下去了，

山、树、石、河，

一切伟大的建筑都埋在黑影里；

人类很有趣地点了他们的小灯：

喜悦他们所见的；

希望找着他们所要的。

这首诗百年前的小诗似乎就是为太空准备的，黑暗和光明对比下的人类，总是喜悦和希望着。诗的名称真的就是《小诗》，作者是民国期间的诗人徐玉诺，他确实已经被文学史和后人们遗忘了，但在当时他是名声一度大过郭沫若的杰出诗人。我们不知道刘慈欣从哪里得来这么冷僻的好诗，但他的文学素养从这里可见一斑。"三体系列"里不时出现一些诗，这些诗的点染，增加了"三

体系列"的浪漫色彩和文学色彩。太空本身就是诗意的，它是人类想象力的源泉，其间一定存在着震撼人心的美。传达这种美正是科幻文学的应有之意。

云天明的童话带来的指引，以及人类为避免黑暗森林打击进行的各种努力，在此告一段落。决定人类命运的时刻要到来了。

三、歌者唱着歌谣揭示宇宙的谜底

这个寓言写的是宇宙黑暗森林真实景象，黑暗而残酷，却是用一种轻松的笔调，一个歌者唱着歌谣就完成了黑暗森林打击，用了很多隐晦的手法，也就有了隐喻的作用。

这名歌者来自种子，种子来自母世界，母世界当然在宇宙中。宇宙的熵在增高，有序度在降低，说明已经越来越混乱。歌者是种子中最低层级的执行者，世界的乐趣正在变得越来越少，他只能以吟唱古老的歌谣为乐。歌者的工作就是"藏好自己，做好清理"。空间中穿行着很多坐标，歌者的工作就是判断坐标是否有诚意。这要凭直觉判断，虽然坐标的定位、比对是在种子的主核，或母世界的超核上进行的。那里有着宇宙所有星系的坐标和信息，有着超强的计算能力（暗示着这是一个更高级别的文明）。但诚意只能靠直觉判断，不能依靠算法。

歌者发现了一个有诚意的坐标，取出质量点准备攻击，发现那个坐标上的三颗恒星已经有一颗被摧毁（这就是三体世界了）。坐标是以长膜广播的（就是引力波，正是"蓝色空间"号占领了"万有引力"号后发射的引力波威慑广播，三体星系的坐标被发送了出去）。清理来得如此之快，歌者很快发现了原因，在那个坐标附近发现了一片慢雾（就是光速飞船留下的航迹，这会引来黑暗森林打击）。歌者要把这个坐标放入"墓"中，那是已清理坐标的数据库。他翻阅着这个坐标的遗物，发现了它和另外一个星系的三次通信记录。本来是可以忽略的，但通信的方式，中膜通信（就是用太阳做放大器发射的电磁波信息）引起了歌者的兴趣，他喜欢这种低层级的原始通信方式，那里有着古朴的美。歌者继续翻阅记录，信息中带有自解译系统，他发现是两个星系间的呼唤和应答（这就是叶文洁在"文革"期间第一次向太空发射的信息，以及三体世界的应答，叶文洁再次发射信息）。歌者很好奇，原来这是一个没有隐藏基因的星系，他把它称为"弹星者"。歌者接着翻阅记录，发现弹星者曾经发射过另一个坐标，再看这个坐标上的恒星，已经被清理（这就是罗辑第一次发送的咒语，是恒星183J3X1的坐标，结果五十年后地球收到这颗恒星被摧毁的信息）。歌者发现，既然通信的一方三体星系已经被摧毁，那么另一方，弹星者就应该赶紧隐藏自己，将自己隐藏在"慢雾"中（上

次三体舰队留下的"慢雾"是清理的信号,这一次的"慢雾"是指什么,下面会揭晓)。但是没有,可能弹星者还没有发展出这样的技术。

于是歌者要开始清理了。清理之前,他向主核申请大眼睛进程(类似于今天的"鹰眼")。如果申请批准,也可能歌者会发现太阳系的地球文明,他们对于这样进化出文明的低熵体是给予尊敬的,也许太阳系会幸免于难。但是种子上的长老拒绝了这个请求,现在形势严峻,不容许这样的犹豫。歌者想用质量点攻击,发现这个星系有八颗行星,也许会出现攻击死角,于是他申请了"二向箔"(如果不是这样,地球的掩体计划就成功了)。歌者很惊讶,很容易就申请到了,难道"二向箔"的使用已经没有节制了吗?他也隐约听到传闻,也许母世界已经二向化了(黑暗森林打击到处发生)。

这就是宇宙的真实图景。当地球上的人类还在盲人摸象般拼接宇宙图像时,从更高级的第三方文明角度,我们看到了宇宙的全景。一切都在向低维跌落,太阳系也不能幸免。从地球的角度观察,他们看到了一艘智慧型的宇宙飞船从太阳系掠过,抛下一个小纸片。这就是歌者所在的种子和抛出的二向箔了。

太阳系被二维化了,这悲壮的、壮丽的景象,在刘慈欣笔下呈现的是梵高的《星空》,线条是燃烧的、立体的,而整个画面是静止的、二维的。梵高在被称为古代的公元纪元十九世纪,就已预言了太阳系的结局。

程心她们乘着维德建造的唯一的一艘光速飞船，逃离了二维化的太阳系。在飞船上才得知，在光速飞船的航迹上，光速被降低了，这就是形成黑域的必要条件。也就是说光速飞船既可以作为逃离太阳系的工具，也可以形成大量的航迹，将太阳系包围在内，让它变为一座黑域，这就等于发布了宇宙安全声明，这就是歌者所说的"慢雾"！制造曲率驱动的宇宙飞船是人类唯一幸存的道路，但人类自己错过了。

时间之外的往事

《死神永生》增加了以《时间之外的往事》为题的篇外篇。"时间之外"可以理解有两层意思，它不在过去，不在现在，也不在未来，预示了这一部中时间将成为中轴线；而整部小说分为六部，每部中又有很多小节，每节的名字正是用时间标识和命名的。篇外篇本身是独立于情节之外的，所以可命名为"时间之外"。

在科幻经典中常见类似的"百科全书"式写法，典型的是阿西莫夫的《基地》系列，每章的开篇都会摘录《银河帝国百科全书》，对小说情节的开展前提做出说明。同"百科全书"名称匹配，文字是以词条形式出现的。因为科幻文学的世界假定毕竟不同于人类的日常生活，很多时说明是必要的。这种写法也出

现在主流文学领域，典型的是托尔斯泰的名著《战争与和平》，这样的文字是嵌入小说中的，没有独立出来，托翁以议论的形式对当时的时代大背景做出评析，常常整个小节都是议论。《死神永生》中的《时间之外的往事》中，刘慈欣借鉴和丰富了这种形式，每一篇都是独立完整的文章。它既可以是背景说明，也可以是情节补充，还可以是社会思潮或主人公的内心独白。既不影响情节的发展，还增加了作品的立体感。当然也使整部书的节奏舒松散缓下来，叙事不像上一部那么密集。

时间之内的永恒

人以光速运动时，在他自身的参照系中，时间是怎样度量的？在狭义相对论中，真空光速是恒定的，不以参照系不同而变化。光速也是速度的极限，任何事物的运动速度都不可能超越光速。如果人类能够制造出光速飞船，那么在光速飞船上的时间接近于停滞，至少是变慢了，光速飞船上的人可以跨越无限时间，几乎达到了永生，触碰到永恒的边缘。程心她们正是因此而跨越了无限时间，她们来到云天明送给程心的那颗星星上，等待着和云天明的相逢。她们遇到一个人，却是"蓝色空间"号飞船上的关一帆，地球文明和星舰文明两条线相遇了。云天明也出现了，但因为碰触了"死线"，整个星系变成黑域，程心的飞船还未降落，星球上的时间已过了千万年。近在咫尺，却永隔天涯——银河——宇宙,程心和云天明就这样永远错过了。

云天明又送给程心一个小礼物,一个小宇宙,让她在里面躲过宇宙的坍缩。程心和关一帆在宇宙中过起了童话般的生活。但小宇宙的建立使大宇宙的质量不断丧失,宇宙将不能实现坍缩,将要一直膨胀下去。归零者发起了回归运动,呼吁各个小宇宙归还大宇宙的质量。程心毫不犹豫地响应了这个号召,这一次不再是对地球的责任,而是对宇宙的责任。出现了《时间之外的往事》的最后一节,是"责任的阶梯",程心是为责任而生的人。人的责任,地球的责任,宇宙的责任,在无限的时空之中,责任的意义将会是什么?

《死神永生》中科幻创意高度密集,而《黑暗森林》是故事情节更为密集。《死神永生》的故事性远不如《黑暗森林》,但这一部呈现出了一种空灵之美。虽然这一部写到了威慑失败,写到了地球的毁灭,但远没有《黑暗森林》中的黑暗战争那样惨烈;太阳系二维化甚至呈现出一种悲壮的美。

创作完《死神永生》,刘慈欣曾感慨,科幻文学是有时效性的,因为其中的科幻创意会随着时间的推移而过时,所以科幻文学很难产生出经典。十年过去了,"三体系列"引发的热潮在不断走高,还未出现衰减的迹象。一个很重要的原因,是它的很多科幻创意并不是显现在具体的技术层面,而是对深层科学规律的

科幻想象。刘慈欣说过，最高的科幻是改变宇宙规律。他这样的雄心在《死神永生》中得到充分展现，他将最高的科幻设置在时间和空间上，已经触碰到了宇宙的起源，逼近了宇宙的真相。

中国社会发生着巨大的变化，全社会的科学氛围和人们的观念随之悄然发生改变。经过科幻文学作品的培育和引导，科幻文学市场逐渐扩大，人们对纯科幻作品的接受度越来越高。人们都认为是《死神永生》造就了"三体系列"的巨大成功，也印证了刘慈欣当初所做的对科幻理念回归的正确性。《死神永生》也使整个"三体系列"像发生核聚变一样，呈现出空前的科幻效应。

第三辑

星系之行星

中国想象的造物

——长篇小说《球状闪电》评析

刘慈欣心中一直酝酿和萌动的科幻雄心初次展露出来。在《球状闪电》的后记中他写到:"西方科幻小说创造了大量的想象世界,中国的科幻作者却只是满足于在别人已经创造出来的世界中演绎自己的故事。"既然还不具备创造一个世界的能力,那就先创造一个非人的科学形象。于是就诞生了"球状闪电",围绕一个实际存在的自然现象,展开科学幻想。在刘慈欣的演绎下,《球状闪电》成为量子力学的狂想曲。

《球状闪电》被称为"三体前传",从情节上说没有必然关联,从创作上说,在创造恢宏的《三体》世界以前,《球状闪电》是不可或缺的科幻实验。刘慈欣确实在1982年夏天亲眼目睹过

球状闪电，那是在河北省邯郸市中华路南头。想必这次亲身经历给他留下了深刻的记忆，二十年后成为他创造这一科幻形象的种子。

刘慈欣说过，《球状闪电》是他写过的技术内容最多的作品。2000年完成第一稿时技术内容有些泛滥，2004年完成第二稿时已经删减了很多，但技术气息仍然扑面而来，可以说是刘慈欣最硬核的作品。他用学者治学般的严谨，围绕球状闪电做了很多理论描绘和实验测试，逻辑严密和自洽程度，足以让人信服其科学性。这部小说给人深刻印象的不是故事情节，而是技术细节。包括《球状闪电》在内的早期作品，很多时候连具体的技术参数都会写出，虽有批评之音，但我们不能不叹服他的专业精神。这本身就构成了刘慈欣科幻作品的特质，也形成了他自己独有的辨识度。

球状闪电——基于自然现象的科幻形象

已出版的《球状闪电》书前写了这样一句：

本书中对球状闪电特性和行为的描写，均以真实历史记录为依据。

对照刘慈欣《球状闪电》的电子版原稿，发现原文是这样的：

本书中对球状闪电特性和行为的描写，如其能量释放目标的选择性、其能量释放的数量级以及运动方式和穿透性等，均以真实历史记录为依据，并非作者的设定。

但本书中的球状闪电是一个科幻文学形象，不应将其视为对这种自然现象的基于科学的解释。

这为我们厘清书中哪些是真实的自然现象，哪些是作者的科幻构想提供了基础，也就找到了刘慈欣为什么做这样的科幻构想的路径。

球状闪电是一种在民间被称为"滚地雷"的雷电现象，它的产生原理在学界至今没有定论。这部小说的基本架构是探究球状闪电的原理，对它的穿透性和选择性做出了科幻的演绎，而不是科学的解释。对于"球状闪电"释放的威力，则是利用它制造新式武器，并成为战争中制胜的关键，为球状闪电演绎了一个完整的科幻故事。探究原理和制造武器都用了"排除法"，使得整部小说曲折离奇，充满悬念，丰满丰富。

雷雨之夜球状闪电造成的灾难

小说以第一人称进行叙事，"我"成为整个故事的讲述者和

亲历者。在刘慈欣的长篇小说中,《球状闪电》是仅有的一部用第一人称写就的小说。他的中短篇小说使用第一人称的也不多。作为科幻作家,刘慈欣一定读外国作品比较多,在西方的小说中,第一人称相当普遍,由此可看出他反而并没有受西方小说影响至深。

在开篇的《序曲》中,一个雷电交加的夜晚,更加衬托出家的温暖珍贵。原本是"我"的十四岁生日,父母似乎都成了哲学家,探讨着人生的意义。父亲的话后来成了临终叮咛:美妙人生的关键在于你能迷上什么东西。温馨和颐的家庭画面,却被一场诡异的意外毁灭:父母双双遭到球状闪电雷击,化为一堆齑粉;书柜中的书有的完好无损,有的化为灰烬;冰箱里食物被烤熟,冰箱却完好无损……

成为孤儿的"我",宿命般地,从此踏上了解开球状闪电之谜的道路,成为父亲所说的那种迷上什么东西的人,那种生活被目的占满的人。

用数学模型解决球状闪电问题

为此,"我"大学选的专业是大气科学,但又发现专业课程无法实现自己的目标,于是课余又将精力全部投入到数学、电磁学、等离子物理等学科,心无旁骛。在大气电学这门课开始后,"我"想要同授课老师张彬探讨球状闪电,对方的态度却游移而矛盾,甚至并不认可球状闪电是值得研究的项目。对于球状闪电的各种理论假设不以为然,因为这些理论无法在实验中得到验证,也就是没能产生出球状闪电。"我"显然不能认同张彬的观点。在暑假时,"我"参加了张彬主持的雷电测试项目,张彬侧重的是雷电的发生统计,而我感兴趣的是测试雷电的物理结构。作者在此很详细地写了项目测试的过程,对雷电现象做了近乎专业的阐释,在这里特别写了测试雷电的磁钢记录仪,在后面的情节它将发挥作用。大学毕业,虽然张彬循规蹈矩、缺乏创意和想象力,但实践经验丰富,再加专业对口,"我"还是报考了张彬的研究生。在研究生论文上张彬仍然不同意"我"做球状闪电项目。

研究生毕业后,"我"追寻目标的长途似乎才刚刚起步,"我"认为球状闪电涉及的物理知识并不复杂,只需要电磁学和流体力学基础,但数学模型却相当复杂,所以我又报考了另一位导师高波的博士。同张彬注重实验正好相反,高波只满足于理论研究,非常爽快地答应"我"做球状闪电的数学模型研究。"我"建立了球状闪电的数学模型,毫无实验基础的天马行空的毕业论文还是通过了,张彬作为答辩评委并没有太刁难"我"。于是,"我"学有所成,成为陈博士。

球状闪电的疑迷

直到博士毕业,"我"才有机会解开张彬身上的谜团。与表面正好相反,张彬才是将一生奉献给球状闪电的人,他在泰山顶上见到球状闪电后就迷上了它,为了捕捉球状闪电他误入军事基地,被判入刑,他的妻子甚至献出了生命。妻子牺牲的最后一刻用磁钢记录仪测试了球状闪电,结果证明它没有电流,不是电磁体。此后三十年的时间里,他一直致力于球状闪电的理论研究,企图建立的数学模型,却无果而终。最终得出了一个痛苦的结论,认识到在现有的物理学框架内,是不可能揭示球状闪电原理的。这对于毕生治学的学者来说是毁灭性的打击,更为残酷的是,他此生再未见过球状闪电,对自己矢志一生追求的自然现象是否存在都有了怀疑。他只能把最后的希望寄托在学生身上。

关于球状闪电,还出现了两个无法解释的异象:遭受球状闪电雷击的父母的遗物,还像生前一样有新近的痕迹;张彬的数学演算手稿中,出现了已过世妻子的笔记,甚至能听到她的一声叹息,仿佛幽灵般。球状闪电难道真是物理学无法解释的超自然现象吗?

武器专家林云

本书的女主人公该上场了。很特别的,这位秀美的女子是一位武器研究专家。她对武器的痴迷令人不解,她汽车上的挂件是一枚小地雷,她的胸针是世间最锋利的刀器。陈博士在泰山之行时遇到了同样对雷电感兴趣的林云,令他惊讶的是林云的兴趣是利用雷电制造防空武器。陈博士毕业后分配到了雷电研究所,所长正是以前的导师高波,为了争取经费,决定同武器研究所联合研制雷电武器。于是,陈博士和林云又相见了。

陈博士造访了林云所在的新概念武器研究所,林云向他介绍了各种非常规的创意性武器,还为他提供了一位球状闪电目击者的证词。这位目击者是一位飞行员,他在高空飞行时遇到球状闪电,它围绕着飞机飘行了一段距离,并不受气流影响,由此排除了球状闪电是等离子体的假设(等离子是除固体、液体、气体外的第四种物态)。林云还为他实战演示了雷电武器的最新研究成果。一种是利用直升机机载高能电池,产生闪电击中目标;另一种是在大气层制造正负电荷区域,进入其中的飞行物均会触发闪电而毁灭。这在实物实验时造成了一架飞机被毁,飞行员身亡。基于此,林云将雷电武器的希望寄托在球状闪电上。

而陈博士在听到飞行员牺牲的消息时，勾起了父母被雷击而亡的悲伤，决计不再参加球状闪电武器化的项目。林云用自己的诚意说服了他，她想要的球状闪电武器是针对武器系统的芯片的，而不是直接用来杀敌。陈博士接受了这一点。陈博士对林云也有青春的爱恋萌动，但他总是很小心地避免陷入其中。

在作为一种武器研制的动力推动下，球状闪电的数学模型建立工作继续着。模型越来越复杂，计算量越来越大，不得不借助于互联网进行分布式计算。小说中"SETI@home"这一节并不是科幻创意，而是现实中确实存在的事物。这是一个寻找地外文明的网站，对射电望远镜传回的数据进行分布式处理。只要下载一个屏保程序，被分发的数据就会在遍布全球的个人电脑上自动运行，然后将结果回传给服务器。开始时林云只是借鉴了这一思路，模仿性地做了一个网站"SETL@home"，想要让人们下载屏保程序后分担计算任务。但应者寥寥。林云决定将数据直接传到 SETI@home 上，以欺骗性的手段实现数据计算。由此看出林云的道德约束很弱，为达目的不择手段。很快被服务器管理者发现而遭到谴责，并删除了他们的数据。但在他们自己的网站 SETL@home 上，却意外地收到一位俄罗斯科学家的留言，告诉他们想要了解球状闪电，可去遥远的西伯利亚找他。

西伯利亚之行

这一节写得非常精彩，几乎就是苏联的科学史，其中间杂着理想主义、泛政治化的迫害、科学同政治的对抗等。在那个集权时代，在西伯利亚建造了一座科学城。科学城中有一个重要项目就是研制球状闪电武器，给它寄予的厚望堪比核武器。在大规模实验中，确实人工生成了球状闪电，但每次实验都不可重复，没有找到球状闪电产生的固定参数，球状闪电的产生仍然是一种随机现象。科学家格莫夫博士为这个项目耗尽了自己的青春，牺牲了自己的政治生命，期间被迫害获刑，妻子和儿子都为此殒命，项目在耗时三十年后最终宣布失败。随着苏联的解体，科学城已废弃，科学家穷困潦倒，有的在跑出租，有的靠烧杂志取暖，靠酒精麻醉自己。林云和陈博士的西伯利亚之行，只是得到了球状闪电不可能经由数学模型产生这样令人绝望的结论。球状闪电武器的研制陷入无望中。

球状闪电的人工再现

西伯利亚归来后，陈博士已决定放弃球状闪电的研究，像普通人那样去生活。林云的恋人江星辰大校受林云之托邀请他去参观航空母舰。在舰上他们亲眼见证了海洋上龙卷风的形成。夜晚在海上航行时，陈博士从海上灯塔得到启示，他悟到也许球状闪电本身就是自然界已存在的一种结构，只是闪电激发了它。于是陈博士回归到球状闪电的研究中。

他被邀请到林云家，见到了林云的父亲，一位高级将领，对林云的身世有了了解。林云一些性格的成因找到了源头。林云的母亲在对越自卫反击战中被敌人用生化武器袭击而牺牲，幼小的林云经历了巨大的精神创伤，她的心头埋下了无法消解的仇恨，也造成了她性格中冷酷的一面。她成为一个狂热的武器研制专家，对新型武器的执着偏执甚至病态。她会利用父亲的特权为自己的武器研制开道，有时不免不择手段和僭越。林云的恋人和父亲对她身上的危险和极端都表现出了某种担心。

按照陈博士得到的灯塔启示，他们用前期试验过的人造闪电扫描空中区域，以期激发球状闪电。两架直升机一架装有超导电池，一架作为电极，在空中生成长一百米的闪电电弧，同步飞行扫描空中区域。试验中，林云一次次表现出冒险和冒进，但是战争渐渐逼近，对新武器的需求掩盖了这种危险。在使用了导师张彬发明的防雷涂料后，试验成功了，终于激发了球状闪电！球状闪电的威力和对目标的选择性也在一次试验中显现，代价是一架直升飞机坠毁。但如何制造出球状闪电武器却到此为止，再次止步不前。他们不得不从技术应用领域转向基础研究领域，物理学的理论框架亟待突破。

物理学家丁仪

于是理论物理学家丁仪参与到项目中。丁仪这个名字在刘慈欣的很多小说中都出现过，他成为物理学家的代名词。他是天才式的，也是恃才傲物的，言行狂放不羁，这样的物理学家是从宇宙终极规律的角度看待生活的，在他们眼里，一个人的死与一块冰的消融没有本质区别。丁仪观察了他们产生球状闪电的试验，经过一番思索和演算，做出大胆预言：球状闪电是可见的。可是除了他自己，没人能看到这一结果。丁仪提出一种解决方案，将球状闪电捕捉后储存在超导电池中。对于这个风险极高且几乎不可能实现的方案，林云总是有解决办法。她利用坦克上配备的

小型导弹探测仪器，用来直接探测球状闪电。她又动用了上级特权，强迫飞行员做这种高危的试验。当方案实施时，林云不顾劝阻义无反顾登上飞机，丁仪则相反，不顾军人们的鄙夷退缩在后，还放言除了物理学外，自己不会为其他事物献身。处于未激发态的球状闪电捕捉到了，人们终于看到了，它就是一个透明的空泡。

球状闪电的谜底

在丁仪眼中，宇宙是几何的而不是物理的，他大胆突破既定认知系统，推定球状闪电是一种巨大的电子，有足球那么大小，所以是宏电子。这样的电子飘浮在空中，被闪电激发后就成为球状闪电。既然有宏电子，由此推断还有宏原子核、宏原子，进而组成宏物质，就会有一个看不见的宏世界，甚至宏宇宙。物理学家眼中的世界确实跟普通人不一样。

接下来，作者用密集的技术细节，解释了球状闪电的目标选择性和穿透性。球状闪电既然是一个电子，那么就有波粒二象性，像光一样，可以同时是波和粒子。波可以穿越障碍物，解释了它的穿透性；击中目标时是在波的层面同物体发生了共振，目标接受球状闪电的能量，发生质变后再回到粒子状态，成为另一种实物（多数为灰烬）。目标的选择是由其边界条件决定的，类似于波长相近，解释了球状闪电击中目标的选择性。实际在此因为科幻假设的大胆，已突破物理学基础，多少有些牵强，但因为技术细节足够，还是令人信服的。

小说中还有一个不可思议的科幻假设，就是观察者对球状闪电的影响。在没有观察者的情况下，原本能集中目标的球状闪电表现出一种随机现象。这是对量子效应的大胆科幻。因为球状闪电是一种电子，是一种量子，就会有量子效应，如薛定谔的猫一样，它同时有"生"和"死"两种可能，在观察者介入后，会坍缩成固定的生或死状态。球状闪电在没有观察者的情况下呈现不确定的量子态，观察者介入后才是确定的状态。

小说中写了四个异象：已故的父母似乎回到了从前的家中，已故女物理学家在丈夫的研究中又留下了笔记，死去的羊还会发出叫声，被击毁芯片的电脑重新启动——那些被球状闪电击中的人或物体，有如幽灵再现，出现了复活的迹象。这种超自然现象又作何解释？被球状闪电击中的人也会量子化，处于量子态，同时有"生"和"死"两种状态，是两团概率云，在没有观察者的时候，会出现"生"的状态，观察者介入，则坍缩为"死"的固定态。这真是完美地演绎了灵魂的存在，人们一直希冀的灵魂永生在科幻里实现了。

新型球状闪电武器及恐怖袭击

发现了球状闪电的原理，球状闪电武器的研制终于进入实质性阶段。首先是收集针对不同目标的各种频率的宏电子，然后制作一种可以把宏电子激发为球状闪电的机关枪。在一场实战中，球状闪电成功摧毁了导弹芯片。球状闪电武器终于成功了。

这种武器的威力很快在现实中得到检验。也许是受了"9·11"启发，刘慈欣在这部小说中设置了恐怖袭击的情节。一个名为"伊甸园"的反科学的恐怖组织，在核电厂劫持了一批小学生做人质，扬言要炸毁核电厂，向世人展现科技的危害。其他常规武器都不能阻止恐怖分子引爆核电反应堆，而球状闪电武器有穿透性，可以隔过实体击毙恐怖分子，代价是同时牺牲孩子们。在这种道德困境面前，指挥官犹豫着不能做出决定。反而是林云难以按捺使用新武器的冲动，跃跃欲试地想要实现球状闪电首次袭击。林云的愿望实现了，再次目睹生命在球状闪电下化为灰烬的陈博士心理崩溃，彻底离开了这个武器项目。

龙卷风成为攻击武器

陈博士投入到绝没有军事用途的民用项目研究中。他将在空中捕捉宏电子时用的大气探测系统，同龙卷风数学模型结合在一起，研制出了龙卷风预警系统。它的作用是识别大气扰动中可能形成龙卷风的"卵"，提前做出预警。这项成果在世界气象大会上被推广，美国用它成功做了龙卷风预警，并且同导弹防御系统相结合，在龙卷风生成前对"卵"进行摧毁，成功化解了龙卷风。美国大气科学家暗示，相反的过程也可以产生。

战争开始后，美国利用这个系统袭击了中国的航母舰队。先发射含有制冷剂的导弹，降低空气温度，人工生成"卵"，几个"卵"叠加在一起，生成强于自然界风力好几倍的龙卷风，并在中国航母"珠峰号"周围同时生成三个龙卷风，航母在这样的死亡栅栏中被摧毁，作为舰长的林云的恋人牺牲了。此时陈博士才理解了林云，所谓无害的民用项目，只要有一点点转为军用的可能，总会被利用，我方不用敌方会用。所以，比敌人更快地制造出新式武器才是正确做法。此时的林云已经失联了。

球状闪电超级武器实验

这时发生了一件奇怪的事,方圆几百公里的芯片都被毁灭了,所有电气设备失灵,人们的生活退回到农耕社会。丁仪在这时出现了,为陈博士讲述了他离开后基地和林云身上发生的事情,全书进入高潮处。

战争中基地一直在申请使用新式球状闪电武器的机会,上级对此却不积极。他们终于争取到一个攻击敌人舰队的机会,因为球状闪电射程短,只能用最原始的渔船靠近敌人的航母舰队进行攻击。一切准备就绪,发射球状闪电的命令发出。他们期待的战争史上辉煌的一幕并没有发生,球状闪电快抵达目标后,被偏转了,原来敌方已有备而来,因为球状闪电的电子性质,很容易被磁场偏转,敌舰已安装了屏蔽磁场。海上伏击失败了。林云在失去恋人和球状闪电失败的双重打击下,精神几近崩溃。

陈博士以前的导师张彬去世了,按照他的遗愿用球状闪电进行了火化。丁仪和林云来到张彬墓前,量子效应再次显化。张彬的爱人,已故物理学家郑敏以量子态的形式,在墓碑上显示出自己的物理推论,留下一句关于速度的明文。丁仪受到启示,通过运算发现了在宏电子周围存在的宏原子核,以弦理论为依据,它的形态是一根弦,"像一条透明的水晶蛇,像一根无法自缢的绳索"。果然捕捉到了这样的宏原子核。丁仪发现了其中的危险性,他觉得林云知道后会更加危险。但林云还是发现了制造新武器的可能,那就是利用两个宏原子核发生宏聚变。因为是宏粒子,聚变的速度要求相对低,正是郑敏在墓碑上提示的速度,所以很容易实现。林云再一次充满希望。

笼罩在人类社会头上的核战阴影,主要是核裂变主导的原子弹,比它威力更大的是氢弹,是在核聚变条件下产生的,所以宏原子核发生的核聚变威力无法估量。军方认识到这一点后,迅速将试验基地从首都附近撤离到沙漠。在试验即将进行之际,军方代表突然宣布中止试验。原来,林云将新概念武器私售给南美洲交战两国的事情败露,军方意识到了林云的危险性,要求她离开项目组。林云来到试验地,在同军方的对峙中决绝地引爆了宏聚变,义无反顾地牺牲了自己的生命。由此引发了三分之一国土、方圆几千公里的芯片被毁。世界震惊于宏聚变的威力,足以毁灭人类文明,战争被迫停止了。

林云的量子幽灵再现

宏聚变是由宏原子核引发的,同宏电子一样,也具有量子效

应,死于宏聚变的林云也呈现量子态。量子态的林云以"生"的状态重新出现在父亲面前,向父亲诉说了自己的心路历程。童年时母亲在战争中牺牲,使得林云从此踏上异于常人的人生道路,迷恋上了武器。她在网上认识了一位苏联的武器研究女科学家,互相引为知己,甚至弥补了自己缺失的母爱。等到她去西伯利亚探访球状闪电时,在莫斯科同这位女科学家有了唯一一次会面,交谈中才得知正是此人研制出了杀死自己母亲的攻击蜂。林云的情感再一次受到了残酷的打击。而女科学家在离去时告诉她,在战争中唯一取胜的办法是比敌人更快地制造出制胜的武器,林云更坚定了研制武器的信念:"那些让大多数人陶冶性情的美是软弱无力的,真正的美要有内在的力量来支撑,它是通过像恐惧和残酷这类更有穿透力的感觉来展现自己的,你能够从它获得力量,也可能死在它上面,武器将这种美体现得最为淋漓尽致。"由此我们也理解了林云极端行为背后的合理逻辑。

这一段写得很长,很细密,是非常文学化的笔法,也把全书的情感推向了高潮。最后,量子态的林云化为教师,守护着在恐怖袭击中牺牲的孩子,也化为量子玫瑰,活在了最终理解了他的人的心中。围绕《球状闪电》的故事是尖厉残酷的,但作者还是写了一个柔美的结尾。

可以说,林云是刘慈欣的科幻小说中塑造得最完整、最动人、最细腻的女性形象,要比"三体系列"中的叶文洁、程心更令人印象深刻。不同于刘慈欣其他作品中的理想主义、英雄主义人物，林云显然更为多面和复杂，接近于主流文学作品中表现出的人性的复杂度。

刘慈欣对球状闪电的科幻想象可谓大胆新奇，颠覆了物理学最基本的原理。宏电子、宏原子核，由此引发宏聚变，量子效应、观察者、量子态的坍缩，对幽灵再现给出了严谨的科幻演绎。在这种奇伟的科幻想象下，是浓厚的现实主义色彩。这部科幻小说同现实是零距离的，如果不是虚构的战争在现实中没有发生，这部小说给人的感觉完全是现实主义的。一些真实历史题材的运用，如对越自卫反击战，苏联解体后西伯利亚废弃的科学城，严丝合缝地嵌入科幻当中，也增加了小说的现实的厚重感。

刘慈欣曾言，要像写新闻一样写科幻，在《球状闪电》里他确实做到了。这种新闻一样的真实感源于小说严密的逻辑性，不管是借助于真实的科学原理，还是虚构的科幻构思，刘慈欣都建立起了一个逻辑自洽的世界。前后呼应，首尾相连。小说的真实感还得益于刘慈欣的细节描写能力，特别是一些技术细节的描写。刘慈欣发挥自己的工程师特长，用很多技术参数描绘着技术细节，给人很专业的感觉。细节书写能力仍是区分一般作家和优秀作家的标准，科幻文学也不例外。

无独有偶，莫言也写过一部中篇小说《球状闪电》。小说的

内容当然是很魔幻的。可以说"球状闪电"确实是可以承载想象力的一个物体，它是大自然神秘力量的代表，也是一个可以赋予更多想象力的文学对象。2000 年，刘慈欣开始写作一部真正意义上的属于自己的，属于中国的长篇科幻小说时，他很自然地从球状闪电开始。他为球状闪电构建了逻辑自洽的科幻原理，也演绎了一个自足完美的文学故事。自此，刘慈欣的科幻世界已具雏形。

地球童年的全息寓言

——长篇小说《超新星纪元》评析

刘慈欣的作品常常超乎你的预期。2015年初,因写评论同刘慈欣交流,列了一系列作品目录,他说《超新星纪元》在他的作品里并不具有代表性,可以不读。所以,我以为《超新星纪元》只是部儿童科幻作品。时隔四年之后才读完这部小说。掩卷之际,再次被刘慈欣所折服。这完全是部优秀的长篇小说,刘慈欣自己非常满意,在《三体》诞生前也被《科幻世界》主编姚海军誉为刘慈欣最好的长篇小说。

一般情况下,科幻文学都是有时效性的,但《超新星纪元》这部小说历经十二年时间,前后四易其稿,显示出超强的生命力。《超新星纪元》刘慈欣最早完成于1991年,那时逢科幻文学的低

谷，没有出版机会，这部长篇在箱底一压十年。这期间刘慈欣已悄然完成了创作向成熟的演变，最终才有今天的《超新星纪元》。《超新星纪元》虽然被划归为儿童文学，但其中蕴含的社会思考远超出儿童范畴，承载的思想深厚广阔。真正好的儿童文学作品应该是让所有年龄层的读者都会受到启迪。

超新星纪元的诞生

在这部小说的开篇，刘慈欣展现了他太空级别的想象力。同《流浪地球》中一样，这里的科幻创意也用到了恒星的"氦闪"。刘慈欣为我们描摹了这一过程发生的太空图景，以他的文字为眼，我们也见到了看似寂静的天空，所发生的热烈壮阔的"引力和火焰"的宇宙史诗。描写死星"终结"的这一节写得令人震撼，精微的细节和宏伟的想象力完美结合。除了对太空的想象力，刘慈欣也展现了地球上纵横驰骋的恣意。死星"氦闪"的时刻，正是地球的 1775 年。他写到了那一刻一位英国的天文学家错过了观察到死星的时机，北美大陆抵抗英军的列克星敦之战即将打响，美利坚合众国即将诞生；而在中国正是《四库全书》编撰之时。这种太空史诗与人类历史糅杂的写作手法，正是刘慈欣科幻焕发历史感和现实感的原因之一。

"氦闪"之后恒星演化为一颗亮度更高的超新星。死星继续演化，地球时间过去两百多年。死星最后爆发产生的电磁辐射和高能粒子流，经过八年时间以光速抵达太阳系和地球。这种宇宙射线对人类造成了伤害，十三岁以上的成年人全部面临死亡。人类社会面临重新建构，地球成为一个全新的儿童世界。这个世界是不是如刘慈欣扉页上所写的"好玩儿的世界"呢？《超新星纪元》将为我们展现这个社会实验。

颇具现实感的儿童国家治理

通常在儿童文学中看到的社会，总是带有童话和低幼色彩，而《超新星纪元》全然没有。即将到来的儿童时代，要治理国家，关注民生，保卫国土……现实社会面对的问题，儿童世界同样需要面对。山谷世界举行的模拟国家游戏精彩逼真，实验班的三个孩子通过选拔成为儿童国家的领导人，他们中有精神气魄和胆略超群的领袖，有知识渊博、善于思考的参谋，还有擅长管理的总理，有军事天才的将军等。在此，刘慈欣表现出了优秀的归纳分类能力，他遴选的孩子都是很典型的，并且符合各自的成长环境。

当所有成年人接受了自身死亡而孩子们能延续生命的事实后，人类繁衍的本能代替了死亡的恐惧，全球进入了平静的大学习时代。孩子们从成人那里学习各种技能，高层次的领导才能是最迫切需要学习的问题，最难学的东西是成熟。各方面的知识、社会经验和管理经验、人际关系的技巧、判断力和决策力、稳定的心理素质等，正是孩子们最缺乏的。

世界交接开始了！管理国家是借助于一台被称为"大量子"的超级计算机，用一套"数字国土"系统管理着整个国家。新世界试运行正常。成人们陆续走向了终聚地，在那里完成最后的死亡。一台"公元钟"上显示着终聚地的生命指数，当它全部熄灭后，超新星纪元开始了，这是人类的精神奇点，人类社会重生，地球成为一个纯粹的儿童世界。

这个世界最初陷入一片混乱，进入了悬空时代。小领导人依靠集体智慧和大量子的帮助，控制住了局面。儿童世界进入了惯性时代，孩子们承担起了大人的工作，世界像以前那样运转起来。但很快，他们就被沉重的劳作和生活的孤独压垮了，依赖大量子和网络建立的虚拟社会可以摆脱这种恐惧。这个脱离现实建立起来的虚拟社会很快以压倒优势战胜了现实社会，孩子们在这里召开全国大会，同小领导人对话，一致要求要有一个好玩儿的世界，而不是成人世界的延续和翻版。孩子们还利用自己的想象力建立了一个虚拟国家，好玩儿的国家。这里有三百万层的大楼，有火箭电梯，有游乐园区、游戏机区、动物园区、探险区还有糖城开发区，全部用巧克力制成。这个世界充分满足了孩子们的欲求。在新世界大会上，绝大多数孩子要求实施新的五年计划，在现实世界中建造虚拟世界中的一切。孩子世界显露出了狂热的面目，只有三位小领导人仍然保持着理智。

放纵儿童天性的糖城时代

虚拟世界大民主式的讨论方式，消解了现实世界的运行秩序。惯性时代结束了，孩子们暴露出了更多的天性，社会上出现了逃学、怠工、哄抢玩具和美食，进入了纵情享乐的糖城时代，是一个美梦时期。但很快孩子们厌倦了这种方式，进入了沉睡时期。国家的小领导人不得不对国家进行重新规划。他们发现儿童世界好玩的原则才是真正的推动力，是超新星纪元社会学和经济学的基础。于是他们规划建造大型的国家公园，类似于虚拟世界中大西北的探险区，以凝聚整个儿童社会。但这个计划还未开始实施，就收到联合国的邀请。儿童国家进入国际社会，也让这部小说进入了更开阔、更精彩的情节中。

可以看出刘慈欣对国际地缘政治的谙熟，对各国民族人格的

把握精准到位。他对各国儿童首脑的性格描写非常贴切,对美国历史的熟悉程度令人惊讶,纤毫毕现,白宫墙壁上的一幅画的历史渊源如数家珍。同现实世界一样,超新星纪元的第一次联合国大会也是美国主导的,甚至没有在纽约的联合国总部召开,而在华盛顿的白宫召开,更像是美国的一场国宴。美国产生了一位外形完美的儿童总统,还有一位幽灵般的老谋深算的国务卿。他们决定让全世界的孩子按照美国制定的游戏规则玩儿。中国孩子迟到了,他们降落在纽约,那里的儿童正以枪战游戏为乐,这就是美国的糖城时代,就像今天美国的枪支自由,这个尚武的国家并没在进入新纪元就改变国格。

世界大战成为儿童游戏

美国提出了新世界游戏规则,那就是实战打仗。遭到其他国家儿童的反对后,美国又提出了以奥运会名义。这样的战争奥运会没有国家想要当主办国,美国早已成竹在胸,提出在南极洲举行。由于全球气候升温,南极洲冰川消融,土地裸露,已经变得适宜人类生存,也成为了各国争夺资源的目标。各国最终都同意了这样的游戏规则。在儿童世界,以游戏的名义进行的世界大战终于烽烟燃起。

"真正认识生命的价值是需要漫长的人生体验的，生命在孩子们心中的地位远没有在大人心中那么高。"这是《超新星纪元》中的中国军师"眼镜"说的一句话。通常人们认为孩子的天性同善良、和平等美好的东西连在一起，所谓"性本善"，但人性中残忍、冷酷的一面也很容易在孩子们身上被激发出来，在不当的养育环境中通常如此。人类文明的教化功能需要持续进行才能对治这种"性本恶"。科幻文学有着社会实验的功能，《超新星纪元》就为我们提供了颇具想象力的文本实验。一个成人掌握的人类社会仍然经常处于战争的边缘，局部战争热点从来没有停歇过，何况一个儿童世界？所以刘慈欣的想象不是凭空的。

正如爱因斯坦曾经的预言，他不知道第三次世界大战是什么样子，但第四次世界大战人类的武器又回到石头棍棒。《超新星纪元》里，刘慈欣也为我们模拟了这样的情形。

超新星纪元第一届奥运会在南极洲开幕，它同时是人类历史上第一次战争奥运会，它的口号变为："更准！更狠！更有杀伤力！"开幕前，各国协商了比赛项目和比赛规则。同现实中类似，美国还是强势主导，各国依自己的优势提出项目。陆战占最高比例，海战和空战因为技术要求高出孩子们的能力，只能小规模进行。超新星纪元的孩子们像童年时期玩兵器玩具一样策划着各种游戏，当日本代表提出冷兵器游戏，并把一把寒光闪烁的军刀放

在桌上时，孩子们仿佛才初次意识到战争的残酷性！

暴露残酷天性的铁血游戏

接下来，刘慈欣擅长描写战争场面的优长得到了充分的发挥。描绘战争场面需要对兵器有非常精准全面的掌握，像一位将军一样对作战有着全局的把控，还要有支撑充沛想象力的足够的能量，因为，战争是非常残酷的，用细节去描绘战胜是相当耗费能量的。刘慈欣做到了，可以从《超新星纪元》中感受到他饱满的创造元气。他用细密紧实的细节描写描绘了战争的残酷性。

《铁血游戏》这一节对整个战争做了全方位、立体交叉的描写，个体化的细节与宏观的概括，坦克战与空中歼击站，各类武器的游戏战被全新命名：火炮拳击、火炮篮球赛、迫击炮足球赛、步枪钓鱼、手榴弹排球、手榴弹橄榄球……最恐怖的是步兵游戏，最野蛮的是冷兵器游戏。写法丰富华丽，微距与广角，正叙、侧叙、倒叙相穿插，节奏鲜明紧凑，全无平铺直叙，充分展示了刘慈欣的叙事能力。

儿童世界必然爆发的核战

全书前面的部分很精彩，但从《美国糖城时代》这一章开始，进入国际视野后，更是高潮迭起。超新星战争是人类历史上最残酷的战争形式，因为孩子们的能力不足以掌握高尖技术武器，其技术水平相当于第一次世界大战。高技术武器失去威力，美国并没有在游戏中成为霸主，战争呈现多极状态，而南极领土谈判在即，美国企图凭洲际导弹制胜。他们先是违反规则将洲际导弹射向俄罗斯指挥中心，接着更是疯狂地再次违反规则，将携带核弹头的洲际导弹射向了中国指挥中心，狼子野心昭昭。中方指挥人员对其意图早有防备，及早转移了人员和设备。因为地球上的核武器均在公元世纪结束时被升入太空引爆，中国失去还击能力。在紧急情况下，观察组人员启动了应急流程，一枚被称为"公元地雷"的核弹头，是逝去的大人们为应对万一留下来的，它从隐秘的地下呼啸而起，直飞南极洲，由此为中国赢得了超新星战争的主动权。在现实中还未曾发生的核对攻，在刘慈欣的科幻世界实现，并且有足够的逻辑铺垫，其结果也合情合理。

在写战争游戏的过程中，刘慈欣用了很多政治隐喻。比如日本在登录南极洲时就开始捕杀鲸鱼，冷兵器游戏中，日方释放了

残忍的军犬；中国成为美国的袭击目标。《超新星纪元》成书时，中国驻南斯拉夫大使馆被美国导弹袭击的事件已然发生。我想他并不是有意去做民族主义者，只是站在中国人立场上，基于现实的一种自然流露。

战争游戏未分胜负，南极领土争端未果。这时全球气候恢复正常，南极再度回到严寒期，大自然的威力结束了各国的争夺。在南极的暴风雪中，各国孩子终于展示出了合作的品质，共同克服了极端天气，完成了从南极的撤离，让我们看到了世界和平的影子。

交换国土游戏呈现的历史感

全书在此就可以结束了，接下来应该是孩子们从此过上了和平宁静的生活。但游戏是儿童的天性，游戏没有停止，那究竟还有什么科幻创意可以继续呢？

这个游戏的缘起还是美国。他们虽然换了总统，仍然想要创造历史，仍然想要找回西部大开发时筑就的美国精神，那就是拓展、冒险。他们像蛇一样老谋深算的国务卿想要创造国际政治的"大陆漂移说"，他想出了一个游戏，就是同中国交换领土。他们无比艳羡中国古老的历史。

超新星纪元发生的时间,并不是距离现在很远的未来世界。同现实中类似,美国对于中国来说还是很有吸引力的,所以交换国土的提议甫一提出,就让很多中国孩子表示赞同,交换国土变得势不可挡。但是在交换过程中,中国的孩子才发现自己失落了什么,他们想带走故国的一株植物,一把泥土。描写领土交接很精彩,中方孩子是对故土恋恋不舍,美方孩子是急于拍卖交接仪式的各种器件,美国深入骨髓的商业基因可见一斑。也可见刘慈欣对各国文化的精准把握。

三位小领导人来到故宫,越往上古时代走,他们的陌生感越少;当走到那无比遥远的文明源头时,他们感觉置身于一个熟悉而亲切的世界中。人类的童年同孩子们是相通的。他们同第一位祖先的目光相遇了,那目光把一种狂野的活力传给孩子们,他们终于感到自己血管里汩汩流淌着祖先的热血。这一段写得非常优美,把科幻文学提升到了文明的高度,写出了深层的文化思考,升华了全书的主题。

失去地球是可能的最终结局

领土交换后,全新的世纪开始了。结果究竟如何,书中只在

附录里几笔带过，那是超出所有人预料，出乎最大胆的想象的。在这里，地球成为一颗蓝星星，人们似乎生活在遥望蓝星星的火星（附录并未明确指出）。中间发生了什么，我们只能自行想象。全书留下了这样一个开放的结尾。

这篇名为《蓝星星》的附录，独立于全书各章节，似乎是以作者本人的口吻写的。但是，真正的作者本人"刘慈欣"却作为一个被嘲讽的对象出现在附录里，可以感到刘慈欣式的幽默！那么，附录中的"我"就是虚拟作者了，他是一位超新星纪元的直接参与者，还是一个史学家。他写出了这样一本《超新星纪元》，被书中一位刘静博士嘲笑为"小说不像小说，纪实不像纪实，历史不像历史，不伦不类"。从中我们可以稍加辨析出，真正的作者刘慈欣对于《超新星纪元》在写作手法上做了大胆的实验和尝试，所以他可以利用科幻文学之便，在评论家为其定论前就对自己自嘲一番。实际上可以说，这部小说是一部完美的成功之作。即便过了二十年再读，无论题材、手法都没有过时感。

这篇附录虽简短，但丝毫不减其丰富性。他借助虚拟作者的角度，对超新星纪元做了一个历史性的概括。附录中虚拟出了很多历史学、心理学著作，罗列了很多书名，对这些理论书籍做了点到为止的概括，就像它们真实存在一样，体现了刘慈欣一种宏观的思考能力和架构能力。借助这种史学角度，小说对一些情节设置的存疑做出了回答，使得整个小说的写作更加逻辑自洽，更有说服力。总之,刘慈欣建构的科幻世界,坚实得就像真实世界一样。

在《超新星纪元》中,常用"文摘手法",即借助虚构的著作的"文摘",对整个事件做出另一角度的陈述,使得整部书的叙事角度更加多变,手法更加多样,读这样的长篇小说毫无冗长之感。每部著作都写明作者,出版社,出版时间,真实可信。这种叙事方法,是科幻文学的便利。因为科幻文学本身就是天马行空,任意驰骋式的。在刘慈欣的创作中,这种手法的使用始自《超新星纪元》,在"三体系列"中也使用了很多。"超新星纪元"作为一个科幻中的完整的历史阶段,特别适合这样的手法。

《超新星纪元》的儿童形象是类型化的,塑造了一群而非个别儿童的文学形象。因为故事的背景是全球性,各国儿童更多代表的是自己的国家,所以这些儿童人物的塑造不可能强调个性,更多的是提炼共性、民族性。这也证明了科幻文学的人物是族群性质的。

《超新星纪元》想象力宏大,细节精美,知识广博,认知深邃。如此百科全书式的儿童文学作品,也许只有在科幻文学中才能看到吧。

科幻童话版的人类简史

——长篇小说《白垩纪往事》评析

当今世界,极右势力蔓延,民粹主义抬头。超级大国美国率先退出各种协议,先是中导条约,接着是伊核协议,冷战结束三十年了,世界没有更加和平,仍然笼罩在核战争的阴影下。该类情景的不断上演,同刘慈欣的《白垩纪往事》如出一辙。想看看极端情况下人类文明向何处去,不妨看看《白垩纪往事》。

《白垩纪往事》这部小长篇的创意,应该是诞生于刘慈欣这样的一个疑问:为什么我们空气中氮的含量这么高?按照刘慈欣的想象,这可能是因为地球的远古时代发生过核战争。于是,他把这一图景放置在了白垩纪的背景下,在白垩纪,地球经历了一场物种大灭绝,其原因至今没有定论。这两种可能性一经碰撞,就诞生了这部《白垩纪往事》。

《白垩纪往事》是刘慈欣所有作品中唯一可称为童话的作品，可以说是一篇科幻童话。但刘慈欣毕竟不是儿童文学作家，他写的科幻童话作品，往往都超出了儿童文学范畴。这部看上去很卡通的《白垩纪往事》，虽然写的是恐龙和蚂蚁，但贯穿全书的却是文明进化史，并且演绎了文明发展到极致后毁灭的情景。白垩纪如果有文明的话，那它一定是恐龙和蚂蚁创造的，人类文明要待两千万年后才能孕育诞生。对已经成为往事的白垩纪文明，人类有哪些可以借鉴之处呢？

文明的诞生

白垩纪，恐龙是地球的主人，暴龙在野，翼龙在天。恐龙存活在地球的时间长达七千万年，而人类在地球上出现不过几十万年，人类文明史才五千多年。七千万年的漫长时间是值得想象的，恐龙哪怕以百年为单位每次进化一点点，也有可能会诞生智慧的火苗。但这火苗要演化为文明则需要更有利的外部条件。

"恐龙的最大缺陷是缺少一双灵巧的手。"作为科幻作品，书中并没有严格遵循人类进化的途径，没有强调直立行走的意义。

正是直立行走使人类分离出了双手，双手在使用工具的过程中越来越灵巧，这双手又促进了大脑的发展，从而在猿类中产生了智人。小说中恐龙解决这一问题依赖的是共生，依靠蚂蚁这种社会性动物解决精细操作问题。蚂蚁经过几千万年的进化，也诞生了智慧的火花，已经成为一种社会性的动物，但因为脑容量有限，没有文明所必需的创造性思维，所以也不可能单独产生文明。这两个物种在白垩纪相遇，互补共生，终于发展出了白垩纪文明，成就了一段白垩纪往事。

文明发展的节点

白垩纪文明如何产生和发展，需要用关于人类文明史的认知和想象力去构建一系列关键节点。

初遇：恐龙和蚂蚁最初的相遇是童话式的，只能如此，因为文明诞生前不存在科学乃至科幻。当然，每一次突破性的进展都是由个体完成的，充满偶然性。正是这种偶然性推动了历史发生突变。对于这样的个体，刘慈欣会给予姓名，赋予拟人化的人格，让它们在白垩纪历史上留名。在白垩纪看上去和其他无数天一样的某一天，一条霸王龙食肉后感到牙齿不适，翻滚的身体引发了旁边蚂蚁小镇的地震。蚂蚁镇长灵光乍现，想到为恐龙剔牙，正好解决了蚂蚁的食物危机。于是，白垩纪文明开始孕育了。继而发展到给恐龙看牙病，一些蚂蚁个体勇敢地深入恐龙身体内部，了解了恐龙的内部构成。对于蚂蚁文明而言，向恐龙体内的大探险时代，如同大航海时代对于我们人类一样重要——刘慈欣这样写到，整个过程写得纤毫毕现，没有丝毫懈怠，体现着他一贯的细节描写风格。蚂蚁先后探索了恐龙的消化系统、呼吸系统和头颅，引发了医学革命，于是蚂蚁成为恐龙的全科医生。恐龙社会和蚂蚁社会建立了更紧密的共生关系，文明曙光初现。

文字：是文明发展不可或缺的条件。在《白垩纪往事》中，恐龙社会已经发展出了简单的文字，这些文字和他们巨大的体型相匹配，也是巨型的，不便于书写记载，严重阻碍文字乃至文明的发展。还是归于偶然性，一次一头负责刻字的恐龙让蚂蚁代劳，于是文字变小，蚂蚁成为恐龙的书记官。恐龙中的贵族随身携带蚁穴，其大小成为身份的象征——这一颇具想象力的图景，令人莞尔！蚂蚁从恐龙处学习到了文字，也促进了自身文明的发展。蚂蚁甚至发明了神奇的队列书写法，可以用众多的蚂蚁排列组合成活字版，摆出文字造型，提升了同恐龙交流的效率和深度。双方文明均得到了飞速发展，从生物学向更高的文明升华：蚂蚁成了恐龙灵巧的双手，恐龙则成了蚂蚁思想和创造的源泉。

宗教：白垩纪文明造就了庞大的恐龙帝国和蚂蚁帝国，恐龙

世界进入了蒸汽机时代。龙蚁社会形成了更高级的经济关系，产生了各自的货币，并能相互流通。恐龙社会是高耗能社会，蚂蚁社会则正相反，两种文化之间的冲突不可避免。因为对宇宙的感知越来越多，但对宇宙深层规律却缺少把握，科学的力量还不足够，于是双方的世界都产生了宗教，并发展到了狂热的程度。上帝的形象到底是恐龙还是蚂蚁，引发了龙蚁间的争执，冲突首先在宗教领域爆发。庞大的恐龙皇帝和微小蚂蚁女王举行龙蚁峰会，双方都要求对方拆除上帝神像，以证明上帝的形象是自己这一方。蚂蚁以罢工相胁，恐龙以武力威慑。谈判破裂，第一次龙蚁大战爆发。

战争：这是巨和微、强和弱对比强烈、差异巨大的两个物种间的战争。但并不是看起来强大的一方就一定会胜利。蚂蚁发明了自己的进攻武器，可以弹射几十只蚂蚁抱团组成的蚁球的弹射器，能用蚁酸点燃的"雷粒"。前者弹出去的蚂蚁能潜入恐龙体内，切断脑血管，让恐龙瞬间毙命；"雷粒"能定期点火，可以用来在恐龙世界到处放火。恐龙可以瞬间踏平蚂蚁帝国，但蚂蚁却持续不断地点燃着整个恐龙世界，在草原、农田、森林里大规模放火。战争演化为旷日持久的消耗战，白垩纪文明处在毁灭的边缘。恐龙和蚂蚁不得不重新回到谈判桌前达成和解，白垩纪文明被挽救，得以继续平稳发展。

无论是恐龙和蚂蚁间的战争，还是人类战争，或是星际战争，刘慈欣都倾注了全部的能量刻画战争场面。战争场面本身是硬核科幻作品必不可少的题材，刘慈欣在此展现了强大的叙述能力和充沛的元气。龙蚁间的战争同样场面宏大，细节逼真。从整体到个体，从全局到局部，结合得贴切自然。

文明演化的方向

白垩纪文明继续发展，经过电气时代、原子时代，进入到信息时代。全书从童话部分转向科幻部分。也从文明的发展历史，转向了文明将向何处去这样的预演。

核威慑：恐龙世界此时已经掌握了核技术和太空技术，蚂蚁发明了"动力肌肉"作为动力系统，利用生物工程繁衍后代。龙蚁双方都建立起了自己的计算机网络世界，是为信息时代。分别位于两个大陆板块的恐龙社会，随着地理环境而分裂成冈瓦纳帝国和罗拉西亚共和国，为其开展军备竞赛提供了条件，也使整个白垩纪文明笼罩在核威慑之下。正如今日的人类社会一样，这些核弹足以毁灭整个地球，使地球变成一个没有生命的熔炉。"正是对共同毁灭的恐惧，使地球维持了这针尖上的可怕和平。"

生态危机：除了核危机，白垩纪文明还面临着生态危机。恐

龙社会的人口数量急剧增长，本身又是高耗能社会，造成了地球生态危机，环境污染、资源耗竭。蚂蚁社会是低耗能社会，它们使用风能、太阳能。为了不使白垩纪文明走向毁灭，蚂蚁社会对危机不能坐视不管。在例行的龙蚁峰会上，蚂蚁联邦对恐龙帝国提出了降低生育率、关闭重工业、销毁核武器，并以罢工相胁。两个恐龙大国的元首则互相指责对方，出言不逊，甚至大打出手。它们都想拉拢蚂蚁帝国，但被蚂蚁拒绝。和谈未果，为了地球文明的延续，蚂蚁开始实施罢工。

蚂蚁罢工后，恐龙社会逐渐陷入瘫痪。恐龙的双爪仍然是粗壮有余，灵巧不足，甚至不能接起两根细细的导线。而在信息社会，更需要各种精细操作。恐龙社会虽然意识到了龙蚁联盟的重要性，但自恃强大的恐龙不想向蚂蚁低头，而要诉诸武力。第二次龙蚁大战烽烟再起。

最后的战争：虽然蚂蚁在第二次龙蚁大战中也取得过阶段性胜利，但毕竟恐龙更为强大，也掌握更有威力的武器，蚂蚁帝国再次被夷为平地。第二次龙蚁大战表面上是以恐龙胜利结束的，但蚂蚁并不甘心，它们以妥协为掩护，佯装不再罢工，暗中利用自己掌握的精细技术，准备对恐龙世界实施"断脑行动"和"断线行动"。这是最后的战争，在这最后的战争中恐龙社会将被灭亡。虽然蚂蚁联邦的首席科学家提出了恐龙社会和蚂蚁社会的共生关系，若不能借助恐龙的想象力，蚂蚁社会技术的发展也终将停滞。因为蚂蚁缺乏好奇心和想象力，不能进行抽象的理论思维，没有理论支撑，技术发明和创新就是无源之水，终将枯竭，蚂蚁文明也将不复存在。但蚂蚁联邦的执行官认为夸大其词，未予采纳，龙蚁联盟失去最后和解的机会。

"断脑"和"断网"行动仍在继续，升级后的"雷粒"再次成为蚂蚁反攻的利器，可以安放在恐龙脑部，也可以安放在恐龙社会各种精密仪器的导线，并且能定时爆破，在特定时间同时对恐龙和整个恐龙社会实施打击。"断脑"让恐龙个体毙命，"断网"让恐龙社会赖以生存的各类机器设备瘫痪，因其同时发生性，恐龙社会因无法相互救援而被全面摧毁，这就是"最后的战争"。恐龙社会也觉察到了这样的危险，但侥幸心理让它们失去了防御机会。实际上他们也防不胜防，蚂蚁破坏了扫描仪，使脑部安放的雷粒不能被检测出来；用于断网的雷粒可自行变为导线的颜色，恐龙分辨不出。

但令蚂蚁们没想到的是，恐龙社会有着不被它们了解的秘密。

终极威慑：在"三体系列"中广为人知的"终极威慑"，原来在《白垩纪往事》中已有雏形。所谓"终极威慑"，是一种博弈理论，最终结果指向同归于尽，即如果一方被毁灭，另一方也一定是同样的命运。前提是双方有对等的致命性打击能力，在《三体》中是同时受到宇宙高级文明打击，毁灭地球和三体世界的危险；在《白垩纪往事》中则是"海神"和"明月"。

终极威慑是一个设计非常精巧的系统。在《白垩纪往事》中，刘慈欣用一个巧妙的科幻创意实现了终极威慑。小说中，恐龙社会分裂成冈瓦纳帝国和一个罗拉西亚共和国，两大恐龙大国的军备竞赛到了白热化程度。这时太空中一个星体在小行星带同一块陨石发生碰撞，发出了强光，两个恐龙大国均发射了探测器。他们探测到这个星体是反物质构成的，反物质同正物质相接触会发生湮灭，质量全部转化为能量，其威力是核弹的成百上千倍。两大恐龙帝国先后产生了疯狂的想法，收集碰撞产生的反物质碎片，企图对对方构成更大的威慑。他们分别把装有反物质碎片的轮船"海神"和"明月"停靠在了对方的港口。他们都深知这一小块反物质就足以使地球毁灭，双方的威慑是以地球为代价的。白垩纪文明不只站在核威慑的针尖上，更到了彻底毁灭的悬崖边上。

这还不是终极威慑最疯狂之处，更疯狂的是反物质的引爆机制。为了防止对方先发制人，两个恐龙大国先后启动了"负计时"——反物质被设置成自动引爆模式，除非每隔66小时收到各自最高长官的解除密令，否则隔离反物质的磁场会被自动切断，反物质湮灭必然发生！

如果蚂蚁们知道这个秘密，那么也就不会贸然致恐龙于死地。但是，机会被一再地错过，在这个秘密被揭示前，布放的无数雷粒已经被引爆了。两位恐龙大国的元首均已毙命，而且发射解除信息的遥控站已被雷粒破坏,反物质引爆即将发生!白垩纪文明进入倒计时。

你输我赢在此不只是零和游戏,而是同归于尽的毁灭。恐龙和蚂蚁的世界如此,人类社会也是同理,那些不谋求合作,不共同发展,不认同人类命运共同体的人,都在推动世界走向双输的境地。

蚂蚁能拯救地球吗?它们有这样的打算,但在遥控站的战役中,遭遇到恐龙的顽强抵抗。虽然牺牲了数以亿计的蚂蚁,占领了遥控站,在倒计时结束前十分钟,蚂蚁们修复了发射机,地球保卫战看到了胜利的一线希望。但是,停电了,发电用的汽油都在刚刚的争夺战中耗尽了,发射机仍然无法工作,不能发出解除反物质引爆的密令。

围绕"终极威慑"的前后几节是全书的高潮,尤其体现出刘慈欣对叙事节奏的把控能力和情节构思能力。环环相扣,悬念迭出,情节密集。总是出现转机,但也总是错过机会。各种偶然性构成了宿命般的结果,最终,强光从白垩纪的两块大陆上先后升起,白垩纪的最后一天就这样结束了。两千万年后,地球才迎来了人类的登场。

这部科幻童话作品,其丰富性和深刻度并不因其儿童文学性质而减损。对文明的生命历程的思考和描述,本身就是重大的命题,何况它还写出了人类文明发展方向的隐喻。《白垩纪往事》

叙事节奏紧凑，情节设置精巧，细节描写丰满，语言精准流畅。在科幻创意方面，在《三体》中出现的"终极威慑"在此已经有了雏形。

在刘慈欣所有的作品中，《白垩纪往事》是最适合改编为动漫的。刘慈欣卓越的细节描述能力，让这部作品很有画面感。恐龙和蚂蚁，强烈的对比度也会增加画面的震撼效果。小说中关于文明的对话很精彩，充满了思辨色彩和哲学意味，是现成的台词。

科幻作品应该有一种天真的内核，这样才会保持着对宇宙的好奇心和想象力，也是科幻文学本身发展繁荣的动力。在《白垩纪往事》中，我们能体会到这种天真之气，还有勃勃的生气。

从宇宙的角度看，如果星际文明存在的话，地球上出现过的恐龙和现在依然存在的蚂蚁都是很有代表性的。这部小说中拟人化后的恐龙，强大而傲慢；蚂蚁则是典型的工匠，严谨而刻板。这是两种对比强烈的物种，恐龙代表巨型生物，蚂蚁是一种社会性动物。在外星文明眼里，人类社会也许就像是蚂蚁。刘慈欣演绎的这段白垩纪往事，用想象力把我们带到了时间长河的上游，提供了人类文明发展史的沙盘演练版本。

基因技术伦理困境图鉴

——长篇小说《魔鬼积木》评析

2018年11月，中国科学家贺建奎的基因编辑婴儿事件震惊世界，引发了全球科学界的强烈抗议。该事件严重违反国家法律法规和伦理准则。不可控的基因技术，在巨大的商业利益驱动下，已经露出了魔鬼的面容。就像《人民日报》的评论："科学的意义，永远在于展现其天使的一面而非魔鬼的一面，在于为人所用，而非让人类自毁长城。这不是反科学的态度，恰恰是科学的自爱。"

科幻总是超前于社会发展的，刘慈欣写于二十年前的两篇小说《天使时代》和《魔鬼积木》，就对基因技术进行了极致的科幻想象。二十年前，基因技术基本还停留在概念阶段，非常前沿，

作为科幻作家，显然对此比一般人更敏感，于是这一题材出现在他的笔下。

《天使时代》和《魔鬼积木》同一题材的短篇和长篇小说，写于 2000 年前后。刘慈欣的好几部长篇小说都有短篇小说版本，这一组小说也是如此，但还不完全相同。从小说题目就能看出小说的指向是相反的，分别是"天使"和"魔鬼"，也能隐约反映出主流社会对待基因技术的争执和矛盾。在《天使时代》中，有着对非洲人民的同情，基因技术披上了道德优势的外衣。而在扩展后的《魔鬼积木》中，对基因技术的探讨走得更远，画面更为残酷，对基因技术的科幻想象更为彻底，对它引发的伦理困境揭示得更深刻。那确实是魔鬼才有的面容，是阴森、黑暗、魍魉鬼魅的地狱景象。简直是恐怖小说！

基因技术能否造就天使？

《天使时代》是一篇很精巧紧凑的小说。刘慈欣的科幻中常有世界级的顶层设计，在这篇小说中是联合国生物安全理事会，同安理会同等权威，是为了应对人类基因测序完成后可能带来的危机。非洲贫穷的小国桑比亚有位获得过诺贝尔奖的伊塔博士，他本来从事计算机科学，但为了报效祖国转向了分子生物学。他深刻地揭示出软件工程和基因工程相同的本质，像编程一样对基因进行排列组合，以产生新的生物物种。他发明了宏汇编语言，继而是面向过程的"生命 BASIC"语言，最后是功能强大的面向对象的"伊甸园++"语言，这些科幻构思完美地对应了截至到 2000 年时的计算机软件编程语言。于是，"上帝原来是程序员"。小说中有这样一段写得非常精彩：程序员"上帝"像完成项目一样，编制出了一个香蕉中含着橘瓣的新植物品种。当然他们也能够生成新的动物物种。

伊塔博士申请审议的课题正是经过基因编辑的人，为了解决饥饿问题，他们编辑出了能够消化草和树叶的新人种。见此情状，生物安理会陷入了"地狱般的寂静"，各国代表"石雕"般地站在桌边，震惊程度同贺建奎的基因编辑婴儿有可比性。伊塔博士和那个男孩在人们眼里无异于魔鬼现身，男孩被自发的民众枪杀。于是，以美国为首对桑比亚宣战，发动了号称"第一伦理"的战争行动。在小说开头，美国航母已经停泊在了桑比亚的海岸线上。

小说的下篇是描写这场战争。美国出动航空母舰编队，很快摧毁了桑比亚脆弱的空中力量、地面部队，桑比亚已经被打回石器时代。桑比亚投降，承诺交出经过基因编辑的"个体"。但只交出了两万多个"个体"，而据美国掌握的情报，这些个体曾患一

种罕见的疾病，桑比亚从欧洲定制过四万个疫苗。在美国的逼迫下，桑比亚承诺交出其余的"个体"，为了节省运力，美国要求这些个体在海岸集结。而在次日清晨这些个体已集结完毕，他们奔向了大海，突然展开了洁白的翅膀，飞翔在了空中。航空母舰上的重型武器对付这些"飞人"显然是大炮打蚊子，在近距离的搏战中，"飞人"更占优势。他们很快占领了航空母舰，并且摧毁了核反应堆的冷却系统，航空母舰就此毁灭沉没。

在小说结尾，刘慈欣流露出了对第三世界国家的同情，古老贫瘠的非洲大陆终于战胜了无往不利的美国。博士在最后描绘了的未来世界里，人可以像天使一样飞翔，也可以像鱼一样潜游海底。

正如小说的名字一样，《天使时代》中展示出的基因编辑后果，在感觉上不是那么令人抗拒。消化系统经过基因编辑的孩子是健康俊美的，基因组合后生成的飞人就像希腊神话中的天使，科学似乎展示了天使的一面。而在小长篇《魔鬼积木》中则不是如此，因为要详细描写基因组合过程，其间的生产物更像是魔鬼。

基因技术终究是魔鬼积木

在《魔鬼积木》，伊塔博士成为奥拉博士，原是理论物理学家，后改行为分子生物学家，他是美籍桑比亚人。在这里，基因编辑不再是编程式的，而是基因组合的生物实验，所以过程相当血腥恐怖。奥拉博士通过一个名为"淘金者"的系统进行着基因组合实验，不仅在植物间进行，还在动物间进行。实验的目的，也不再是为解决桑比亚的饥饿问题，而是美国为了保持自身的兵力优势，想要通过名为"创世"的生物工程，"为这个国家生产出具有猎豹般敏捷、狮子般凶猛、毒蛇般冷酷、狐狸般狡猾、猎狗般忠诚的士兵"。整个生产过程必然面临很多人类的道德壁垒，但作为科学家的奥拉，用"物种共产主义"的理论支撑自己，作为军事家的菲利克斯将军，则在国家意志下合理化了自身的动机。而在这个生产过程中，会产生很多有生命体征的废品，如何处理这些废品又是一个道德问题。

小说中，1号基地是第一阶段的试验成果，从1000万个胚胎细胞中筛选出了1万个组合体，进入2号基地进行成长培养，其余均为试验过程的废品。在这些废品被处理前，刘慈欣用他优长的细节描绘能力，为我们不遗余力地描绘了一幅地狱的场景。各类基因组合体的形貌情状，人和动物基因组合而成的新物种，均用零度叙事的口吻描绘出来，我们不得不叹服他坚强的神经，如同小说中冷静理智的奥拉博士，而坚强的菲利克斯将军见状也濒临崩溃，只能逃离。为了消灭这些"废品"，不得不用凝固汽油弹将1号基地变为一片火海。其过程之血腥恐怖，可能人类历史

上的任何战争都不可比拟。这就是生物安全问题可能给地球带来的危机。

这时桑比亚国内发生了政变，军政府上台，西方国家对它实行了全面封锁。而"创世"工程的第二阶段，也在2号基地开始秘密进行。这两件事正在改变人类历史。桑比亚临时总统明确表示，对奥拉博士进行的生物实验，他们比西方国家更加接受。

十年过去了，国际社会就像当初研制核武器一样，纷纷秘密进行基因工程试验，企图提高各自的人种质量。因为舆论压力，这些工程被曝光后引发了政府的倒台和社会动荡。美国的"创世"工程反而因为太耸人听闻而没有被外界揭穿。2号基地的使命也已完成，生产出了更优良的人种，人的基因占90%以上，其他动物基因占很小比例，这些优良人种有如天使般令人悦目。但这个过程中却生产出了其他动物基因占比相对高的组合体，各种马人、狮人、蛇人……都是魔鬼的面容，如何处置这些中间产生物又成为一个问题。奥拉博士奉行的是"物种共产主义"，认为任何这些组合体生而平等；但主流社会的菲利克斯们不可能接受这样的观点，消灭这些半生命体是必须的。奥拉博士此时已经背叛了美国，他利用1号基地的经历对2号基地的组合体进行了策反，鼓动他们奋起反抗。于是在军方和2号基地组合体之间又掀起了一场战争。

跨物种的基因组合就是将人重新变回兽。这场人和兽之间的战争更加恐怖。虽然大部分组合体被消灭了,但还有部分组合体逃出了基地,进入到了人类社会。所以才有了小说开篇,奥拉博士的女儿被一名蛇人惊吓毙命的情景。参与过这场战争的军队已经完全丧失了战斗力,战士们的精神创伤可能永远难以愈合。

  小说的最后一章是美国对桑比亚的战争,这一章同《天使时代》的下篇是基本一致的。不同的是战争的起因,《天使时代》是基因编辑引起的,《魔鬼积木》是因为奥拉博士背叛美国,将2号基地实验过程中的部分胚胎带回了桑比亚国,这些胚胎经过人工孕育成为新的人种。所以,《天使时代》中战争的代号为"第一伦理",在《魔鬼积木》中,战争代号则是"非洲惊雷"。刘慈欣对军事有种天然的热情和热爱,因此非常擅长描写战争场面。经过基因技术改造生成的会飞的马人,同美国的超级航母进行对抗战。作者对航母和各种武器的谙熟,对战争战术丰富的知识储备,足以对战争场面进行细节化的逼真还原,也充分展现了刘慈欣卓越的想象力。所以在《魔鬼积木》这篇小说里,我们看到了人类历史上只有在"二战"时期出现过的航母大战的再现。战争的结果是只有冷兵器的组合体飞人凭借飞行优势击沉了航母,取得了现实中不可能产生的胜利。展示了现实社会中现有技术系统的脆弱性,以及未来技术发展的某种不可控性。

"人"的定义由谁来确定

在这两篇小说里,接受基因工程的一方的前卫观点是:人类早已开始干预生命的进化,堕胎、试管婴儿、克隆技术等,基因技术只是这些的延续。而保守派同今日社会主流观念一致,认为基因编辑等于把人类置于与他自己可以随意制造的机器一样的地位,这将摧毁现代文明的整个法制和伦理体系的基石。

在喜马拉雅的音频节目《刘慈欣的思想实验室》中,刘慈欣和戴锦华教授进行了一场类似主题的对话。戴锦华当然是人文主义的立场,对当前的技术发展趋势表达了很深的忧虑。她认为新技术革命已经把我们带过了一个临界点,科学技术的最新发展开始了一个人类自我抹除的过程。人与非人、人与机器人、人与人工智能之间的界限已经在消融,我们已然踏穿了底线。

刘慈欣则依然秉承技术主义立场,对技术发展持接受和欢迎的态度。科幻作家的思维的着眼点总是越过现实,放置在几光年之外,能看到发展趋势中一些残酷的现实,也乐于接受这种改变。他们允许自己的世界观量子化,呈现某种不确定性,道德律是科幻中常常突破和拷问的界限。刘慈欣认为谁来定义"人"是关键,也许未来在那些经过技术升级的人眼中,自然进化的人反而不再是人。他认为人类借助技术升级或升华是种必然选择,人类漫长的自然进化过程应该被人工进化、技术进化所取代,只有那样才能创造更高级别的人类文明。他认为目前的人类文明已经受制于人类的生物学缺陷,很难取得突破性发展,人类的思想也被自身的生物学特征所束缚,人类升级是克服这些缺陷的唯一机会,也是建立更伟大文明的唯一机会。刘慈欣还是保留了一些期望,人类文明不管如何进化或升级,人类文化的根应该被保留传承。

基因技术面临的伦理困境

无论怎样争论,在基因技术面前,人类社会的伦理体系已经开始松动。基因工程关系到人类繁衍这一古老命题,也关系到人类自身的生存和发展。人为改变人的生命进程,一直是备受争议的话题,基因编辑则将这种矛盾推向了极点。在技术的步步逼近下,人类社会的伦理底线已经面临考验。

在《魔鬼积木》中,基因工程甚至已上升为国家行为,无论是发达国家还是第三世界国家,都想要在基因工程领域取得优势,占领先机。在当今国家主义渐趋极端的情况下,人们有理由怀疑这是当今社会暗里萌动的一股潜流。基因技术是否包藏着某

些阴谋论，是大众心中的疑惑。

在植物界，水稻杂交技术则使中国人大为受益，解决了人口大国的吃饭问题，这是一种更符合自然进化规律的基因技术；而转基因食品的争议一直在进行着，转基因食品是否安全没有定论，转基因食品是否只是利益集团牟利的工具，并成为控制其他国家的利器，至今也仍是大众的困惑。

二十世纪伊始，元素周期表的发现，量子力学的建立，人们对世界的认知进入量子层级，这个世界的"潘多拉之盒"被开启。随之，人类发明制造了原子弹，使得整个地球一直处在核危机当中。基因工程使人类的异化越过文化层面，直接进入到生物性层面。人工智能正在飞速发展，今后的世界人类是否还能主宰，已经有了不确定性。

科幻文学是指向未来的，它的一个功能就是提供未来的某种可能性。这种社会实验除了满足大众文化的需求，还可以对社会提出一种警醒。同样的题材，刘慈欣通过长、短两种形式，赋予了小说不同的内容，向我们很好地展示了基因编辑技术可能给人类社会带来的后果。同人性相应，科技也有魔鬼与天使两个面向。科技的发展进步，也倒逼着人性的进化。人类往何处去，是我们能够选择和控制的吗？

第四辑

星系漫游

重归宇宙——刘慈欣星系全景

科幻文学同一个国家的科技创新能力、技术应用能力有着一定的正相关关系，某种程度上，科幻文学可以折射出一个国家文化中蕴含的技术含量。科幻文学是工业革命的产物，它于十九世纪末发端于英国、法国，在二十世纪三十年代至六十年代兴盛于美国，创造了科幻文学的"黄金时代"，至今在美国仍然枝繁叶茂，影响遍布全球。法国的科幻文学已经没落，英国则在平淡中延续着。俄罗斯（包括苏联）创造了独立于美国科幻体系外自身的科幻。日本的科幻文学在二十世纪二三十年代就对中国产生过影响，虽然有起落，但日本的科幻文学一直比较发达。

科幻文学在中国落地生根、抽枝发芽的过程，同百年来中国的科技强国梦发生着共振。晚清末期国家风雨飘摇之际，一些文

化志士就涉猎过在西方兴起的科幻文学，寄托自身的救国梦想。中华人民共和国成立后掀起了第一次科幻文学的高潮，应和当时百废待兴的发展形势，科幻主要集中在科普功能上。改革开放后的二十世纪八十年代前后，既是科学的春天也是文学的春天，科幻文学迎来第二次短暂的高潮，当时的科幻文学同主流文学的界限并不分明。以1997年在北京举行的世界科幻大会为标志，开始掀起第三次科幻文学高潮。这次高潮有显著的自发性和民间性，同主流文学受到的冲击正好相反，科幻文学是在出版业市场化过程中受益和成长起来的类型文学。以成都《科幻世界》杂志为平台，凝聚了大批科幻迷，发掘和培养了重要的科幻作家，逐步使科幻文学进入产业化。而这个时期，正是中国进入工业化、信息化的快速发展时期，社会生活因科学技术发生着深刻的变革。

刘慈欣正是在科幻文学第三次高潮中涌现和成长起来的代表性作家。随着他的"三体系列"在国内引发的热潮，科幻文学已经从孤岛状态进入大众文学，也把第三次高潮推向了高峰。《三体》和《死神永生》英文版在美国相继获得星云奖、雨果奖、坎贝尔奖、轨迹奖和普罗米修斯奖五个奖项的最终提名，前三项是世界科幻文学的最高奖项，《三体》最终获得2015年度雨果奖最佳长篇故事奖，《死神永生》获得2017年轨迹奖最佳长篇科幻小说奖。这表明中国科幻文学已经可以同世界比肩，在世界格局中占据一席之地的时刻终于来临。

创世界：心灵·科幻·宇宙

2012年第3期《人民文学》选登了刘慈欣的四篇中短篇小说，这被认为是时隔近三十年科幻文学被主流文学重新接纳的标志性事件。刘慈欣创作的中短篇小说数量不少，风格多样，为什么是这四篇呢？作为最具影响力的主流文学杂志，其中暗含的尺度耐人寻味。

第一篇是《微纪元》，是刘慈欣的"末日三部曲"之一。写的是地球毁灭之后，地球人利用基因技术将人类改造成细菌大小的微人，人类社会进入微纪元。微纪元因为对资源的微消耗而同目前的人类社会形成了巨大的反差，符合科幻创造未来理想世界的宗旨。第二篇是《诗云》，小说中的"诗云"，是无所不能的宇宙之神，寻中国诗词精髓不得，最后利用量子计算机将所有汉字进行了排列组合，产生了全部的诗，用太阳系全部物质加以储存，从而形成的一片星云。同《论语》中常出现的"诗云"，既有形象上的对应，也有哲思上的暗合。小说最后表达的是"智慧生命的精华和本质，是技术所无法触及的"。如果说《微纪元》是在技术的向度上一直向未来延伸，那么《诗云》所带来的对技术和艺术的想象，相信会给读到它的人带来强烈的震撼。第三篇是

《梦之海》，同《诗云》一起组成了"大艺术"系列。宇宙低温艺术家创造出壮阔的横跨银河系的冰环"梦之海"。第四篇是《赡养上帝》，同前几篇不同，这篇从当下现实出发，日渐衰老的上帝文明降临地球，因此引发了雷同于赡养老人时出现的矛盾。这篇的亮点是对文明生命周期的想象。

但在刘慈欣的中短篇小说中，最具震撼力的是另一种类型。他在《乡村教师》开篇写到："你将看到中国科幻史上最离奇最不可思议的意境。"《乡村教师》乍看同一篇普通的纯文学小说没什么区别，写的是一位罹患绝症的乡村教师，在最后时刻竭尽生命向学生传递知识。但是后部跳转到了太空，当从碳基帝国俯视低等的地球文明时，两代生命之间传授知识的个体，是被称为太古词汇的"教师"——此时读者的心灵一定会受到撞击。单纯从现实角度描写乡村教师，会是令人感动的《凤凰琴》，而从宇宙的广阔的背景下俯瞰卑微的生命，会产生传统小说不能及的强烈的震撼。从这一点上说，科幻文学确实拓宽了文学的边界。

还有一类小说是很多男性感兴趣的战争题材，有很多世纪之交局部战争热点的影子。用科幻演绎战局，影响战争走向，想必是很多人的梦想。《全频带阻塞干扰》，想象中的电子战，英雄主义放置在太阳系的背景下，确实有着壮阔的震撼效果。《混沌蝴蝶》的背景是科索沃战争，利用蝴蝶效应改变战区气候以阻止空袭，读后会希望这不仅仅是科幻。小说中对巨型计算机运行机制的描写，非常出神入化。《光荣与梦想》有阿富汗战争的影子，科幻色彩不强，只是虚构了北京奥运会，想要通过体育场的竞技换取和平。其中微妙的心理描写，流畅的意识流写法，即便在纯文学领域也很少看到这样精彩的小说了——这是读刘慈欣中短篇小说常有的感觉。刘慈欣对这类异国题材的把握能力很强，很逼真，很有现场感，令人惊讶于战争细节的信息他是如何获取的。科幻小说有这样的优势，不必局限于地域，可以纵横驰骋到地球上的任意点。

2010年，刘慈欣在创作完《死神永生》后，写了文论《重归伊甸园——科幻创作十年回顾》。他把自己的创作分为三个阶段。第一阶段是纯科幻阶段，"对人和人类社会完全不感兴趣"，"科幻小说的成功，在很大程度上取决于其幻想的奇丽与震撼的程度。"[1]《人民文学》所选的除《赡养上帝》外的三篇，均可视为纯科幻阶段的作品。纯科幻作品一直是刘慈欣心仪的文本，也符合普通读者甚或主流文学对科幻的期许。

以《乡村教师》为代表作的阶段被刘慈欣划分为创作的第二阶段，"人与自然阶段"，"由对纯科幻意象的描写转而描述人与大自然的关系。这一阶段的共同特点，就是同时描述两个截然不同的世界：一个是现实世界，灰色的，充满着尘世的喧嚣，为我们所熟悉；另一个是空灵的科幻世界。"[2] 刘慈欣说自己最成功

---

[1] 刘慈欣：《重归伊甸园——科幻创作十年回顾》，《南方文坛》2010年第6期。
[2] 刘慈欣：《重归伊甸园——科幻创作十年回顾》，《南方文坛》2010年第6期。

的作品都出自这一阶段，代表作还有中篇《流浪地球》，长篇《球状闪电》和《三体》。这个阶段也体现了科幻文学界为了吸引更多的科幻迷外的读者所做的努力，科幻作品现实性和文学性被着意加强。

比照文学史上"魔幻现实主义"，这种写作方法可以称为"科幻现实主义"。刘慈欣的中篇小说绝大部分都是两万多字，在主流文学界可界定为短篇小说。短篇小说是非常体现一名小说家功力的文体。目前主流文学界的短篇小说创作已难有新意，作家为了突显个性常常求怪求异，这种后现代主义的创作手法令短篇小说愈发支离破碎。刘慈欣的风格被冠以"新古典主义"，他在科幻领域重拾古典主义写作手法，无论是摹写现实还是构建科幻，都非常耐心，不苟细节。这种扎实的写作风格不仅使刘慈欣成为"硬科幻"的代表，也用"实"平衡了科幻文学本身自有的"虚"，使得刘慈欣的科幻作品传递出更深厚的力量。"科幻文学的发展必须经历一个相当丰富的古典主义的时期。"[①] 这一论断是有道理的，因为即便把这一点放在主流文学界也是成立的。一棵大树的生长必须先有主干，无论是主流文学还是科幻文学，都不可能超越社会的发展阶段。

就中短篇小说创作而言，上述两个阶段从最初的1998年开

[①] 吴岩、方晓庆：《刘慈欣与新古典主义科幻小说》，《湖南科技学院学报》2006年第2期。

始,大致持续到 2002 年。令人惊讶的是,在 2000 年左右明显地感觉到刘慈欣创作的中短篇小说有了一个质的跃升。这些发生在仅仅发表了几篇作品后,一些堪称经典的中短篇小说就从刘慈欣笔下问世了。究其原因,除了有着多年对科幻的痴迷和热爱,本身已经积累了一些创作经验,厚积薄发之外,另一个重要原因想必是 1999 年 7 月刘慈欣首次应邀参加了成都科幻文学笔会,他受到了科幻界的接纳和触动,开始认真思考科幻文学和自己的创作。此后,创作呈"井喷"之势。从 1999 至 2005 年,刘慈欣连续六年以中短篇小说获得中国科幻文学银河奖。

第三个阶段,刘慈欣称为"社会实验阶段","这期间,我主要致力于对极端环境下人类行为和社会形态的描写""星空的自然属性被大大弱化了,代之以明显的社会属性。"[1] 这个阶段的代表作品有长篇《黑暗森林》,中篇《赡养上帝》《赡养人类》等。《赡养人类》写得很像警匪片,科幻的成分占很小比例。《镜子》将触角深入到反腐领域,彰显出刘慈欣的现实关照,也应该划入这个阶段。这一阶段基本从 2004 年开始持续到 2008 年《黑暗森林》完成。明显感觉到,这一阶段所创造的科幻世界,是人类社会的某种投射,人的社会性在这些作品里占了很大的比重。第一阶段纯科幻那种空灵的美感,第二阶段介入现实后那种悲悯的情怀,

---

[1] 刘慈欣:《重归伊甸园——科幻创作十年回顾》,《南方文坛》2010 年第 6 期。

在这一阶段消失了,读完后没有了科幻那种飞翔。刘慈欣也在反思,认为这个趋势是不正确的,"科幻小说中的自然形象一旦被弱化,科幻文学便失去了灵魂,失去了存在的依据,变得与其他文学类型没有本质的区别。"[①]

在写《重归伊甸园——科幻创作十年回顾》时,《死神永生》还未正式出版。在这部书中,刘慈欣试图重新找回大自然的形象。《死神永生》创作之初,没有太多考虑科幻圈之外的读者,而是肆意纵笔,将其写成了一部很纯的科幻小说,其间科幻的比例远远超过人的社会性的比例,技术的比例远远超过前两部。但这部书却取得了前所未有的成功,说明这条创作道路是正确的。我想刘慈欣重归伊甸园的愿望已经实现,经过否定之否定,已经不是第二阶段的重复,丰富性和坚定性已然不同。

研读刘慈欣十几年来的科幻创作,发现作为一名科幻作家,所走过的创作道路同主流的纯文学作家同质性远超过差异性。同很多取得成就的纯文学小说家一样,到目前为止,刘慈欣的创作体系已经比较完整。这个体系通常由三部分组成,首先是创作大量的中短篇小说,这是基础;第二部分是文论、杂文,对科幻文学的发展和规律进行思考,增加文学的自觉性,这对创作道路走得深远是非常重要的;第三部分是长篇小说,经过最初几部的实

[①] 刘慈欣:《重归伊甸园——科幻创作十年回顾》,《南方文坛》2010 年第 6 期。

践锻炼,最后创造出辉煌之作。如果说有什么不同,那么应该是科幻作家不可能一夜爆红。科学技术是一个积累的过程,科幻文学也是如此,不可能凭一篇构思奇异的作品突然站在舞台中央。

文学是想象力的世界。对于一个纯文学作家来说,他笔下的世界可能有一副世俗的面容,也可能是某种抽象和变形,无论怎样都不是现实世界的简单镜像,他创造的是一个属于自己的心灵世界。随着科技的发展,世界的神秘性已经渐退渐让,如果还有"神"存在,他早已脱离三界,归于广漠的宇宙。科幻文学可以突破地域限制,将地球作为自己的舞台,也可以借助科学的制动力,脱离地球引力,在无际的宇宙创造自己的世界。

早在2001年,刘慈欣就表达过:"反观中国科幻,最大缺憾就是没有留下这样的想象世界,中国的科幻作者创造自己世界的欲望并不强,他们满足于在别人已经创造出来的世界中演绎自己的故事。"[1] 那时候,刘慈欣一定已经有了创造自己科幻世界的志向。经过十几年的创作实践,至《死神永生》完成,我想他的这个理想已经基本实现了。"可以说他在科幻田地里,是一个新世界的创造者——以对科学规律的推测和更改为情节动力,用不遗余力的细节描述,重构出完整的世界图像。"[2]

---

[1] 刘慈欣:《球状闪电》后记,《球状闪电》,四川科学技术出版社2004年版,第281页。
[2] 宋明炜:《弹星者和面壁者——刘慈欣的科幻世界》,《上海文化》2011年第5期。

元要素：准则·他者·细节

在这一节，我们想要探讨的是刘慈欣科幻构建世界所用的元素、要素。

准则。在科幻世界里，现实世界遵从的法则失去效力，需要创造这个世界的运行规则。"塑造科幻形象的基础工作是世界设定，就是为小说中的想象世界确立一个基本的框架、规律和规则。"[①] 刘慈欣的科幻世界首先依从的准则是科学规律。

居里夫人说过"科学有种伟大的美"，这是任何有幸深入到科学内部的人所能感受到的。理论物理学领域，又在穷尽着人类的想象力，它的探索深刻地影响着哲学的基础和人类的世界观。如"不确定性原理"，在考验着"永恒真理"是否存在，连爱因斯坦都不愿接受，他坚信"上帝不掷骰子"。理论物理的最重要的两个分支，广义相对论和量子力学，一个指向广漠的宇宙，一个指向微观尽头，在刘慈欣这里反映的是"宏"与"微"。而迄今为止无法将二者统一而建立宇宙大统一模型，为科幻留下了无尽的想象空间。宇宙是一个广阔的舞台，适合用科幻的笔法尽情演绎传奇。

---

① 刘慈欣：《超越自恋——科幻给文学的机会》，《山西文学》2009 年第 7 期。

对宇宙终极真理的探索，是科学家们的人生信念。这一点在刘慈欣的短篇小说《朝闻道》中有着精彩的呈现。模拟宇宙大爆炸的实验被宇宙排险者封锁，面对一个不可知的宇宙，科学家们的人生变得毫无意义。为了一窥真理奥秘，他们纷纷走上真理祭坛，以生命为代价换取了终极真理。在《三体》的开篇，很多理论物理学家纷纷自杀，也是因为类似的原因。短篇小说《纤维》呈现出的是平行宇宙和多世界假设，在另一个世界里，可以有另一个"我"。《死神永生》中，因为乘着光速飞船，时间停止了或变慢了，一个人可以跨越千万年……

"科幻的世界设定需遵循科学规律，它是超现实的，但不能超自然。"[①]刘慈欣笔下的科学规律，是在科学规律的基础上经过变造的，是经过缜密推演的，也是逻辑自洽的。至少笔者虽然是工科出身，但并非专业人士，挑不出其中的硬伤，更多感受到的是科学的魅力。

科学规律只是科幻依赖的一部分，这一部分是大自然的，客观的。另一部分涉及人类的、社会的则需要自行创立。科幻界目前最为成功的准则设定，是阿莫西夫在《我，机器人》中设立的"机器人三准则"，它已被人工智能领域所采用，产生了实质性的影响力。刘慈欣在自己的小说里，很早就体现出了这种创造"准

---

① 刘慈欣：《超越自恋—科幻给文学的机会》，《山西文学》2009年第7期。

则"的意识。在《朝闻道》里,刘慈欣设立了"知识封闭准则",封锁了低级文明探索宇宙终极真理的可能。《三体》中创建了"黑暗森林法则",整个"三体系列"就是建立在"黑暗森林法则"上的一个世界。

他者。对于坚信平行宇宙存在的刘慈欣,并没有去直接创造外星文明的直观形象。那是《E·T》之类的科幻电影要做的。他在自己的科幻世界里,创造的最多的是宇宙的他者。除了"吞食者"有些像消逝的恐龙,视人类为"虫虫",其他都没有具象的面容。"排险者"出自《朝闻道》。"思想者"没有特指,只是用来表明宇宙的模型很像大脑的信号传递,宇宙本身就是位思想者。"弹星者"出自《欢乐颂》,弹星者来到我们星系,以太阳为乐器,弹奏的乐曲以光速传遍所有时空。在《死神永生》中,出现了"歌者",是宇宙之神的侍者,唱着歌谣,做着宇宙的清理工作。还出现了"归零者",也叫"重启者",让宇宙坍缩成奇点,再重新大爆炸,把一切归零。他者是更高一级的智慧文明,在他者眼里,宇宙是二维的,他者如神般俯视着整个宇宙。

科幻文学将人物形象拓展为族群形象,于是有了刘慈欣笔下的另一些他者,如上帝文明、星云文明、星舰文明、低温文明等。

细节。文学中最具艺术表现力的是细节。对于科幻文学,则产生了区别于传统文学的"宏细节"。"在这些宏细节中,科幻作家笔端轻摇而纵横十亿年时间和百亿光年的空间,使主流文学所

囊括的世界和历史瞬间变成了宇宙中一粒微不足道的灰尘。"[1] 在《朝闻道》中这样的描述就是"宏细节":

> 排险者露出那毫无特点的微笑说:"这很难理解吗?当生命意识到宇宙奥秘的存在时,距它最终解开这个奥秘只有一步之遥了。"看到人们仍不明白,他接着说:"比如地球生命,用了四十多亿年时间才第一次意识到宇宙奥秘的存在,但那一时刻距你们建成爱因斯坦赤道只有不到四十万年时间,而这一进程最关键的加速期只有不到五百年时间。如果说那个原始人对宇宙的几分钟凝视是看到了一颗宝石,其后你们所谓的整个人类文明,不过是弯腰去拾它罢了。"

科幻小说的特点是人类作为一个"族群"出现,很少像传统文学那样突出个体的主人公,不以塑造文学形象为主旨。但是刘慈欣被冠以"新古典主义"科幻,一方面是坚持以科学技术为基石的"硬科幻"风格,另一方面还结合了很多主流文学的表现手法,在塑造人物方面用了很多功夫,很多时候能深入到人物的内心深处,使得这些人物形象丰满。"三体系列"每部都有形象鲜明的人物,《黑暗森林》则突出塑造了一系列的"面壁者",将这些人物的内心活动刻画得非常细微。书中第一个破壁人出现是这

---

[1] 刘慈欣:《从大海见一滴水——对科幻小说中某些传统文学要素的反思》,《科普文学》2011年第6期。

样描写的：

作为政治家的泰勒，一眼就看出这人属于社会上最可怜的那类人，他们的可怜之处不仅仅是物质上的，更多是精神上的卑微，就像果戈理笔下的那些小职员，虽然社会地位已经很低下，却仍然为保护住这种地位而忧心忡忡，一辈子在毫无创造性的繁杂琐事中心力交瘁，成天小心谨慎，做每一件事都怕出错，对每个人都怕惹得不高兴，更是不敢透过玻璃天花板向更高的社会阶层网上一眼。

从上面的两段引用中不难看出刘慈欣的文字风格。文学的细节都是通过语言抵达的，作家最后创造的世界无不依赖语言实现。不管是纯文学还是类型文学，语言的粗糙是难以创造经典之作的。刘慈欣的语言风格有着科学家、理科生的简练、精准，同时不失文采。刘慈欣是可以直接阅读英文原著的，这点对于科幻创作尤为有益。想必英语的简洁增加了他文字的洗练程度。

致幻剂：三体·黑暗·死神

至此，我们已经分析到，刘慈欣具备了创造自己科幻世界的雄心，累积了各方面的素材，经过了足够的实践练习，那么这个世界宏伟的主体建筑该问世了。这一节我们讨论的是目前为止刘慈欣最具影响力的代表作品，即"地球往事三部曲"：《三体》《黑暗森林》《死神永生》。

目前读者共识的"三体"是指整个"地球往事三部曲"系列，实际它是第一部的名字。《三体》创作于2005年。2014年英文版在美国发行，2015年获得世界科幻协会雨果奖。除了作为系列总称和第一部名称这两个代称，"三体"在小说中至少还有三个含义。它首先是个古典物理学的经典问题，研究三个质量相同或相近的物体在相互引力作用下如何运动，对天体运行研究有着重要意义。在数学上三体问题是不可解的，或者说只有解析解，只能求出某些特解。由此引申出第二个含义，外星文明"三体"，指的是在半人马座的一个由三颗恒星组成文明，相当于天空中有三个太阳，因为三颗恒星的无规律运行，行星上的生态环境酷烈，文明经过几百次的生灭，造就出了比地球人更强悍的三体人。对于这个外星文明，刘慈欣没有做正面描述，而是发挥了宏大的想象力，由一款名为"三体"的电脑游戏对那个世界进行了模拟，这是"三体"的第三个含义。在此显示了小说架构上的精巧构思。由"三体"游戏进而建立了地球"三体运动"，是由一些对地球文明厌恶的地球叛徒组成的，试图接应三体人以毁灭地球的反人类组织。

由此可见，三体世界的构建，是建立在一个缜密的、严谨的技术构想基础上的，而刘慈欣卓越的细节描述能力，将这种临空幻境落定到坚实的平台上。这也形成了刘慈欣的风格。

《三体》中最具想象力的部分是"三体"游戏，这个游戏亦真亦幻，将历史、科学史融入到文明进化史中。三体游戏世界中，历史人物周文王、秦始皇等，同科学家伽利略、爱因斯坦等同台登场，文明沿着战国、中世纪、工业革命、信息时代一路进化，最终确定了三体问题不可解，于是三体世界确定了飞向宇宙，寻找新的家园的战略，为入侵地球做了铺垫。三体游戏中，秦始皇指挥三千万兵卒进行人列计算机演算的恢宏场面非常令人震撼。

《三体》中刘慈欣再度发挥自己擅长的现实＋科幻的构建法，除间接引入三体世界外，所描述的时间是"文革"历史和当下，所探及的空间除三体世界外，人类甚至没有跨出地球。可以说科幻色彩并不是特别浓厚。

在第二部《黑暗森林》的序章里，假借叶文洁之口给出了宇宙的"黑暗森林法则"，这是整个"三体系列"赖以展开情节的准则，也可以说是构建整个"三体系列"的基石。"黑暗森林法则"建立在一门虚构的学科"宇宙社会学"基础上，将宇宙中的文明看成一个个点，众多的点组成宇宙社会。这个社会的状态是黑暗森林，谁暴露目标谁就首先被攻击和毁灭。

《黑暗森林》主要描述的是地球应对三体世界来袭的面壁计

划。在这一部中，刘慈欣放弃了第一部中模块化的书写方式，全书只分为上中下三部，至少八九条线索穿插进行。因为未分章节，直接进行切换，使得整部书更像一部影视作品。当然，因为面壁计划是以欺骗三体人为目的的，第二部更像一部悬疑剧。《黑暗森林》上部和中部描绘的还是当下。下部中因为有了冬眠技术，人得以进入一二百年后的近未来，初次出现了对未来世界的直接描写。空间也拓展到整个太阳系，甚至逃离太阳系后的人类异化得更加黑暗邪恶，发生了宇宙黑暗战役。

看完第二部，心情沉重。黑暗、邪恶、暴力……这样的科幻不美。好在一直避免丑化、妖魔化科学形象的刘慈欣保持了一份自觉，他把《黑暗森林》归于自己创作的第三个阶段"社会实验阶段"。回顾这段作历程，他认为这种趋势是一条歧路。所以在第三部《死神永生》中，刘慈欣试图回归，重归科幻本身的大自然属性。

《死神永生》是最具科幻色彩的一部，时间从当下一直延伸到至无穷的时间之外。空间已经从太阳系一直扩展至其他星系。《死神永生》中，很多地方能让人领略到诗意。借鉴经典文学的写作手法，这部书中有独立于情节的外篇，被称为"时间之外的往事"，是女主人公程心在宇宙和时间的尽头写的回忆录，对情节进行旁白和反思。这种俯瞰的方式，增加了作品的文学性。云天明编的童话，融合了玄幻的手法，暗喻拯救地球文明的方法，

又统领此后的情节走向，是非常高的文学技巧。宇宙的歌者唱着歌谣，弹指一挥，散出"二向箔"，开始了对太阳系的清理。太阳系被二维化后，展现的画面是梵高的《星空》，展示出了绚丽的美感。程心的回忆录，最后一篇结束于《责任的阶梯》，无论是为地球还是为宇宙，最终她都选择了责任，读者感受到的是心灵的碰撞……

救世主：技术·道德·文学

这一节我们讨论在刘慈欣的科幻世界里很关键的几个词。当然，从来就没有救世主，在此提出这几个关键词，是因为他们对科幻文学来说有着特别的意义。也因为，刘慈欣对三者的态度截然相反，对技术极度推崇，对后两者均不以为然。

人类的末日体验，是科幻文学的重要题材。科幻文学这种特性，总是将我们引入道德和价值观的困境。刘慈欣称自己是疯狂的技术主义者，认为技术能解决一切问题。对于一个热爱科学的人，将技术作为自己的信仰可以理解，但一旦成为"主义"不免引发争议和怀疑。好在人们看到的刘慈欣是一个充满人文关怀的作家。对于传统的道德主义，刘慈欣的态度也是不以为然。好在刘慈欣的作品中能感受到一种道德坚持。

在此，我们不妨借鉴刘慈欣在《死神永生》中三体世界衡量执剑人的威慑度的方法，再设立技术指数和道德指数，对"三体系列"中出现的几个救世主式人物进行度量，以对比技术和道德在他们心目中的分量。所谓"威慑度"，是指执剑人在受到三体世界攻击时，是否选择向宇宙发射地球和三体世界的坐标广播，使得两个世界同归于尽。

人物	威慑度	技术指数	道德指数
叶文洁	—	50%	0
章北海	—	80%	2%
罗辑	90%	50%	50%
维德	100%	95%	5%
程心	10%	20%	100%

叶文洁出现在第一部，是整个故事的引子。因对人性失去信心，她充当了地球的叛徒，向三体世界发出了信息。她的道德指数为0，是因为她不惜以牺牲地球为代价，从未表露悔意。书中虽然对她所受的迫害做了详细的铺陈，但她果断剪断绳索，将上司甚至自己的丈夫葬身崖底的行为还是让人不寒而栗，何况她已有身孕，即将成为母亲。章北海出现在第二部，他有着中国军人

钢铁般的意志，为达到保留地球文明种子的目的，不惜以毁灭同类为代价，之所以道德指数为2%，是因为在太空黑暗战役的最后时刻他犹豫了一下，比对手慢了3秒，结果从毁灭者变成了被毁灭者。罗辑也是第二部中出现的人物，作为一名三流学者，也是一名嬉皮，虽然受过叶文洁指点，最终发现了宇宙"黑暗森林法则"，但对责任的承担是被动的。维德和程心都是第三部中的人物。维德是个极端理智因而也极端冷酷和疯狂的人，道德指数5%，是因为冷硬到极点的他，最后也露出无助和乞求，把是否研制光速飞船的最终决定权交还给了程心。程心威慑度为10%，这一点早为三体世界所知，所以他们蓄谋已久，在程心接管执剑人的刹那，毫不犹豫地发动了对地球的攻击。她的道德指数100%，是因为她总是选择爱和责任，为此背着沉重的十字架，尽管因此错失了拯救地球的机会。

我个人认为《死神永生》的成功至少有一部分要归功于程心这个人物塑造得有血有肉。尽管科幻文学中人类常常以族群出现，塑造人物不是科幻小说的目的和长项，但塑造这样一个普通人，这样一个女性，增加了《死神永生》的文学性和内在力量。相比之下，那些技术狂人、冷血战士，倒显得很二维化、平面化。

回顾自己创作的第三阶段"社会实验阶段"，刘慈欣说转折源于这样的发现："我看到了科幻文学的一个奇特的功能：现实世界中任何一种邪恶，都能在科幻中找到相应的世界设定，使其变成正当甚至正义的。这个发现令我着迷，且沉溺于其中不可自拔，产生了一种邪恶的快感。"[①]这些加上前面提到的"疯狂的技术主义"，催生了《黑暗森林》。通过这样的创作实践，刘慈欣认为这是一条歧路，是将焦点集中在了"宇宙中人与人的关系上"，但我感觉是因为焦点过多集中在了邪恶上。黑暗森林法则是建立在一个零道德的宇宙上，但法则本身透露出的我认为是一种"负道德"，它就是宇宙的丛林法则。

在《死神永生》中刘慈欣进行了回归，但实际上随着"三体系列"的流行，黑暗森林法则的传播最快、最广。而在第三部《死神永生》中程心为了爱和责任所做的努力，很快湮灭，被人淡忘。黑暗森林法则在互联网界已被誉为从业圣经，那一句有点强盗逻辑的"毁灭你，与你何干？"，越来越多地挂在互联网精英们的嘴上，在这个竞争激烈的领域，成为他们合理化自身的所谓市场行为的理论依据。而若用技术指数和道德指数衡量互联网这一行业，那么它的技术指数在递增，而道德指数在递减。作为互联网一路发展过来的见证者，你不得不为日益肮脏、充斥色情和暴力、道德水准低下的网络环境而担忧。如果你身为父母，肯定不愿意自己的孩子生活在这样的网络雾霾之下。

恶的传播速度永远比善要快，繁殖能力永远比善要强。放弃

[①] 刘慈欣：《重归伊甸园——科幻创作十年回顾》，《南方文坛》2010年第6期。

抵御和反抗，不去维护道德底线，无视公平与正义，如同恶化的生态环境，我们迟早都会成为受害者。当下的中国，本身处于转型期，工业体系脆弱，社会整体价值观不够稳固，又遭遇信息时代的浪潮，所受到的冲击要大过西方国家。在人们思想混乱的时期，每个人能做的是让善传播得比恶快一些。

人类文明发展史上，技术的积累一直是持续的，人性的进化和道德的积累却要缓慢得多。人类的道德是否足以驾驭技术？进入二十世纪，可称为"技术爆炸"时期。核技术、基因技术的发展，人类的命运已经被技术挟持。人类社会的道德底线和价值体系受到了空前的挑战，人类社会能否经受得住这样的撕裂，是个巨大的考验。对技术保持一份警惕是必要的。

末日体验中的道德困境，实际在伦理学领域经常被讨论。生命的数量和质量能否作为利益衡量的标准？少数服从多数是否是应然之道？如果说这是伦理哲学中的功利主义，你是否还坚持原来的观点？科学和理性精神是中国的文化基因里欠缺的，我们有理由在科幻文学中寄托这样的期待。对技术的过度崇拜是不是符合科学和理性精神是值得商榷的。

至于文学，从来担当不了救世主，毋论在这日渐式微的时代。文学能做的只是自我救赎。虽然刘慈欣本人有很好的文学素养，但他说自己从来不是文学爱好者。在很多科幻作家眼里，主流文学是自恋的。作家阿来也曾说过："中国作家是写大自然最少的。

扎大地，也需要将枝叶伸向苍穹，在风中翻飞起舞。

很早以前摘录了奥维德《锐变》中的一句话，我想用作结束语是合适的。在刘慈欣的小说《朝闻道》中写到了类似的场景，37万年前，原始人抬头仰望星空，宇宙排险系统开始报警。它也许表明了宇宙的某种指引，涵盖了人直立行走的意义——

其他动物都俯视地面，人却天赋一张脸，可以将眸子转向星空，将目光投向天际。

（原文发表于《南方文坛》2015年第6期，
原题为《同宇宙重新建立连接——刘慈欣综论》）

星系雕刻者

——刘慈欣访谈(2015)

刘慈欣是那种注定会在某个领域有所作为的人，他具备那样的品质，朴实、专注、执着，几乎没有世俗的机巧之类。像他在作品中不时流露的那样，他是那种能沉静在自己世界里的人。因为写评论的缘故跟他有邮件往来，那时还能感觉到他的个性。随着《三体》荣获雨果奖，在官方的研讨会上见到他本人时，他就像挂满硕果的枝丫一样，给人的感觉更多的是平和及谦逊。那次研讨会上，看到一群官员围绕一位基层出身的科幻作家，牵强地讨论，努力地汇报，感觉就像高维碎块撞到地球，科幻照进现实，个人获得尊重的方式终于开始多元化了。

吴言（以下简称"吴"）：首先是好消息，地球人都在读《三体》。前些日子在北京挤地铁，满车厢的人几乎都在看手机，只有一个女孩拿着一本书。很好奇，专门瞄了一眼，竟然是《三体》！在办公室能听到年轻人的对话，"你看到《三体》第几部了？"扎克伯格也在推荐《三体》。我11岁的女儿也拿起了《三体》，几次试探她能不能看得懂、看下去，她都说行。不只企业家，一些科学界的、甚至经济界的学者都在谈论和引用《三体》。《三体》获得雨果奖的获奖效应是很显著的，估计确实如美国出版方当初期望的那样，销量呈病毒式增长。看到自己的作品终于如此畅销，影响力还在扩散，作家本人一定是很有成就感的。而你的科幻自信同几年前也应该不可同日而语了。你的感受是怎样的？

刘慈欣（以下简称"刘"）：在回答这个问题前，特意看了一下现在在亚马逊上《三体》的销售排行，第一部是3437，还算不错（亚马逊上销售进前5000名就算是比较畅销了），但远没有你说的病毒式增长；至于第二部，排行是7932，已经很一般了。当然雨果奖的宣传效应还是明显的，周围一下子突然冒出了许多"科幻读者"，拿书来让签名，但我心里清楚这些人中有多少能看下去一本科幻小说，真正能够与自己的作品产生共鸣的读者和作家同行还是以前那些人。当然科幻文学产生影响力毕竟是一件好事，我对科幻文学的自信比前几年提高了许多，但仍清醒地看到《三体》的成功是一个个例，很难再复制。

吴:"三体系列"从构思到完成差不多用了十年。外星人入侵是科幻小说常见的题材,三体问题是古典物理学的经典问题,太空中也确实有这样的恒星存在,但是否存在生命或者这些生命是什么形态,你没有正面描写,在第一部里用"三体"游戏象征了三体世界。这样的构思是非常精巧的。这可能是某个忽然来临的灵感。这灵感是受什么启发,或是怎么来临的?

刘:目前的天文观测发现了大量的三颗恒星组成的星系,但并没有发现像《三体》中所描写的那样做完全无规则运动的恒星系,所以这个想象到目前为止也只是一个科幻构想。这是科幻小说中常见的创作方式:在基于科学规律上的超出现实的想象。关于用游戏来想象三体世界,可能是因为我在年轻的时候是一个狂热的游戏迷,尽管那时的游戏都运行在 DOS 系统下,与现在的不可同日而语,但我仍然很着迷。后来因为时间和精力的原因停止了与游戏的接触,但一直保持着电子游戏的情结。

吴:《三体》开始创作的时候只计划写一部,后来延展到了三部,而且感觉也形成了一个完整的系统。这个题材的可扩展性还是挺好的。期间应该有出版方、科幻迷的影响,这也是个创意激发的过程。科幻文学作为大众文学,跟读者的互动是必不可少的。这样的创作过程有些天成的意思,你觉得呢?

刘:《三体》开始构思时倒也是三部,但后两部是不是能写要看上一部的销售情况,科幻小说是一种类型文学,有很强的市场属性。《三体》是有扩展的可能,现在看我还是集中精力试图创作全新的作品,以后也许有机会再回到这个题材。关于和读者的互动,在我是不存在的,我的创作过程是完全个人化的,在写作过程中没有与任何人讨论交流的习惯,也没有这种愿望;同时,我基本上不认识自己的读者,当然与他们也基本没有交流。当然这些只是个人的习惯,其他的作家不一定是这样。

吴:《三体》三部的创作手法各不相同,明显地感觉到了一种递进。第一部是模块化的,节奏比较慢;第二部《黑暗森林》很影视化,悬念迭起,写得非常紧凑;第三部《死神永生》文学技法更纯熟,内容更丰富,也写得更从容。不知你是怎么考虑的,这种变化是如何发生的,整个创作过程的感受又如何?

刘:《三体》的第一部现实感比较强,主要是想为读者提供一个供想象力起飞的平台,这也符合中国读者阅读科幻小说的习惯;第二部是从现实到想象过渡的一段漫长的航程,而第三部则是比较纯粹的科幻小说,具有强烈的科幻迷色彩(我一直强调自己是一个科幻迷)。其实,这三部曲是典型的传统科幻的结构,即从现实起航,经历漫长的航程,到达空灵遥远的世界。这个结构是阿瑟·克拉克在《2001》中设定的,至今大部分的科幻小说和

电影都很难逃脱这种结构。

吴：看到你说《三体》最得意的构思是质子展开，《黑暗森林》里除了宇宙社会学、猜疑链，思想钢印也让人印象深刻。《死生永生》中的科幻因子更多，降维打击、曲率飞船等，哪个是你非常满意的构思和灵感呢？

刘：我非常满意的构想包括三体世界的设定、黑暗森林的构想、质子的低维展开。其中前两个构成了这三部曲的基础和核心。

吴：《死神永生》很多地方写得很玄幻，比如开篇写了几个世纪前君士坦丁堡的魔法师，这一节跟整个故事没什么关联，这么安排只是为了描述高维模块吗？《死神永生》中云天明的童话很有玄幻色彩，满是隐喻和象征。写宇宙歌者唱着歌谣做清理工作也很写意。这样写确实增加了小说的丰富性。是不是你有意借鉴了这种写法？

刘：关于拜占庭的描写确实是为了表现高维碎片在宇宙中无所不在，地球也曾遇到过，同时试图制造这样的一个意境：没有不散的宴席，一切都有个尽头。关于童话和歌者的描写，现代科幻小说中也常出现这样的表现手法，但具体我是从哪些作品借鉴的一时想不出来。

吴:《三体》三部中人物形象越来越丰富,特别是第三部《死神永生》出场的人物数量庞大。每个人的描绘都很耐心,能深入到细部。这可能跟科幻细节的丰富是相关的,科幻成分总需要通过人来体现。我觉得你刻画人物还是擅长的,只是这不是你思考的重心。这更多是一种文学能力吧,你觉得呢?

刘:科幻小说是文学的一种,当然遵循文学的共性,但也有这种文学体裁的个性,它的侧重点与传统的现实主义文学是有所不同的,用传统文学评论的语境去评论科幻文学,必然会出现偏差。科幻文学中的科幻内容不是一种表现人性或其他什么传统文学因素的工具,而就是科幻小说表现的核心。

吴:对于《死神永生》中程心这一角色,我是认同的,看到你说自己不喜欢她,她也不符合你一贯的观点,就是为了自身的道德完善牺牲了全人类的利益,在道德完美的外表下其实是自私的。但你还是把这种矛盾纠结塑造出来了,人物的文学性增强了,这一点是成功的。在作家塑造人物方面你的心得和体会有哪些?

刘:我创作的注意力主要集中在科幻构思上,人物只是讲故事的工具,当然我自己也明白这样不符合文学创作的规律,但这种做法也很难改正。至于程心,她其实是一个符号,象征着我们

在现实中认为完全正确的价值观和道德体系，但在《三体》中，这个符号被放进了与现实完全不同的环境中。

吴：在《三体》中，感觉不太满意的是三体世界很专制，等级化。地球三体组织、宇宙母世界也是如此，"统帅""主""长老"都是人类社会蒙昧时期的名词。你说过科幻适合构建理想社会，人们在幻想文学中寄托乌托邦梦想也是正常的。不知有没有这方面的考虑？

刘：社会体制没有绝对的好坏，它是依环境而定的，其实，描写乌托邦的科幻小说并不多，大部分科幻小说都在描写反乌托邦。同样，在科幻小说的背景中，现代的民主体制十分罕见，大部分的科幻小说所描写的世界都处于专制体制下。当然这并不是说科幻作家都是悲观主义者，这只是为了更好地构建故事中的矛盾冲突。

吴：在中短篇小说创作方面，感觉到从《带上她的眼睛》开始，在创作初期就有了质的飞跃，这是怎么发生的，你是怎么找到创作的角度、语气、方法等的？对短篇和长篇的创作心得有什么不同？

刘：创作初期大量发表短篇小说是迫不得已，因为那时长篇发表比较困难。感觉我自己的创作方式更适合写长篇小说，因为即使在我自己的短篇小说中，往往都是长篇的构思。科幻短篇小说的创作是比较困难的，因为与现实主义文学不同，科幻小说需要大量的背景介绍，短篇的容量往往不够。

吴：你在2000年创作的《全频带阻塞干扰》中就关注到了国家间的信息安全问题。现在信息安全问题已经提到了国家层面，当初的预测可谓超前。作为科幻作家，研究未来趋势是必需的，现在在这方面你有怎样的思考？

刘：在2000年国家的信息安全已经受到很大重视，这个问题比较专业，我也说不出什么来。但有一点：信息安全和信息开放是相矛盾的，在专注国家信息安全的同时，也应该考虑某种平衡。

吴：像《全频带阻塞干扰》一样，你的一些短篇是关于战争题材的。你很喜欢军事，对战争史有详细了解不奇怪，但其中好多战争细节，甚至细到参数，很好奇这些是从哪里来的？

刘：感兴趣，平时对这方面比较注意而已。

吴：在写关于你的那篇评论时，我用了一个词"科幻现实主义"，还觉得是自己的发明，结果后来看到别人也在用。看到你不喜欢被归为这一类，为什么呢？

刘:"科幻现实主义"我最早是从科幻作家陈楸帆那里听到的,表示通过科幻小说从一个主流现实主义文学所没有的角度来隐喻、反映和批判现实。从我自己来说,反映现实不是我创作的目的,在我的小说中现实只是作为想象力的平台,我创作科幻小说的目的就在科幻本身。

吴:我感觉电影是你科幻创作中重要的素材来源,这一点同主流作家主要依靠阅读来源不同。对于科幻作家这是正常的。你怎么看创作素材的来源问题?

刘:我感觉主流作家创作中的素材来源应该来自生活本身吧,这是科幻小说很难做到的,因为科幻小说中所描写的世界一般都远离现实。其实我创作的素材也是大部分来自于阅读,科幻电影给人的启发并不多,从市场考虑,科幻电影中一般不会使用很新的创意。

吴:你虽然称自己不是文学爱好者,但我发现你有很好的文学素养和天赋。看到你说深受俄罗斯文学影响,想具体问问受哪些作家、哪些作品影响较深?

刘:主要受托尔斯泰的影响比较深,影响最深的小说是《战争与和平》。

吴：想请你谈一下在你的知识结构里，支撑科幻写作的构件有哪些？

刘：我对科学技术比较感兴趣，同时对军事也有一定的兴趣，支撑科幻写作的构件主要是自己的物理学和宇宙学知识，具体说就是相对论、量子力学（由此产生的哥本哈根解释和多世界假设等）、宇宙大爆炸和暴胀学说。至于更为现代的弦论太深了有些搞不懂。我的生物学和经济学知识是个短板。

吴：你一直想要构建自己的科幻世界，我想这个理想已经实现了。所以想问你的科幻世界是怎样构建的？和西方科幻比较特色地方在哪里？

刘：关于我的科幻世界是怎样构建的，这个问题有些大，总的来说，我的创作理念是从科学技术中寻找故事资源，试图用文学展现科学的美，用基于已知的科学规律的想象来构造自己的想象世界，用一句科幻评论中常说的话来说，试图构建一个超现实的但不是超自然的想象世界。

关于中国特色的问题：科幻小说是最具世界性的文学体裁，在科幻小说中，人类一般是作为一个整体出现的，科幻小说所面对的问题和危机也是人类所共同而对的，所以，我没有在自己的创作中刻意展现中国特色，如前所述，作为一个科幻作者，我看着西方科幻长大，同时被西方科幻所塑造的，所以我的小说与西

方科幻相比，相似之处远大于差异，这也是《三体》的英文版出版后能够迅速被美国读者接受并获得美国科幻最高奖原因。如果说特色，那就是我的小说中的场景和故事大部分发生在中国，其中的人物也是中国人占多数，同时我的小说多数是从描写中国的现实起步，渐渐进入想象的世界。但作品中核心的思维方式不是中国的，当然也不能说是西方的，只能说是科幻的思维方式，这种思维方式是世界的。

吴：不知道有没有适应专业作家这种角色？至少时间不必通过熬夜来获得。实际是比较矛盾的，作家创作最旺盛的时候很多是比较压抑那段时间，名气、获奖都会有些副作用。看到你不急不躁，挺沉得住气，没有急着投入下一段创作。实际有个休整期也是必要的。不知这方面是怎么打算的？

刘：其实与人们想象的不同，专业写作未必就比业余写作时间多，至少在我以前工作的电力系统是这样。至于获奖带来的干扰过一段时间就会平息下来。我一直在进行下一部小说的创作，但这需要时间才能完成。

吴：人不仅是自然之子，也是宇宙之子。我知道你是唯物主义者，不太会接受玄学的东西。我一直觉得地球之外星体的射线会对人的生命产生影响。所以年龄大了会多少接受"宿命"，

"宿"不就是指那些星宿吗？比如占星语言中太阳系的各大行星都被人格化了，同人的性格特征甚至命运有所对应。我就是在占星语言中建立起了自己的宇宙观的。我觉得人类在靠近某个星体时，肯定会引起生理变异，进而心理产生变化。如果能在科幻中加入太阳系行星人格化的一面，可能会不一样。不知有没有这方面考虑？

刘：当然可以有这样的科幻小说，但不适合我自己的风格，我比较倾向于写传统的比较纯正的科幻小说，我对自己小说的要求是"超现实的但不是超自然的"，加入这些科学规律之外的超自然因素，会让自己的小说变质的。但这只是就我自己而言，当然每个作家的风格都不同，像最近看到的英国作家China(就叫这个名字，但与中国没有关系)就是这样的科幻与玄幻并存的风格。另外，在本届美国科幻星云奖上战胜《三体》获奖的《湮灭》也是这种风格。

吴：对于科幻文学评论你有何建议？

刘：现在文学界对包括科幻在内的类型文学的评论，都是套用主流文学的评论语境和框架。不可否认，所有文学体裁都有共性，但不同的文学类型也有自己的规律，套用主流文学的评论方式来评价类型文学不是恰当的评论方式，如果用这样的标准和语境来评价，包括我的小说在内，相当一部分国内和国外的科幻作

品将一无是处。比如说,传统的文学评论认为,文学是人学,由此推论包括科幻文学在内的类型文学中的那些类型元素,如科幻中的科幻创意、侦探中的推理等等,都只是提供了一种背景、平台和工具,最终目的是用来表现人性的。事实上不是这样,这些类型元素就是类型文学本身的目的,比如在科幻小说中,环境和作为一个整体的种族,都可能成为与人物一样的独立的文学形象。有许多主流文学作品都有大量的科幻元素,比如品钦的《万有引力之虹》,冯尼古特的《五号屠场》,戈尔丁的《蝇王》,奥威尔的《1984》,等等,这些都是很经典的作品,但一般不被当成科幻小说,判断的标准就是:科幻元素在其中是手段还是目的。

吴:想问一下你是不是能直接读英文著作或上国外网站?计算机方面感觉你是软件工程师,工作中主要是从事哪方面?你编的那个电子诗人挺有意思,不知能否看看源码或说说思路。

刘:我能直接读英文原著或上国外网站,也读了很多,这没办法,因为与主流文学不同,世界科幻的经典很大一部分没有翻译过来。计算机方面我软硬件都做,主要涉及火力发电厂中的计算机系统。电子诗人的源代码是DOS下的,找不到了,具体是从模板数据库随机提取模板,再用提取的模板从词库中随机取词。

吴:国人的阅读状况令人担忧,很多成年人都没有阅读习惯，即便受过高等教育。体制教育下的孩子很难培养起阅读习惯来。这种状况下网络文学又大行其道，这样下去我们可能真的成了低智商民族。科幻小说作为类型文学和大众文学，畅销起来是好的，本身就有了科普功能，也有一定的启蒙作用。你怎么看这种状况？

刘：国内大众的阅读量在2010年之前急剧下跌，但之后又很快上升，主要增加的是在电子移动媒体上的阅读，我感觉这是好事，网络阅读之于传统阅读，就如同当年白话文之与文言文一样，是一种时代的趋势。相信随着网络文学的成熟，其中也一定会出现经典作品的。

吴：中国人的想象力一直受到质疑，特别是现在的体制教育下，学生的创造力、想象力都受到了一定程度的压制。你也是位家长，在学生和孩子这方面的培养上有什么建议？

刘：在这方面我提不出什么建议，因为我感觉虽然应试教育对孩子的想象力和创造力有一定的压制，但在现实中也有它的合理性，这毕竟是目前底层民众，特别是农村孩子进入社会高层很少的通道之一，应试教育至少体现了公平的原则。所以，我感觉培养孩子的创造力和想象力，也应该在应试教育的框架内进行，不要与现有的教育体制做对，否则对孩子不利。

吴：当今世界恐怖主义、极端主义盛行，已经成了全人类的公敌。据说"基地"组织的名称就是受了阿莫西夫的科幻小说《基地》影响。科幻小说这种预测未来，进行社会实验的特点极易被利用。你在这方面有什么样的思考呢？

刘：前面说过这个问题，科幻小说是理性的文学，在科幻文学的理念中，社会体制是否合理依所处环境而定。科幻小说中描写的环境大多是大灾难下的超常环境，当然有与之相适应的社会体制。比如设想连续发生十次"9·11"事件，美国肯定会变成一个极权国家。我不认为科幻小说中的社会实验会被利用，也没有这种先例，倒是那种不看具体的社会和文化环境，唯西方民主马首是瞻的文学最容易被利用，事实上这类文学从作品到作家，都一直在被利用着。

吴：作家阿来是我尊敬的作家之一，我发现他入主《科幻世界》和你创作年份基本一致，不知这位主流作家对你有没有什么影响？他对科幻的推动你是怎么看呢？

刘：当年阿来在《科幻世界》当主编的时候，我开始在上面发表作品，阿来就给了我很大的鼓励。这在主流文学作家中是很特别的，他对科幻文学给予的关注，是罕见的。所以，非常感谢他。他曾经试图使《科幻世界》更文学化一些，做了许多努力，但这种努力似乎并不太成功，后来他就离开了科幻界。总的来说，阿来的存在对中国科幻文学总体格局的影响是比较有限的，时过境迁，这种影响并没有延续下来多少。但我对他的印象很好，可以说是我接触过的大作家中印象最好的一位，感觉他是一个眼界开阔的作家，思想很大气。为了适应科幻世界的工作，他曾经用了大量的时间恶补科学知识，看《时间简史》，也看《细胞，生命的礼赞》等比较高级的科学传播著作，他同我们这些写科幻的很少谈文学，谈的最多的是科学，他对科学中的美学有着自己独到的见解，这样的作家真的很值得赞赏。

2015 年 11 月 29 日

星际神思者

——刘慈欣访谈(2020)

距离上次访谈已过去五年。中国社会的发展呈加速度趋势,特别是搭载科技的快车后,五年中发生的变化已经称得上巨大。所以刘慈欣热度不降反升也属正常。上次访谈都是书面进行的,有些太过正规。这十年间他可能是接受访谈最多的作家,这一次就没有专门做访谈。因为有些话题要交流,疫情缓和的四月中旬和朋友一起去了阳泉。这座小中型城市治理得不错,主街道干净整洁,路两旁春花灿烂,一树树的粉和黄。在这里他没什么名人效应,可以享受一份属于普通人的平静生活。从这座小城,他不断地走向外面的世界,足迹遍布世界各地,甚至抵达了南极,科幻世界中那种自由在他的现实生活中很自然地落地。这次见面大家就是聊天，聊科幻，聊文学。回来后我把一些有价值的话题整理出来时，他感到有些意外。所以这次是有现场的访谈，然后补充了几个问题。

吴言（以下简称"吴"）：看你的电子版原稿，发现中短篇小说是有好几个系列的，比如"我们的田野系列""末日系列"等。《中国太阳》是不是属于"我们的田野系列"？"末日系列三部曲"看到的两篇是《流浪地球》和《微纪元》，第三篇是不是《吞食者》？

刘慈欣（以下简称"刘"）：《中国太阳》不属于"我们的田野系列"，这个系列只写了《乡村教师》，当时是受美国的一个科幻作家西马克启发，他写了很多农村题材的科幻。《吞食者》不是"末日系列"的，那个系列是写太阳灾变的，当时有六七篇完整的构思，但后面的都没写。还想写一个"人民战争系列"，最后也没有写。

吴：《全频带阻塞干扰》是不是属于"人民战争系列"？"大艺术系列"是比较完整的，写了三篇。

刘：《全频带阻塞干扰》还不属于这个系列，"人民战争"是指老百姓的战争。"大艺术系列"实际有六篇的构思，除了写文学的《诗云》、写音乐的《欢乐颂》、写冰雕艺术的《梦之海》，这

些完成了,原先还想写一个绘画的,一个戏剧的,最后都没写。

吴:现在也可以写出来么,有的读者很喜欢"大艺术系列",为什么不继续写下去?

刘:(摇头)质量不行,你自己都觉得没信心,写出来读者肯定不喜欢。只要拿出来发表的,都是我自己觉得很满意的,自己觉得平平淡淡就不会拿出来发表。所以我作废的东西比较多,我的这种写法,基础就是那个核心的构思,那个不行再改也不行。它不像那种想到哪儿写到哪儿的小说,写出来才知道好坏,我这种类型的科幻,写之前一说内核大家就知道大概了。

吴:看到1999年时你应邀第一次参加成都《科幻世界》组织的笔会,当时的主编阿来请来了《小说选刊》的编辑冯敏讲课,他建议要在科幻和文学之间取得平衡,是不是你此后就转向更加关注现实了?

刘:倒不是因为这个,以前科幻文学和主流文学像是两条平行线,相互之间没有太多的交流。后来主流文学中的一些有识之士,比如李敬泽,开始重视科幻,一下在《人民文学》(2012年第3期)上发了我四篇小说,这种待遇主流文学作家都很少有的,而且是四篇已经发过的小说。当时大家都十分吃惊,还有人质疑他。去年又发了王晋康的长篇《宇宙晶卵》。

吴：我觉得你2000年后发的小说都写得特别好，小说的技巧你是怎么摸索出来的？

刘：我觉得写小说是一个人一个方法，都很不一样。与其说是技巧，不如说是习惯。我的方法很简单，就是从一个创意、一个构思中挖掘故事资源，把它变成一个故事。所以就明显带有科幻迷色彩？

吴：科幻迷色彩是什么？

刘：科幻迷色彩就是把主要的关注点都投入到科幻方面，对文学方面的人物、文笔、结构关注得不够。我不是说这样好，我们只是把主要精力都花到科幻创意上了。而且还有个篇幅问题，等把你的科幻背景描写和创意写完后，留给你的容量就不多了。美国有个很著名的科幻评论家叫冈恩，他对科幻中的文学性有很精辟的一句话，他说主流文学的环境是确定的，是现实主义的，它不会变，人物是（可以）变化的，变化莫测，丰富多彩；科幻环境是陌生的，不断变化的，这时你必须把人物固定下来，两个全变的话，读者就抓不住任何根基。我开始对他这句话没有想通，后来仔细想，这句话极其精辟。我见过那样的科幻小说，环境是架空的、变幻莫测的、远离现实的，人物也是极其复杂的，这种作品是十分难读的。

吴：《沙丘》是不是属于这种作品？我读的时候非常难受，它写了很多心理活动。

刘：《沙丘》第一部还不属于这种，第二部《沙丘神帝》就属于这种。注重文学性的是后来新浪潮的一批作家，像奥尔迪斯。也不是说这样的作品不好。现实也在变，世界设定也在变，人也在变，最后人物和现实之间的关系就很不稳定。这个说法很复杂，只有看作品才能体会。

吴：你很重视科幻小说的故事性，你是怎么找故事的？

刘：十分困难。科幻小说得有个好故事，有一个好故事其实比那些文学性、深刻性都难。

吴：科幻创意也困难，故事也困难，那这两个相遇在一起（就更困难了）。

刘：故事好点儿，故事比科幻创意要容易些，科幻创意十分困难，有可能五六年、十来年都找不到一个。即使有，最后你能不能从中间找到故事资源，这都是必要条件。这些条件达不到，趁早不要写。写出来读者不喜欢，自己也不喜欢。我又不是被生活所迫不得不写的人。而且人生有限，写一部长篇怎么也得三四年、两三年，不能都把时间浪费了，所以自己没有感觉就不要写。

吴：那你的科幻小说中那些科技素材主要从哪儿来？

刘：主要是感兴趣，也不是为了学习去阅读，就是看小说一样，很好奇，喜欢看。来源有各种渠道，网络、看书，还可能交几个科学家朋友。我喜欢跟搞技术的交往，很愿意跟他们聊天。

吴：那你的科幻小说中那些现实部分的题材从哪儿来？

刘：我有部小说是描写能源系统的，按说我对能源系统是比较熟的。过了这么多年再回到能源系统，发现你并不了解，那个世界你进不去了。体验生活和生活体验是两码事。真正写他们的生活还并不难，难的在于你写出来能打动人、能震撼人。它不是简单地把你的工作写得真实，它得让人（觉得）好看，这个是最难的。除非特别了解他，知道他面临的困境，你才能写出来。有一本科幻小说印象特别深，卡尔·萨根写的《接触》，每个科幻小说都会写科学家、写研究人员，只有这本小说里写的研究人员，一看写的就比较真实，他面临的困境，他面临的难处，他取得突破时那个悬念，因为卡尔·萨根本身就是个科学家，而且写的就是他的专业，写得很像。

吴：今年元旦过后，发生了美国无人机定点清除伊朗革命卫队将领苏莱曼尼的事件，大家觉得很科幻，正好看到《三体》第

二部《黑暗森林》里有一个几乎一模一样的情节，十年前你是怎么想到这种方式的？

刘：无人机搞暗杀早就有，不是我想出来的，有人在乌克兰就做过一次，没有成功。这不是什么特别有创意的方法，十年前是没有实际做的，但那么想的人多得是。比较有创意的暗杀方法，不是我的首创，像《三体》（第二部中暗杀罗辑的）基因导弹，让大家广泛传染上某个病，就他是致命的。科幻是需要创意的文学。

吴：我觉得你还是比较喜欢文学性强的作品的，你推荐的一个书单里有布拉德伯里的《火星编年史》，就没有阿西莫夫的。

刘：布拉德伯里的作品文学性比较强，他是科幻作家中为数不多的在美国获得过文学奖的。

吴：你推荐的阿瑟·克拉克的《2001太空漫游》，我感觉跟经典文学差不多。你推荐的奥威尔的《1984》也不错。

刘：《1984》在文学评论界地位不显著，在政治、社会学很受重视。比较注重文学性的是冯尼古特、品钦，还有写《蝇王》的戈尔丁，但他们的作品通常被当作主流文学作品，而不是科幻小说。

吴：我觉得文学评论对你的定位还是有引导作用的，你怎么看现在的科幻文学评论？

刘：现在国内的科幻评论分两拨，一拨还是用主流文学的话语体系评论科幻，另一拨是专门研究科幻的，是从科幻评价科幻。文学评论现在挺繁荣的，包括各个专业的。我们这种大众文学，读者评论对我们影响很大。文学评论有它的价值，（这个）价值不在指导写作，有一句话是，科学规律发现出来是让人们去遵守的，文学规律发现出来是让人们去打破的。

吴：好多获得了诺贝尔文学奖的作家，在写作上都或多或少受到影响，莫言时隔五年后才又有新作。获得"雨果奖"对你影响大不大？你本来就是对作品要求很高的人，再写时是不是无形中要求更高了？会不会更有压力了？

刘：获奖对我的影响不大，我长时间没有作品，不是因为获奖的原因。

吴：你在2007年的《中国科幻小说年选》前言里说，中国科幻最遗憾的还有少儿科幻的低迷。上次在成都的科幻大会上，见到很多少儿科幻作家，随着各大奖项的设立，少儿科幻是不是已经繁荣起来了？毕竟儿童文学市场是很繁荣的。

刘：国内少儿科幻谈不上繁荣，从事这方面体裁的创作的作家比较少，作品数量不多，有市场和有影响力的更少。

吴：在这篇前言里，你说到中国科幻最遗憾的科普型科幻的消失，十几年过去了，现在这方面情况有没有好转？

刘：没有，现在仍然很难看到科普型的科幻作品。

吴：前些时候看了一部非常有趣的科普书籍，曹天元写的《上帝掷骰子吗？——量子物理史话》，它就像有趣的文学作品一样，能让人一直读下去。不过这本书是十几年前写的，现在国内的科普创作怎么样？

刘：这本书确实很优秀，把科学探索的历程写得引人入胜，这还不是说像科幻小说一样引人入胜，它的一些魅力是科幻小说中所没有的，因为科幻小说不可能像那样精确细致地描写科学。至于国内现在科普创作的情况，我不是太了解，只是知道现在越来越多的科学家进入了科普创作领域，这对于科普是一个巨大的推动。我一直认为，真正好的科普作品只能是由相关领域的科学家来创作，但现在国内也存在一些困难，比如科学家精力有限，而科普作品一般无法算作学术论文或成果，难以给职称和学术成就加分。

吴：你说过奇幻已经超越了科幻，从国外来看，隔几年就能出现一部风靡全球的奇幻作品，比如《魔戒》《哈利·波特》，还有《冰与火之歌》。我们国内奇幻还没有出现像《三体》这样畅销的作品，国内奇幻的现状是怎样的？

刘：国内的奇幻在市场规模上比科幻要大，但确实到现在为止有持续影响力的作品和作家还不多。但奇幻的读者群十分庞大，相信在不久的未来奇幻文学创作一定会出现突破。

吴：你能读英文原著，也读了很多翻译的外国文学作品，但感觉你的文字并没有翻译腔。对于英文和中文你的感觉有什么不同？

刘：我读的也主要是科幻，中文科幻中的许多东西并没有中文的源头，本来就是从英文翻译过来的，所以感觉在科幻中英文和中文差别不是很大。

吴：愿意的话，能不能谈谈下一部作品？

刘：正在努力去写吧，想写与以前不太一样的题材，但要完成也需要时间。

2020 年 4 月 15 日

后记

至今还记得第一次面对《三体》时的心情，那是 2015 年元旦前后，应省作协安排写刘慈欣的评论。同以往读的文学书籍不同，科幻作品特有的封面，醒目的色彩，炫目的图案，异世界的气息，心中有些怀疑。但刘慈欣作品本身具备的高能状态，总会在某些地方触动到你。

类似的情形不断重演。在评论专集的讨论会上，对一个类型文学作家能不能居首有所争议。那时的文学评论界，整体还没有做好接纳刘慈欣的准备。后来外界的评定、市场的畅销，还有电影的声势，让科幻文学获得了它应有的位置。

还是在 2015 年，傅书华老师就建议我写本刘慈欣的专著，说这是热点，再过一两年博士论文就出来了。那时我还定不下心做评论，也不想去追热点，还有就是能力的欠缺，就没有写。几年下来，刘慈欣一直有话题，总要为媒体写一些关于他的文章。到 2018 年底，我终于下决心做关于刘慈欣的完整的研读，结果

后记

是2019年春节，刘慈欣因为《流浪地球》再度成为热点。

原以为几个月能完成的工作，竟然写了一年多。反复细读作品，茫然不知要写怎样的文本。学术论文是不写的，作为非专业作者也不擅长。科幻生成的过程是先有科幻创意，再围绕它勾连人物和故事情节，所以觉得应该把焦点放在科幻创意上。开始的文本就是这样的，结果第二次再读时觉得没有故事依托的科幻干巴巴的，遂又重来，将故事加入，实际也就是对科幻的文学性加以重视。所以科幻评论的路径也应该是先科幻，后文学，这样才能贴近作者本意。用传统文学评论方法评论科幻确实不对题，科幻作家们不太接受。

就这样，每次改稿都像是重写，无法落定一个稳定的范式。开始时极力写得详尽细致，后来又行刀斧之功删减。觉得文本细读有意义的一个理由，是很多文学专业评论者觉得读科幻都有障碍，科幻评论文章中时有理解偏差，很多评论文章理念很好，就是不能加深对作品本身的理解。当然另一个理由是像科幻文学本身的定位一样，面对大众读者，写一本可读性强的评论读物。

在写作过程中同慈欣沟通，他绝不同意写关于他本人，所以不可能写成评传。山西省作协2015年出过两本关于他的书，作为研究资料是比较有价值的，现在他却觉得此种突出个人不妥。对类似情形他现在非常谨慎，甚至他的名字也不可出现在主标题中。所以这本专著最终只能是作品论和创作研究。

2020年秋至，书稿才最后改定。多事之秋，世界色变，以往在科幻中才能出现的现象，一再成为现实，方觉科幻阅读和写作最需要的是生活的平静。这一场疫情中，没有人能够置身事外。内外交困，世事纷扰，心情杂沓，虚耗很多能量。那些能投入地写稿和改稿的时刻，像是建起了一个屏蔽场，在斟酌字句的时刻享受了专注和宁静。在书稿最终完成时，仍然不虚此行，收获了劳作后的充实和从容。

感谢吴岩和黄德海二位老师拨冗为本书写序，来自科幻界和评论界的专业声音既是鼓励，也给了本书客观的定位。感谢傅书华老师多年不移的支持和为本书出版给予的鼎力推荐。感谢王红旗老师为本书定稿所付出的心血和卓有成效的建议，提升了本书的表达层次。评论界前辈的真诚奉献、为人师表是我辈的楷模。感谢李敬泽、姚海军、段崇轩、傅书华四位老师的推荐语，为这本书极大地增添了光色。感谢中译出版社社长张高里和责编范伟促成本书圆满出版，中国出版人的敬业精神令人钦佩。感谢刘慈欣先生在成书过程中提供的支持和建议，由此增进了对他作品的进一步理解。总之，这本书是各方善念和愿力的结果，也是我们仰望星空时宇宙所传来的讯息。

吴言

2020年7月6日

附录：刘慈欣作品目录

长篇小说

《魔鬼积木》，福建少儿出版社 2002 年 9 月。

《超新星纪元》，作家出版社 2003 年 1 月。

《白垩纪往事》，辽宁少儿出版社 2010 年 8 月，（又名《当恐龙遇见蚂蚁》北京少儿出版社 2004 年 6 月）。

《球状闪电》，四川科学技术出版社 2004 年 7 月。

《三体》，重庆出版社 2008 年 1 月。

《三体 II：黑暗森林》，重庆出版社 2008 年 5 月。

《三体 III：死神永生》，重庆出版社 2010 年 11 月。

《中国 2185》，未出版。

中短篇小说

《鲸歌》，《科幻世界》1999 年第 6 期。

《微观尽头》，《科幻世界》1999 年第 6 期。

《坍缩》,《科幻世界》1999 年第 7 期。

《带上她的眼睛》,《科幻世界》1999 年第 10 期。

《地火》,《科幻世界》2000 年第 2 期。

《流浪地球》,《科幻世界》2000 年第 7 期。

《乡村教师》,《科幻世界》2001 年第 1 期。

《全频带阻塞干扰》,《科幻世界》2001 年第 1 期。

《微纪元》,《科幻世界》2001 年第 6 期。

《信使》,《科幻大王》2001 年第 1 期。

《纤维》,《惊奇档案》2001 年第 10 期。

《命运》,《惊奇档案》2001 年第 11 期。

《西洋》,《2001 年度中国最佳科幻小说集》。

《混沌蝴蝶》,《科幻大王》2002 年第 2 期。

《中国太阳》,《科幻世界》2002 年第 1 期。

《梦之海》,《科幻世界》2002 年第 1 期。

《朝闻道》,《科幻世界》2002 年第 1 期。

《天使时代》,《科幻世界》2002 年第 6 期。

《吞食者》,《科幻世界》2002 年第 11 期。

《诗云》,《科幻世界》2003 年第 3 期。

《光荣与梦想》,《科幻世界》2003 年第 8 期。

《地球大炮》,《科幻世界》2003 年第 9 期。

《思想者》,《科幻世界》2003 年第 12 期。

《圆圆的肥皂泡》,《科幻世界》2004 年第 3 期。

《镜子》,《科幻世界》2004 年第 12 期。

《赡养上帝》,《科幻世界》2005 年第 1 期。

《赡养人类》,《科幻世界》2005 年第 11 期。

《欢乐颂》,《九州幻想》2005 年第 8 期。

《山》,《科幻世界》2006 年第 1 期。

《月夜》,《生活》2008 年第 2 期。

《2018 年第 4 月 1 日》,2010 年收入小说集《时光尽头》,(花山出版社 2010 年 1 月)。

《人生》,2010 年收入小说集《时光尽头》,(花山出版社 2010 年 1 月)。

《太原之恋》,2010 年收入《九州幻想·赍书铁券》,(新世界出版社 2010 年 2 月)。

《时间移民》,2010 年收入小说集《微纪元》,(沈阳出版社 2010 年 4 月)。

《海水高山》,《新课堂·科普童话》2014 年 9 期。

《不可共存的节日》,2016 年发表于新媒体《不存在日报》。

《黄金原野》,2018 年收入小说集《十二个明天》(北京联合出版社 2018 年 8 月)。

重要科幻文论

《刘慈欣谈科幻》,湖北科学技术出版社 2014 年 3 月。

《最糟的宇宙和最好的地球》,四川科学技术出版社 2015 年 12 月。

《从大海见一滴水——对科幻小说中某些传统文学要素的反思》,水木清华论坛"科学幻想"版 2003 年 10 月 1 日。

《西风百年——浅论外国科幻对中国科幻文学的影响》,《科幻世界》2007 年第 9 期。

《超越自恋——科幻给文学的机会》,《山西文学》2009 年第 7 期。

《重返伊甸园——科幻创作十年回顾》,《南方文坛》2010 年第 6 期。

《重建对科幻文学的信心》,《文艺报》2015 年 8 月 28 日。

获奖情况

《带上她的眼睛》,1999 年度第十一届中国科幻银河奖一等奖。

《流浪地球》,2000 年度第十二届中国科幻银河奖特等奖。

《全频带阻塞干扰》,2001 年度第十三届中国科幻银河奖。

附录：刘慈欣作品目录

《乡村教师》，2001年度第十三届中国科幻银河奖读者提名奖。

《中国太阳》，2002年度第十四届中国科幻银河奖。

《朝闻道》，2002年度第十四届中国科幻银河奖读者提名奖。

《吞食者》，2002年度第十四届中国科幻银河奖读者提名奖。

《地球大炮》，2003年度第十五届中国科幻银河奖。

《诗云》，2003年度第十五届中国科幻银河奖读者提名奖。

《思想者》，2003年度第十五届中国科幻银河奖读者提名奖。

《镜子》，2004年度第十六届中国科幻银河奖。

《圆圆的肥皂泡》，2004年度第十六届中国科幻银河奖读者提名奖。

《赡养人类》，2005年度第十七届中国科幻银河奖。

《三体》，2006年度第十八届中国科幻银河奖特别奖。

《超新星纪元》，2007—2009年度赵树理文学奖儿童文学奖。

《太原之恋》，2009年度第二届中文幻想星空奖最佳短篇小说奖提名。

《赡养上帝》，2012年《人民文学》首届柔石小说奖短篇小说金奖。

《死神永生》，2010年度第二十二届中国科幻银河奖特别奖，2010年度第二届中文幻想星空奖最佳中长篇小说奖，2011年第二届全球华语科幻星云奖最佳长篇科幻小说奖金奖，2011年《当

代》长篇小说年度五佳，2013年第九届全国优秀儿童文学奖科幻文学奖。

"三体系列"，2013年第一届西湖·类型文学双年奖金奖。

《三体》（英文版），2015年第七十三届世界科幻大会雨果奖最佳长篇故事奖。

《死神永生》（英文版），2017年度轨迹奖最佳长篇科幻小说奖。

《流浪地球》（同名原著改编电影），2019年第三十二届中国电影金鸡奖最佳故事片。

刘慈欣
2010年度第二届中文幻想星空奖特别贡献奖
2010年首届全球华语科幻星云奖最佳科幻/奇幻作家奖金奖
2011年第二届全球华语科幻星云奖最佳科幻作家奖金奖
2015年第二十六届中国科幻银河奖特别功勋奖
2015年全球华语科幻星云奖最高成就奖
2016年影响世界华人大奖
2018年美国克拉克想象力服务社会奖
2019年第三十届中国科幻银河奖特别荣誉